中华古典文学选本丛书

李商隐诗选

黄世中 选注

中华书局

图书在版编目(CIP)数据

李商隐诗选/黄世中选注. —北京:中华书局,2023.4
(中华古典文学选本丛书)
ISBN 978-7-101-15948-6

Ⅰ.李… Ⅱ.黄… Ⅲ.①唐诗-诗集②唐诗-注释
Ⅳ.I222.742

中国版本图书馆 CIP 数据核字(2022)第 188023 号

书　　名	李商隐诗选	
选　　注	黄世中	
丛 书 名	中华古典文学选本丛书	
责任编辑	张　耕	
责任印制	陈丽娜	
出版发行	中华书局	
	(北京市丰台区太平桥西里38号　100073)	
	http://www.zhbc.com.cn	
	E-mail:zhbc@zhbc.com.cn	
印　　刷	大厂回族自治县彩虹印刷有限公司	
版　　次	2023 年 4 月第 1 版	
	2023 年 4 月第 1 次印刷	
规　　格	开本/880×1230 毫米　1/32	
	印张 11½　插页 2　字数 138 千字	
印　　数	1-5000 册	
国际书号	ISBN 978-7-101-15948-6	
定　　价	48.00 元	

前　言

　　李商隐(812—858),字义山,号玉溪生,又号樊南生,原籍怀州河内(今河南沁阳、博爱),祖父时迁居郑州荥阳(今郑州荥阳市)。李商隐是我国唐代后期最为杰出的诗人,因卷入朋党斗争,终生沉沦使府,郁郁而逝。他的诗抒写了那一时代知识分子的悲剧命运与苦痛生涯,深刻反映了晚唐的政治斗争和衰亡破败的社会现实,揭露统治阶级腐朽无能,同情人民的疾苦,于文、武、宣三朝,堪称"诗史"。他所独创的无题诗,含蓄蕴藉,音调谐美,深情绵邈,沉博绝丽,且富于象征和暗示色彩,将唐代诗歌的抒情艺术推上一个新的高峰。清初吴乔云:"于李、杜后,能别开生路,自成一家者,唯李义山一人。"(《围炉诗话》卷三)

一

　　李商隐出身于下层官吏之家,三岁时随父亲至浙东孟简幕府(绍兴),约三年转至浙西李翱幕(镇江),在江南生活了六七年。十岁时父丧，躬奉板舆，返回荥阳，"四海无可归之地，九族无可倚之亲"，过着"佣书贩舂"的生活。（《祭裴氏姊文》）少年李商隐勤奋攻读，求师问道，以期将来能报效朝廷。然而唐帝国进入晚期，各种矛盾交织，已是残阳夕照，无可挽回。李商隐有理想，有抱负，希望自己能匡国理政，回转天地。其《安定城楼》云："永忆江湖归白发，欲回天地入扁舟。"终因朋党小人猜忌，抱负难酬，理想破灭。

李商隐年轻时为牛党令狐楚所赏识，后又得令狐绹之力进士及第。观令狐父子之赏拔，实亦为牛党搜罗人才。而李商隐似不以此为意，从未将自己置身于牛党或"李党"（李德裕实未树党，此当别论）。其所交往有牛有李，其现存诗文对牛、李双方均有所肯定，也有所批评，并未介入党局。然因娶泾原节度使王茂元女，而被牛党目为"李党"中人。《旧唐书》本传云："宗闵党大薄之"，令狐绹亦"以商隐背恩，尤恶其无行"。《新唐书》本传云："茂元善李德裕，而牛（僧孺）李（宗闵）党人蚩谪商隐，以为诡薄无行，共排笮之。"又云："（郑）亚谪循州，商隐从之，凡三年乃归。亚亦德裕所善，绹以为忘家恩，放利偷合，谢不通。"一位有理想、有才华的诗人就这样被扼杀了，终其一生，穷愁潦倒。"十年京师寒且饿，人或目曰：韩文杜诗，彭阳章檄，樊南穷冻。"（《樊南甲集序》）其《回中牡丹为雨所败》云："前溪舞罢君回顾，并觉今朝粉态新。"他对自己的处境和前程，即在赴泾原之回中道上，已有预感，言今日虽"为雨所败"，然"粉态"尚新；他时零落成泥，则求今朝之"粉态"并亦不可得矣。

　　李商隐一生官不挂朝籍。进士释褐,二为俗吏,三入幕府,沠沵依人,最后寂寞地死去。"如何匡国分,不与夙心期?"(《幽居冬暮》)他哀叹匡国无分,报国无门,夙心之期完全破灭!其感怀及部分咏史、咏物、酬赠之诗,主要即抒写自己一生的遭际,反映了晚唐知识分子的悲剧命运。《安定城楼》《夕阳楼》《晚晴》《听鼓》《流莺》《回中牡丹》《过郑广文旧居》《宿骆氏亭寄怀崔雍崔衮》《任弘农尉献州刺史乞假归京》等,是其人生遭遇的感慨之作。

　　鲁迅说:"我总以为倘要论文,最好是顾及全篇,并且顾及作者的全人,以及他所处的社会状态,这才较为确凿。"(《题未定草·七》)上世纪八十年代前,李商隐诗常被目为"绮靡浮艳","唯美主义",其实他的许多感怀、咏史、咏物之什,大多关注社会现实,而他的政治抒情诗则更是晚唐社会和政治斗争的一面镜子。由于出身低微,兼之父亲早逝,又误入朋党漩涡,故一生艰虞沦贱,沉沦使府,这使他有机会更接近下层民众,对统治阶级有较为清醒的认识,从而能够写出许多反映现实的优秀诗篇。

　　唐代自安史之乱以后,矛盾错综复杂,这些矛盾在李商隐诗中都有深刻的反映。其《行次西郊作一百韵》,直可与杜甫《北征》相匹。其所叙京郊农村荒芜残破、农民生活悲惨的情景,令人怵目。"高田长槲枥,下田长荆榛。农具弃道旁,饥牛死空墩。依依过村落,十室无一存。存者背面啼,无衣可迎宾";"凤翔三百里,兵马如黄巾。夜半军牒来,屯兵万五千。乡里骇供亿,老少相扳牵。儿孙生未孩,弃之无惨颜。不复议所适,但欲死山间"。农民不仅饥饿倒毙,且随时被乱兵所屠戮。为了逃命,甚至将出生不久、尚不知呵呵发笑(未孩)的婴儿抛弃!此诗作时年仅二十有六。而在反映宦官专权、藩镇割据、朋党斗争和帝王荒淫腐败等方面,李商隐的作品不仅数量多,反映迅速,而且同样十分深刻尖锐。如反映"甘露之变"的《有感二首》《重有感》;警告藩镇和朝廷之姑息的《井络》《寿安公主出降》;揭露朋党斗争的《霜月》《赋得鸡》;讽刺帝王求仙佞道的《瑶池》《过景陵》等等。尤其咏史、怀古之什,如《马嵬二首》《龙池》《贾生》《隋堤》《吴宫》《南朝》《北齐二首》等,或吟咏史事,或借古喻今,讽咏现实,无不令人警醒。

李商隐是一位深切关注现实,关心国家命运,忧愤深广的诗人,诗歌题材非常广阔,成就是多方面的。特别是他的恋情诗,是我国古代文人恋情诗的杰出代表。

李商隐以其独特的"无题"诗而著称,"春蚕蜡炬"与"秋水蒹葭"(民间恋情诗)一样不朽。他丰富了我国爱情文学的宝库,开拓了抒情诗的新领域。纪昀《四库总目提要》云:"《无题》之中,有确有寄托者,'近知名阿侯'之类是也。有实属狎邪者,'昨夜星辰昨夜风'之类是也。有失去本题者,'万里风波一叶舟'之类是也。有与《无题》相连,误合为一者,'幽人不倦赏'之类是也。其摘首二字为题,如《碧城》《锦瑟》诸篇,亦同此例。一概以美人香草解之,殊乖本旨。"纪昀认为,对"无题"之是否有寄托,必须具体分析,其言固近情理。但是,对"无题"诗之界定及对具体诗篇之诠释,则仍见仁见智,分歧较大。

　　本人以为,"无题"之什,大多为恋情诗,主要应是抒写与玉阳山灵都观女冠宋华阳氏之一段恋情;另有少数写洛中里娘柳枝及婚前恋念王氏之作。各首具体抒写之对象,详见每首"评析",此不赘述。然笔者所解,亦仅一家之见,不敢自以为是。明杨眉庵倡《无题》"皆托于臣不忘君之意"(《眉庵集》卷九),清初吴乔则以《无题》为"陈情令狐"(《西昆发微序》),至朱鹤龄、程梦星、冯浩、张采田诸人,"无题寄托说"发挥到极至。然诗家仿作《无题》,则皆认同"无题"为情诗,如明末王彦泓、清代黄景仁、清末民初苏曼殊、近世郁达夫等无不将"无题"与恋情相联系。1927 年,苏雪林著《李义山恋爱事迹考证》,揭示了李商隐早年学仙玉阳时与女冠宋华阳恋爱之事,虽考证未周,然为"无题"之解说另外开辟了一条路径。今日学者对"无题"的解说,仍然沿着"寄托说"和"爱情说"两条路径,当然已有很大的变化与发展。如"寄托说",多以为"寄托身世之感";而"爱情说"则除女冠宋华阳外,还有柳枝、王氏及幕府中一二不知名之女子。1991 年,著名作家王蒙发表了《对李商隐及其诗作的一些理解》(《双飞翼》52—76 页;又见《心有灵犀》222—238 页),提出了"内心体验同构说",以取代明清以来的"无题寄托说"。王蒙指出,李商隐那种"无益无效的政治关注与政治进取愿望,拓宽了、加深了、熔铸了他的诗的精神,甚至连他的爱情诗里似乎也充满了与政治相同的内心体验"。以爱情失意和政治失败的"内心体验同构对应说",取代诗人的"无题寄托说",是王蒙的一大发现,具有原创性。笔者在"无题"诸诗的"评析"中,是服膺并吸取了这一见解的,特加说明。

综览义山全部诗作,据其诗题,参照内容,可将"无题"分为三类:一、以《无题》为题之诗20首。其中"幽人不倦赏"、"万里风波一叶舟"显为钱若水、杨大年(北宋)搜辑时误入。"待得郎来月已低"及"户外重阴黯不开"则是戏为艳体。若必言有寄托,似仅"何处哀筝随急管"一首,然仍可作代言体之恋情解。二、以首二字为题如《锦瑟》、《碧城》、《昨日》、《一片》(一片非烟)等约20首。按以首二字为题之诗,义山《集》中共37首,有的本意自明,如《人欲》、《明神》、《龙池》、《滞雨》等;有的为地名,如《潭州》、《井络》、《咸阳》、《商於》等;有的则应归于咏物,如《流莺》、《高松》、《残花》、《垂柳》等,不应作"无题"看。三、虽有题实亦无题,如《春雨》、《圣女祠》、《重过圣女祠》、《银河吹笙》等,亦约20首。总计60馀首,占义山现存诗的十分之一。

二

李商隐诗歌的艺术特征,可以用"隐秀"二字来概括。《文心雕龙·隐秀篇》云:"隐也者,文外之重旨也;秀也者,篇中之独拔者也。隐以复意为工,秀以卓绝为巧。"可见"隐"就篇章而言,诗外须重旨、复意,即双重或多重旨义;而"秀"则就语言而论,诗句应独拔卓绝,即超迈、警策或形象鲜明、特出的辞句。

　　孙联奎《诗品臆说》云 :"含蓄大多用比兴。" 贺裳《载酒园诗话》云 :"魏晋以降,多工赋体,义山犹存比兴。" 可见比兴是李商隐诗旨义含隐的重要手段。其诗多托物寄情,亦物亦人 ;借史兴怀,亦古亦今 ;以仙喻世,亦道亦俗,故诗多复意重旨。"物比"、"史比"、"仙比"代表了义山比兴诗的内容和特色。其比物之诗善以物态暗示人事,托物性兴寄人情,借物理以象征心态,且大多摹状而不即,托意而不离 ;不即不离而又若即若离,境象迷茫而旨义含蓄。此类诗约有百首之多,或比而兼兴,或兴而兼比,取材非常广泛。《蝉》、《流莺》、《蜂》、《蝶》、《柳》、《牡丹》、《槿花》、《落花》、《月》、《七夕》、《乱石》、《哀筝》,为比物诗中之佳构。其以史为比之诗多借史兴怀,案而无断,不落言筌 ;只述史事,不涉理路而理在象外。前面所举外,如咏听鼓,比祢衡,兴心中不平之情 ;咏贾生才调,比贾谊,刺统治者不能用人 ;咏宋宅庾居,比宋玉庾信,叹已一生才而不遇,既不如宋玉,也不如庾信 ;过楚宫,吊屈原,寓千古才人冤抑之悲,皆借古贤、古人以自比,兴怀身世沉沦之感。

　　"物比"、"史比"外,义山诗文之"隐",之含蓄蕴藉,更多采用"仙道比兴",即托仙人仙境暗示和象征人世俗事,亦仙亦俗,充满一种仙道情韵。"仙比"是义山比兴体之一大创造。其"无题"诸作因摄取神天仙道、世外传谈的物象入诗而加以意化、情化,成为义山诗的诸多意象群,故"无题"诗之境象往往涂上一层窈渺之色彩,如轻纱,如梦境,如雾里之花,极朦胧含隐之致。据粗略统计,李商隐诗采用神天仙道、世外传谈的物象、故事,有轩辕黄帝、羲和日御、帝阍守天等 800 馀事。这些世外传谈已经从我们民族的文化折射到人们的心理,具有特定之意象与情韵,且象外有意,韵外有致。

《二十四诗品》云:"登彼太行,翠绕羊肠","似往已回,如幽匪藏"。言诗之脉络须往复幽曲而不隐晦。《白石诗说》云:"血脉欲其贯穿,则其失也露。"言脉络若直贯则旨义显露而不含蕴。义山诗情感沉潜而不直泻,故其诗脉络婉曲,往复回环。其主要艺术手法有六端。

一、运用复辞重言之法,使含思婉转,往复回环。复辞重言诗约 70 馀首。如"一弦一柱思华年","此花此叶长相映";"地险悠悠天险长","半留相送半迎归";有的同一联前后句蝉联,"上下相接,如继踵然"(陈骙《文则》),呈现一种上递下接、滚珠反荡的曲折感。如"春日在天涯,天涯日又斜";"回头问残照,残照更空虚"。还有同一联前后句首尾衔顾,使回环增大而覆盖全联的,如"春风为开了,却拟笑春风";"回肠九回后,犹有剩回肠"。甚至有整首诗或组诗中也兼用复叠,如《石榴》、《赠杜司勋十三员外》、《嘉陵江水二绝》等。其《赠杜》云:"杜牧司勋字牧之,清秋一首杜秋诗;前身应是梁江总,名总还应字总持。"三"总"、二"杜"、二"牧"、二"秋"、二"字"、二"应",往复交叠,极尽回环曲折之美。

二、运用近离远合之法,使句脉走向萦回曲绕,增跌宕摇曳之态。如《无题》:"来是空言去绝踪,月斜楼上五更钟。梦为远别啼难唤,书被催成墨未浓。"第二句本应接如何相思,然却"离"去,而言月斜、钟声,此即"近离"也;三、四"离后复转",而与一句相合,极言其因"空言"、"绝踪"而相思,此即"远合"。其他如《无题》(万里风波)、《昨日》等皆是此种艺术手法。

三、运用点情染景之法,使情语具象化,因而诗境也更加朦胧幽隐,而具烟水迷离之致。义山诗出句常以情语点之,而对句则以景语染之。乍看似乎出句、对句之间横隔语脉,实则"上意本可接下意,却偏不入,而于其间传神写照,乃愈使下意栩栩欲动"(《艺概·词概》)。如《无题》:"相见时难别亦难,东风无力百花残。"清人冯舒评:"第二句毕世接不出。"(《义门读书记》引)冯极称誉第二句,其佳处正在点、染之间。《无题》(何处哀筝)、《碧城》(其二)等皆用此法,从而因脉络婉曲而使旨意含隐而呈现多重性。

四、运用翻转反向之法,从对面落笔。这种手法常在联与联之间翻转。《无题》:"梦为远别啼难唤,书被催成墨未浓。蜡照半笼金翡翠,麝熏微度绣芙蓉。""梦为"联极言己之相思,而"蜡照"联转从女子一方落笔,翻转反向,拟想对方亦彻夜辗转反侧、思我难眠,蜡尚照而麝尚燃。《诗概》云"取径贵深曲","正面不写写反面,本面不写写对面、旁面,须如睹影知竿乃妙",说的正是翻转反向使诗脉深曲之法。

五、运用时空穿透跳跃之法,使诗歌意象来回跳跃于多维的时空结构之中,既拓宽了诗境,又收一气转旋之妙。如《夜雨寄北》:"君问归期未有期,巴山夜雨涨秋池。何当共剪西窗烛,却话巴山夜雨时。"时、空之穿透跳跃在昔日、长安家中;今夜,巴山夜雨;今夜之拟想日后，巴山之预飞至长安家中西窗之下；日后之再言今夜，自长安家中西窗下返回巴山夜雨，极尽穿透跳跃、跌宕往复之妙。其他如《回中牡丹为雨所败》云："前溪舞罢君回顾，并觉今朝粉态新。"此亦时空穿透法。

六、运用以景结情或宕出远神之法，使诗歌之结尾境象混茫，含不尽之意在言外、象外。沈义父《乐府指迷》云："结句须要放开，含有馀不尽之意，以景结情最好。"如《春雨》云"万里云罗一雁飞"，《日射》云"碧鹦鹉对红蔷薇"，《过招国李家南园》云"雪絮相和飞不休"，《吴宫》云"日暮水漂花出城"等等，皆是此法。"以景结情"则景中含情，情景相生则境象朦胧，诗旨多有复意、重旨，所谓"形象大于思想"。而结尾"宕出远神"，则诗中有"我"，作者不发议论而以"我神"出之，则境中不仅有情、有思，且有诗人之"神"呼之欲出。《艺概》云："神有我神、他神之别。"《桂林道中作》云："欲成西北望，又见鹧鸪飞。"《如有》云："良宵一寸焰，回首是重帏。"《杨本胜说于长安见小男阿衮》云："语罢休边角，青灯两鬓丝。"诗有"西北望"、"回首"、"语罢"，则皆可见诗人之"神"，所谓"我神"也。《白云夫旧居》云："墙外万株人绝迹，夕阳惟照欲栖乌。"《昨日》云："平明钟后更何事，笑倚墙边梅树花。"此皆未见诗人之神，惟夕阳栖乌及所思之人的笑倚梅树，是为"他神"。

义山诗不仅篇"隐"，且句也"秀"。陆机《文赋》云："立片言以居要，乃一篇之警策。"殆即刘勰所云之"独拔"、"卓绝"之秀句。汉魏古诗,气象混沌,一气转旋,难以句摘。唐近体兴起之后,始有佳句、秀句。李义山现存诗约 600 首,可摘之句当在百数十联,许多句子至今仍脍炙人口,活在人们日常口语或书面语之中。如"春蚕到死丝方尽,蜡炬成灰泪始干";"春心莫共花争发,一寸相思一寸灰";"刘郎已恨蓬山远,更隔蓬山一万重";"身无彩凤双飞翼,心有灵犀一点通";"斑骓已系垂杨岸,何处西南待好风";"潇湘浪上有烟景,安得好风吹汝来";"何当共剪西窗烛,却话巴山夜雨时";"武昌若有山头石,为拂苍苔检泪痕";"如何四纪为天子,不及卢家有莫愁";"阆苑有书多附鹤,女床无树不栖鸾";"飒飒东风细雨来,芙蓉塘外有轻雷";"千里嘉陵江水色,含烟带月碧于蓝";"为报行人休尽折,半留相送半迎归";"如何肯到清秋日,已带斜阳又带蝉";"庄生晓梦迷蝴蝶,望帝春心托杜鹃";"一自高唐赋成后,楚天云雨尽堪疑";"不须浪作缑山意,湘瑟秦箫自有情";"永忆江湖归白发,欲回天地入扁舟"……以上仅本册所选诗随手所摘,即满口生香,"味有穷而炙愈出"矣(《皇宋事实类苑》引杨大年语)。

李商隐诗的隐秀特征,在感情表达上细腻而又深沉,在脉络节奏上婉曲而又缓慢,在语言色彩上哀艳而又清丽,在吐字音响上又往往表现为低抑而又沉郁。故其言景物则如笼晓雾,抒感怀则如在梦境;以喻声音,常似有似无,不绝如缕,以比色相,则有如镜中之花,相中之色,水中之月,可望而不可置于眉睫之前也。

最后说一下本书选注的有关问题。

　　李商隐现存诗 594 首,又《集》外诗 16 首,陈尚君《全唐诗补编》录入 4 首,共诗 614 首,但有的诗显为误入,故所选以正编 3 卷为据。

　　本书以明汲古阁《李义山集》木石居影印本为底本,异文酌情参校其他版本,不另作校记。

　　本书选五绝 13 首,五律 14 首,七绝 93 首,七律 58 首,古体 7 首,计 185 首,约占李商隐现存诗 30%。义山近体,尤其七言律绝,既多且佳,故所选亦多;限于篇幅,古体及排律如《行次西郊作一百韵》《韩碑》《井泥》《骄儿诗》《偶成转韵七十二句赠四同舍》等,均未能入选。若按内容分类,计选恋情诗(不含"无题")24 首,感怀诗 29 首,咏物诗 18 首,咏史、怀古 27 首,寄赠、送别诗 22 首,寄内、忆家、悼亡之诗 20 首,政治抒情诗 18 首;"无题"单列一类,则选了 27 首。诗按编年顺序排列,以《向晚》为界,前为编年诗,后为未编年诗。诗是诗人情感的宣泄和升华,所选诗皆情真意挚,感人至深;自古及今,广为传诵,充分体现了"唐诗主情"的特点。

　　本书选诗下设"评析"与"注释",先"评析",次"注释"。"评析"对诗作之背景及所涉人名、地名、年号等均尽可能详尽、准确地加以说明,对诗中深蕴之旨义、诗法、诗艺等则视实际情况,短点长评,不拘一格,有话则长,无话则短。对于难解的句子,或诗句之间跳跃性过大、意蕴过于深曲如"无题"诸作,则多采用串讲、疏通的方法,以使读者在阅读时首先能够"达意"(读懂),然后再进入到诗中的艺术境界。至于"注释",凡有典故,尽量注明;难懂语辞,亦酌予讲解;生僻字加注汉语拼音。

　　清人笺注李商隐诗,号称大家者有朱鹤龄(《李义山诗集注》)、程梦星(《重订李义山诗集笺注》)、姚培谦(《李义山诗集笺注》)、屈复(《玉溪生诗意》)、冯浩(《玉溪生诗集笺注》)、纪昀(《玉溪生诗说》)。此外,钱龙惕有《玉溪生诗笺》(46 首),吴乔有《西昆发微》(62 首),徐德泓、陆鸣皋有《李义山诗疏》(254 首),何焯有《义门读书记·李义山诗集》(255 首),陆昆曾有《李义山诗解》(七律),姜炳璋有《选玉溪生诗补说》(136 首);沈厚塽辑朱彝尊、何焯、纪昀笺评《李义山诗集》(三色套印);近人张采田有《玉溪生年谱会笺》、《李义山诗辨正》;今人刘学锴、余恕诚有《李商隐诗歌集解》等,皆多所参考。以上所举书目,“评析”、“注释”中引用时皆列笺注者姓名,而不再括注书名。

　　由于时间匆促,本书在选目、评析、注释方面存在的片面性及错误之处,敬祈专家、读者批评指正。中华书局张耕先生审阅本书并提出许多宝贵意见,在此深表谢意。

目 录

无 题

八岁偷照镜，长眉已能画[1]。
十岁去踏青[2]，芙蓉作裙衩[3]。
十二学弹筝，银甲不曾卸[4]。
十四藏六亲[5]，悬知犹未嫁[6]。
十五泣春风，背面秋千下[7]。

此《无题》旧笺多以为有寄托，或以为"才而不遇之意"（吴乔），或言"才士之少年不遇"（屈复），或曰"写少年泆涩依人之态"（张采田），总之，皆以诗中之女郎为义山自况。然看作义山为一女郎写照，追叙其少年情事，为一"代言体"诗，亦另有风致，不必拘泥成说。

纪昀评曰："独成一格，然竟有古意，故不在形貌音响间。"

约作于敬宗宝历二年（826）。

1 古以纤长之眉为美。司马相如《上林赋》："长眉连娟，微睇绵藐。"崔豹《古今注》："魏宫人好画长眉。"何逊《离夜听琴》："美人多怨态，亦复惨长眉。"按唐人以长眉借指美女，如李贺《湖中曲》："长眉越沙采兰若，桂叶水葓春漠漠。"又《许公子郑姬歌》："自从小靥来东道，曲星长眉少见人。"八岁而能画长眉,亦见其早慧姣好。

2　踏青:唐人以春日郊游为踏青。《旧唐书·太宗本纪》:"二月壬午,幸昆明池踏青。"故《岁华纪丽》云:"二月二日踏青节。"又《月令粹编》引《秦中岁时记》:"上巳(三月三日)赐宴曲江,都人于江头禊饮,践踏青草,谓之曰踏青履。"

3　裙衩(chà):指两侧开衩之下裳。衩,衣裙两边开口之处。

4　筝:拨弦乐器,形似瑟。其弦有五、十二、十三数种;唐时以十三弦为多。应劭《风俗通》:"筝,谨按《礼·乐记》:'筝,五弦筑身也。'今并、凉二州筝形如瑟,不知谁所改作也。或曰秦蒙恬所造。"《隋书·乐志下》:"筝,十三弦,所谓秦声,蒙恬所作者也。"义山《昨日》诗云:"二八月轮蟾影破,十三弦柱雁行斜。"十三弦即筝。银甲:银制之仿指甲,套于指上,用以弹拨弦乐器如琵琶古筝者。杜甫《陪郑广文游何将军山林》诗:"银甲弹筝用,金鱼换酒来。"

5　六亲:一般指父、子、兄、弟、夫、妇为六亲。《老子》十八章:"六亲不和有孝慈。"王弼注:"六亲:父、子、兄、弟、夫、妇。"六亲历来所说不一,自南朝、隋唐以下,六亲或指近亲。鲍照《松柏篇》:"昔日平居时,晨夕对六亲。"杜甫《前出塞》:"路逢相识人,附书与六亲。"诗云"藏六亲",当指近亲,如刘学锴、余恕诚《集解》所云:"藏于深闺,回避关系最亲之男性戚属。"此美其贞洁。

6　悬：揣测之辞，有料想、猜度意。悬知，犹不必证实，悬想即知。《韩非子·八经》："事智犹不亲，而况于悬乎？"《旧五代史·周德威传》："久在云中，谙熟边事，望烟尘之警，悬知兵势。"

7　泣春风：在春风中流泪，寓伤春之意。背面：背向、背对；面，用如动词。秋千：原北方山戎之戏，以习轻趫（qiáo）。传入中原，每至寒食，女子"乃以彩绳悬树立架，谓之秋千"。（《事物纪原·风俗部》）《开元天宝遗事》："天宝宫中，至寒食节，竞竖秋千，令宫嫔辈戏笑以为宴乐。"

富平少侯

七国三边未到忧[1]，十三身袭富平侯。
不收金弹抛林外，却惜银床在井头[2]。
彩树转灯珠错落[3]，绣檀迥枕玉雕镂[4]。
当关不报侵晨客[5]，新得佳人字莫愁[6]。

《汉书·张安世传》："(昭帝即位)封安世为富平侯。"安世子延寿、孙临、曾孙放袭封。汉成帝"幸酒，乐燕乐"，常以张放陪侍，微行游乐，自称"富平侯家人"(《成帝纪》)。诗题《富平少侯》，借张放、成帝事以刺唐敬宗。

史载敬宗(809—826)童昏，年十六即位，日夕蹴鞠击球，淫乐无度而不谙政事。红日高悬，拥宫嫔而不起；百官上朝，候立紫宸门外，常多人昏仆。此诗所刺，与敬宗事颇合。

冯浩曰："首七字最宜重看。"云藩镇(七国)边患(三边)频仍，而敬宗却不知忧虑。二句所以申足"未到忧"，为"十三身袭"之故，所谓"不更事之少年"云。"三、四言既不收金弹，却肯惜银床"(胡以梅笺)，"应爱惜者不知爱惜"，"不必眷注者偏劳眷注"(姚培谦笺)，曲尽童昏之态。五、六言其居室之奢华繁丽。七、八言其新拥佳人，通宵淫乐，嘱守门者(当关)不得通报，刺敬宗视朝每晏，极含蓄之致。

1　七国：汉景帝前元三年（前154），吴、楚、赵、胶西、济南、淄川、胶东七国诸侯，以诛晁错为名，起兵谋反。此喻指藩镇。三边：汉时指朝鲜、匈奴、南越。此指代边患。《史记·律书》："高祖有天下，三边外衅。"按或指东、西、北边境。未到忧：不知忧。

2　不收金弹：《西京杂记》："韩嫣好弹，常以金为丸，所失者日有十余。长安为之语曰：'苦饥寒，逐金丸。'京师儿童，每闻嫣出弹，辄随之，望丸之所落辄拾焉。"银床：辘轳架。一说井栏。《乐府诗集》卷五十四《舞曲歌辞三·淮南王篇》："后园凿井银作床，金瓶素绠汲寒浆。"南朝梁庾肩吾《九日侍宴乐游苑应令》："玉醴吹岩菊，银床落井桐。"杜甫《冬日洛城北谒玄元皇帝庙》："风筝吹玉柱，露井冻银床。"仇兆鳌注："旧以银床为井栏。《名义考》：'银床乃辘轳架，非井栏也。'"

3　"彩树"句：言灯树转动，灯光如明珠交错。

4　"绣檀"句：言檀木枕头周回之玉饰皆雕镂精细。锼（sōu）：镂刻、雕刻。王褒《洞箫赋》："锼镂离洒，绛唇错杂。"吕向注："锼镂，雕之为文。"

5　当关：门吏，守门人。《东观汉记·汝郁传》："诣台遣两当关扶郁八拜郎中。"嵇康《与山巨源绝交书》："卧喜晚起，而当关呼之不置。"张铣注："汉置当关之职，欲晓即至门呼人使起。"刘禹锡《酬令狐相公寄贺迁拜之什》："不见当关呼早起，曾无侍史与焚香。”侵晨：拂晓。《三国志·吴书·吕蒙传》：“侵晨进攻，蒙手执枹鼓。”

6　莫愁：石城（今南京）女子，或云洛阳女子。《旧唐书·音乐志》引古词云：“莫愁在何处，莫愁石城西。”萧衍《河中之水歌》：“河中之水向东流，洛阳女儿名莫愁。”此指代佳人。

无　题

白道萦回入暮霞¹，斑骓嘶断七香车²。
春风自共何人笑³，枉破阳城十万家⁴。

此诗当是诗人年轻时学仙玉阳时所作。一句言女郎乘七香车于白道上萦回而前，向暮霞中驰去。白道，大路；此当指王屋支脉玉阳山之山路。商隐《寄永道士》诗云："共上云山独下迟，阳台白道细如绦。"《偶成转韵》云："白道青山了然在。"

"斑骓嘶断"云云，实言己骑斑骓，恰与七香车内之女郎相遇，骓马嘶鸣不已，暗示车中女子之美貌与己之"惊艳"。"春风"二句，言女郎自七香车内探头而出，见骓上义山，而嫣然一笑；白道邂逅，本非相识，故有"春风自共何人笑"之疑问。然此一笑，令人销魂，即"阳城十万"皆为所惑而枉自破家。言下我亦因其一笑而徒然为惑也。

1　白道：大路。李白《洗脚亭》："白道向姑孰，洪亭临道旁。"王琦注："白道，大路也。人行迹多，草不能生，遥望白色，故曰白道，唐诗多用之。"
2　斑骓：骏马之毛色青白相杂者。《乐府诗集·清商曲辞四·明下童曲》:"陈孔骄赭白,陆郎乘斑骓。"嘶断:嘶煞,嘶鸣不已。七香车:以多种香料涂饰、多种香木制成之车,亦泛指华美之车。曹操《与太尉杨彪书》:"七香车一乘,青牸牛二头。"

3　春风:犹言"春风面",以喻女子容颜美丽。杜甫《咏怀古迹》之三:"画图省识春风面,环珮空归夜月魂。"自:却。王锳《诗词曲语辞例释》:"自,却,可是,表示语气转折的副词。李贺《感春》诗:'日暖自萧条,花悲北郭骚。'"

4　阳城:春秋时楚国县名。宋玉《登徒子好色赋》:"嫣然一笑,惑阳城,迷下蔡。"李善注:"阳城、下蔡,二县名,盖楚之贵介公子所封,故取以喻焉。"

无 题

紫府仙人号宝灯[1]，云浆未饮结成冰[2]。
如何雪月交光夜，更在瑶台十二层[3]。

———

《集仙录》载："西王母所居宫阙，在阆风之苑，有城千里，玉楼十二。"又《十洲记》、《拾遗记》、《水经注》诸书皆云昆仑天墉城有金台五所，玉楼十二，或瑶台十二，而《汉书·郊祀志》亦言"玉城十二楼"。是"十二层"、"十二楼"、"十二城"、"十二台"皆寓仙人所居之处。唐代道教盛行，义山又曾学道玉阳山，稔熟道书与女冠生活，诗中举凡女冠所居，则屡用"十二层"等以指代之，如"十二城中锁彩蟾"、"十二玉楼空更空"、"碧城十二曲栏干"等，均属女冠事。

一句以紫府仙人号宝灯者，喻玉阳山灵都观女冠，或即宋华阳姊妹（道侣）。二句"云浆未饮"，言两情未通。义山诗常以饮"云浆"、"三霄露"等喻男女相得。而以"渴"喻对爱情之渴求；"渴"而得"饮"，则两情通矣。三、四似言己于雪月交光之夜至道观相访，而彼竟高处"瑶台十二层"（即道观）而不我见！"更在"云云，意想之外，怨望之辞也。屈复云："在昔仙人相见，方欲一饮云浆，忽已成冰，然犹相近也。乃今雪月之夜，更隔十二层之瑶台，远而更远矣。"

1　紫府：女仙所居处。《海内十洲记·长洲》："长洲，一名青丘，有风山，山恒震声；有紫府宫，天真仙女游于此地。"宝灯：供奉神佛之灯。《华严经·世主妙严品》："宝灯无量从空雨。"道源注："佛有宝灯之名，神仙无此号。然佛亦称金仙，故可通用。"

2　云浆：道教传说中仙人所饮之酒。《汉武内传》："云浆玉酒，玄圃琼腴。"按"云浆"，亦称"五云浆"，后用以代美酒。五云指云英、云珠、云沙、云液、云母。杨巨源《石水词》其一："知共金丹争气力，一杯全胜五云浆。"

3　瑶台：道教传说中之神仙居处。《拾遗记·昆仑山》："旁有瑶台十二，各广千步，皆五色玉为台基。"

圣女祠

松篁台殿蕙香帏¹，龙护瑶窗凤掩扉²。
无质易迷三里雾³，不寒长著五铢衣⁴。
人间定有崔罗什⁵，天上应无刘武威⁶。
寄问钗头双白燕⁷，每朝珠馆几时归⁸？

此"圣女"当喻指玉阳山灵都观女冠宋华阳氏，祠即道观。"圣女"有美其圣洁之意。

一、二言圣女祠台殿松竹掩映，"神龛"香帏长垂，而瑶窗玉扉皆雕龙镂凤。《载酒园诗话》："魏晋以降，多工赋体，义山犹存比兴。"自比兴观之，"龙"乃义山自比，而"凤"则比宋。二人观内幽会，为遮人耳目而关窗闭户。护、掩均遮闭意，只此二字即透露幽期欢会之消息。三、四状圣女服饰之至轻至薄，望之如轻纱雾縠，恰似"无质"。五、六则戏言之云：人间有多情如我者，可与汝相伴，天上（道观）应无如此善解风情之才士，言外俗世之情爱大胜于道观之法规戒律。七、八寄问"圣女"钗头之双双玉燕，此去朝天（京华宫禁或贵主府第），何时得归？

诗当作于大和初，义山年十六、七初上玉阳时。

1　香帏：散发芳香之帏帐。

2　"龙护"句："护"、"掩"互文，护亦掩，言掩窗闭门。古乐府《捉搦歌》："粟谷难春付石臼，敝衣难护付巧妇。"护，掩、遮也。《淮南子·天文训》注："掩，蔽也。"

3　无质：没有形质、形体。《广雅·释言》："质，躯也。"曹植《愍志赋》："痛余质之日亏。"三里雾：浓雾，此反用指薄雾，形容其衣薄如雾縠。《后汉书·张楷传》："性好道术，能作五里雾，时关西人裴优亦能为三里雾，自以不如楷，从学之，楷避不见。"习以五里雾为浓雾而以三里雾为薄雾。

4　铢衣：铢，古重量单位，一铢为一两之二十四分之一。五铢衣，言其衣极为轻薄。古时候为仙女所著。唐谷神子《博异志》："问曰：'衣服皆轻细，何土所出？'对曰：'此是上清五铢衣。'"

5　崔罗什：据《酉阳杂俎》载，崔为善解风怀之士，此义山自指。《酉阳杂俎·冥迹》载：魏孝昭之世，清河崔罗什夜过"夫人墓"，一青衣出邀入。什虽疑其非人，亦惬心好之，留玳瑁簪，女以指上玉环赠什。

6　刘武威：亦如崔罗什为风怀之士。吴融《上巳日》："本学多情刘武威，寻花傍水看春晖。"

7　钗头燕：即玉燕钗，亦省称玉燕。《洞冥记》卷三："神女留钗以赠（汉武）帝，帝以赐赵婕好。至昭帝元凤中，宫人犹见此钗。黄谂欲之,明日示之,既发匣,有白燕飞升天。后宫人学作此钗,因名玉燕钗,言吉祥也。"李白《白头吟》:"头上玉燕钗,是妾嫁时物。"

8　珠馆:神仙居所,借指宫禁或贵主府第。

随师东

东征日调万黄金，几竭中原买斗心。
军令未闻诛马谡[1]，捷书惟是报孙歆[2]。
但须鸑鷟巢阿阁，岂暇鸱鸮在泮林[3]。
可惜前朝玄菟郡，积骸成莽阵云深[4]。

　　随即隋，诗借隋炀帝东征高丽，以咏唐七镇征讨李同捷之役。敬宗宝历二年（826）四月，横海节度使李全略卒，其子李同捷自为留后。文宗即位，徙同捷兖海节度，同捷拒命不受。大和元年（827）八月，诏削同捷官爵，发七道兵征讨。《旧唐书·李同捷传》：“（大和二年九月）时诸军在野，朝廷特置供军粮料使，日费寖多。两河诸帅每有小捷，虚张俘级，以邀赏赉，实欲困朝廷而缓贼也；缯帛征马，赐之无算。”义山时年一十有七，睹朝廷威令废弛，诸将虚张邀功，缓贼党恶，感慨朝无贤宰，致悍将割据拒命，其批判之锋芒实直指“庙算之失”。

　　1　马谡（sù）：三国蜀大将，好论兵，每言过其实，诸葛亮深加器异。因失街亭，下狱死。见《三国志·蜀书·马谡传》。马谡喻指对抗军令、不服调遣之将帅。
　　2　孙歆（xīn）：三国吴宗室孙贲之孙，孙邻之子。《晋书·杜预传》："王濬先列上得孙歆头,(杜)预后生送歆,洛中以为大笑。"故原注有云："平吴之役,上言得歆;吴平,孙尚在。"此言征讨李同捷七镇节帅虚报战绩,以邀厚赏。

3　鸑鷟(yuè zhuó):凤凰之别称。《国语·周语上》："周之兴也,鸑鷟鸣于岐山。"韦昭注："鸑鷟,凤之别名。"阿(ē)阁:四柱皆有檐霤之楼阁。《帝王世纪》："黄帝时凤凰巢于阿阁。"鸱鸮(chī xiāo):猫头鹰,古人以为其声恶,为祸鸟,常以喻贪恶之人,此比藩镇节使。此二句以凤凰比贤臣,以鸱鸮比跋扈之镇使,言但须贤宰辅王朝,岂容节镇飞扬跋扈!

4　玄菟郡:汉武元封三年(前108)置,治所在沃沮县,今朝鲜咸镜南道咸兴。积骸成莽:言尸骨堆积如丛生之草。

昨　日

昨日紫姑神去也[1]，今朝青鸟使来赊[2]。
未容言语还分散，少得团圆足怨嗟。
二八月轮蟾影破[3]，十三弦柱雁行斜[4]。
平明钟后更何事[5]，笑倚墙边梅树花。

———

此取首二字为题，类同《锦瑟》，亦无题之属。诗记昨日与所恋小会即别，今晨"信使"未至，心悬思念。

首句"紫姑神"喻所思女子，并点"昨日"为正月十五元夕。二句言今晨音书未来，不知其"昨日"别后如何？"昨日"方去，今早即盼其音信，见相思之切。三、四追记"昨日"只是小会遽别，未容细诉衷曲，然稍得团圆，亦足慰相思。五、六"二八月轮"、"十三弦柱"取喻月缺、孤单，亦寓分离、悲凉之意，叹"昨日"虽小会，然终未能长久相随。七、八拟想平明钟后彼姝当梳洗完毕，或因忆及"昨日"小聚而笑倚墙边之梅树。

此以紫姑神为喻之女子，当亦女冠之流。紫姑神，亦"紫府仙人"，借紫姑为喻，不过点昨日乃元宵佳节，诗当为实赋其事。

1　紫姑：传为厕神，亦称子姑、坑三姑。《异苑》卷五、《荆楚岁时记》《显异录》《事物纪原》等载：紫姑，莱阳人，姓何名媚，寿阳李景小妾，为大妇所疾。正月十五夜阴杀于厕间。上帝悯之，命为厕神。此云"紫姑神"，非言此女为扫厕女子，盖借"紫姑"以暗指其为"紫府仙人"（女冠）；又点昨日为正月十五。

2　青鸟：西王母信使，诗中屡见。赊：用同"呀"，语助之词，表测度。韦应物《池上》："郡中卧病久，池上一来赊。"按"赊"或训迟缓、缓慢解，亦通，言今朝消息来得何迟慢也。梁王僧孺《鼓瑟曲有所思》："光阴复何极，望促反成赊。"然首联对句起，"赊"当与"也"相应为语助。

3　二八月轮：言阴历十六，月已不圆。

4　十三弦柱：筝也。唐时教坊用筝皆以十三弦，故称。《隋书·音乐志》："丝之属曰筝，十三弦。""十三"不成双，言孤单也。

5　平明：黎明。《荀子·哀公》："君昧爽而栉冠，平明而听朝。"李白《游泰山》："平明登日观，举手开云关。"

一　片

一片非烟隔九枝[1]，蓬峦仙仗俨云旗[2]。
天泉水暖龙吟细[3]，露畹春多凤舞迟[4]。
榆荚散来星斗转[5]，桂华寻去月轮移[6]。
人间桑海朝朝变，莫遣佳期更后期。

———

此亦"玉阳序列"之恋诗，以首二字为题。

首句言一片卿云瑞气与九枝华灯相映，所谓"卿云，喜气也"。二句"蓬峦仙仗"、俨然云旗，申足首句。言此喜庆乃生蓬山仙境，实借指玉阳山灵都观一道事喜庆场面；则玉阳山男女道士当皆与其事。三、四"天泉"星名，借指玉阳之灵池泉壑；"露畹"，雌凤所居；龙，义山自比；"凤"，比所恋女冠，或即华阳宋氏。

龙吟细，暗示道场相见，众目所视，未敢纵恣多语。"凤舞迟"，迟，缓也；言因场上女冠众多，为避嫌，此女冠亦未敢亲近，目视而已。"水暖"，云情雨意也；"春多"，言此"雌凤"虽是"舞迟"，然含情脉脉，令我心旌摇漾也。"春"多，恋情之隐语，即"有女怀春"意。五、六"榆荚"，白榆，星也；"桂华"，月华，月也。二句言星散星转，月去月移，即春去秋来，又是一年。故七、八叮咛、劝慰之，言人间事沧海桑田，变化莫测，时不我与，莫使佳期滞误而错失良机也。

1　非烟：卿云，亦作庆云、景云，即五色祥云。《史记·天官书》："若烟非烟，若云非云，郁郁纷纷，萧索轮囷，是谓卿云。卿云，喜气也。"杜正伦《玄武门侍宴》："玉池流若醴，云阁聚非烟。"九枝灯，即一干插九枝之烛灯。沈约《伤美人赋》："拂螭云之高帐，陈九枝之烛灯。"

2　蓬峦：即蓬山、蓬莱山，仙人所居，此借指义山学道之玉阳山。仙仗：仙宫、道观之仪仗。《云笈七签》卷六十四："龙轩鹤骑，仙仗森列。"云旗：以云为旗，或曰高入紫云之旌旗。《离骚》："载云旗之委蛇。"王逸注："载云为旗也。"《文选》李善注："其高至云，故曰云旗。"

3　天泉：星名。《星经》："天泉十星在鳖东。一曰天海，主灌溉沟渠之事也。"此借指玉阳山之泉壑。

4　露畹：覆盖露水之园圃。露，阴寒之所凝，引申借指女子所居之苑。蔡邕《月令》："露，阴之液也。"

5　榆荚：榆树果实，此言白榆，借指星。《古乐府·陇西行》："天上何所有，历历种白榆。"按，榆荚初春先于叶生，连缀成串似钱，俗呼榆钱，群星相连，似之。

6　桂华：亦作桂花，传月中有桂树，故常借指月，月光。此与借榆荚指星对举。庾信《舟中望月》："天汉看珠蚌，星桥视桂花。"

春　风

春风虽自好[1]，春物太昌昌[2]。
若教春有意，惟遣一枝芳。
我意殊春意，先春已断肠。

———　何义门引冯班云："只恐爱博而情不专也。"言"春风"泛爱，我则断肠矣。此"春风"自是喻人，非赋咏春风，亦取首二字为题，如《锦瑟》、《碧城》者。

一、二言春风自是好风，然"春风"泛爱，使"春物"皆得沾濡。著一"太"字，则怨春之情微露。三、四言若"春风"其有意于我，则不当爱博而不专，惟应使我一枝芳艳也。诗之作意呼之欲出。

此以春风化雨，喻托情爱。故五、六言"我"之意有异于"春风"之意，即四句所云，愿"春风"之情独钟于我，为我一枝而芳，无使我先汝而断肠也。此"春风"当亦喻指所思所恋之女子。

———　1　春风自好：即好风，西南好风。曹植《七哀》："愿为西南风，长逝入君怀。"元稹《春词》："春日频到宋家东，垂衰开怀待好风。"义山《无题》："斑骓已系垂杨岸，何处西南待好风?"

2　昌昌:繁盛貌。《广雅·释诂》:"昌,盛也。"言春风雨润,春物皆得沾溉而繁茂,喻指女性爱博,泛施而不专。殊:异。

月夜重寄宋华阳姊妹

偷桃窃药事难兼[1]，十二城中锁彩蟾[2]。
应共三英同夜赏[3]，玉楼仍是水精帘[4]。

此义山月夜访宋华阳姊妹不遇，因以诗代柬重寄之。

"偷桃"，喻恋情，着眼在"偷"字。《曼倩辞》云："如何汉殿穿针夜，又向窗中觑阿环。""觑"亦"偷"也。东方朔三偷西王母禁桃，被谪降人间，是"偷桃"亦可喻离道而还俗。"窃药"则自俗世奔广寒；月宫即道观。"十二城"比玉阳山灵都观；彩蟾，月里嫦娥，喻比宋华阳姊妹。言我月夜往访，观门紧闭，汝等被"锁"观中，不得相见。三、四言今夜月明，本拟与汝等三姊妹同赏明月，无奈"玉楼"深闭，水晶帘隔，终不得通达情愫矣。

"宋华阳姊妹"，非为俗世姊妹行，而乃同道之女冠伴侣。诗或作于离玉阳前夕，约大和三年秋末，可与《嫦娥》、《月夕》、《寄永道士》同参。

1　"偷桃"句：言俗世恋情与入道求仙二者不可得兼。偷桃，用东方朔三偷王母禁桃事。据《汉武故事》载：西方王母仙桃，三千年一结子，东方朔因三偷王母仙桃，被谪降俗世。

此"偷桃"喻言俗世之情。"窃药",用嫦娥奔月事,见《嫦娥》注3。

2　十二城:喻指道观,此指玉阳山灵都观。详见《碧城三首》注1。

3　三英:三英媛,比宋华阳三姊妹。《诗·郑风·有女同车》:"有女同行,颜如舜英。"毛传:"英,犹花也。"此称美宋氏三姊妹为"三朵花"。元稹《追封宋若华制》:"若华等伯姊季妹,三英粲兮。"

4　水精帘:亦作水晶帘,即水晶珠子串成之门上珠帘。李白《玉阶怨》:"却下水晶帘,玲珑望秋月。"

嫦　娥

云母屏风烛影深¹，长河渐落晓星沉²。
嫦娥应悔偷灵药³，碧海青天夜夜心。

此咏所思之女冠。

一、二"烛影深"、"晓星沉"，见长夜不眠，相思孤寂。三、四对月直呼嫦娥，言嫦娥碧海青天，夜夜思念其夫后羿，应悔窃不死之药而奔月吧！按此诗当与《月夜重寄宋华阳姊妹》诗同参，可悟此"嫦娥"实喻指女冠宋华阳。

1　云母屏风：云母石装饰镶嵌之屏风，义山诗中亦简作"云屏"。云母，一种硅酸盐矿石，质地柔软，色泽鲜艳透明，常切割成薄片以装饰屏风、窗户等。

2　长河：银河、天河。谢庄《月赋》："列宿掩缛，长河韬映。"陈子昂《春夜别友人》："明月隐高树，长河没晓天。"

3　嫦娥：本作姮娥，汉人避文帝刘恒讳，改作嫦娥，亦作常娥。《淮南子·览冥训》："羿请不死之药于西王母，姮娥窃以奔月。"高诱注："姮娥，羿妻。羿请不死之药于西王母，未及服之，姮娥盗食之，得仙，奔入月中，为月精也。"

月　夕

草下阴虫叶上霜[1]，朱栏迢递压湖光[2]。
兔寒蟾冷桂花白，此夜姮娥应断肠[3]。

黄生曰："嫦娥字似暗有所指。"（《唐诗摘抄》）屈复曰："嫦娥指所思者。"程梦星曰："此亦相思之词。"三家言是也。

一句"阴虫"、"叶霜"，点时在深秋。二句朱栏凭眺，暗点"怅望"。三句"寒"、"冷"、"白"，一片秋气秋色，言广寒宫冷，清秋寂寥，所谓"十二城中锁彩蟾"也。四句自对面写来，不言己之相思怅望，反言"姮娥"此夜高锁月宫，当思我而断肠，含思宛转。纪昀曰："对面写法。"

1　阴虫：秋虫。颜延之《夏夜呈从兄散骑车长沙》："夜蝉当夏急，阴虫先秋闻。"

2　迢递：遥远貌，此言高。左思《吴都赋》："旷瞻迢递。"李善注引刘逵曰："迢递，远貌。"嵇康《琴赋》："指苍梧之迢递，临回江之逶迤。"

3　姮娥：见《嫦娥》注3。

无　题

凤尾香罗薄几重[1]，碧文圆顶夜深缝[2]。
扇裁月魄羞难掩[3]，车走雷声语未通[4]。
曾是寂寥金烬暗[5]，断无消息石榴红[6]。
斑骓只系垂杨岸[7]，何处西南待好风[8]？

重帏深下莫愁堂，卧后清宵细细长。
神女生涯元是梦[9]，小姑居处本无郎[10]。
风波不信菱枝弱，月露谁教桂叶香。
直道相思了无益，未妨惆怅是清狂[11]。

　　此二首纯为恋情诗，抒情主体当为义山本人。

　　"凤尾香罗"一首。一、二为诗人拟想之辞，所谓"自对面落笔"。言所思女子当于深夜缝制凤尾纹之碧罗帐，其帐纱薄，散发绮罗香泽。此种多层百折复帐，唐人称"百子（折）帐"，婚礼所用。而首句"罗"用"香"（相），次句用"缝"（逢），寄意显然。三、四回顾一匆匆邂逅之情景：女以团扇含羞半掩，诗人则骓引车走，车声殷殷如雷，欲语而未通。此情景极似另首《无题》："白道萦回入暮霞，斑骓嘶断七香车。"五、六转写相思无望，以灯暗和春尽作比。出句言无数夜晚，伴随残灭之灯花,孤寂难处;对句云自春徂夏,绝无消息。灯花吉兆,然金烬已暗;石榴花红,而春已不及,正隐喻相谐之无望。七、八返照三、四,言前回相遇匆匆,未能一诉衷怀,今我斑骓即在垂杨岸边,何处等来一阵西南好风,将尔吹来?姚培谦曰:"此咏所思之人,可思而不可见也。"

"重帏深下"一首。此亦咏所思之人。首联拟想所思女子于重帏下独自无聊景况。言外有被禁闭或法规所限而不得自如出入。三、四言相思之不可得,渴望与彼有神女巫山之会。然彼如小姑,居处本不可有"郎",又焉能如巫山神女之会乎?

是义山以巫山与青溪神女喻所思女子,此种人神、人仙相恋,于"无题"中有多首,其女子多为女冠。道观森严,女冠为道规戒律所拘,故五、六言其如菱枝之横遭风波,漂荡难定,谐合无缘;如桂叶之不得月露,霜多摧折,双眉紧蹙。桂叶摧败不香,言其桂眉紧蹙不展。七、八自嘲自解,言即使明知相思无益,亦不妨付一片惆怅痴妄之心。

―――

1　凤尾香罗:凤纹之丝织品。鲍溶《范真传侍御累有寄因奉酬》之三:"云髻凤文细,对君歌少年。"陈帆曰:"凤尾罗,即凤文罗。"(冯浩笺引)

2　碧文圆顶:一种碧青色波纹圆顶百折罗帐。元稹《江梅》:"梅含鸡舌兼红气,江弄琼花带碧文。"

3　扇裁月魄：即团扇；月魄，指月。班婕妤《团扇歌》："裁为合欢扇，团团似明月。"月魄，月初生或圆而始缺时暗黑不明的部分，此泛指月，以代团扇。

4　"车走"句：司马相如《长门赋》："雷殷殷而响起兮，声象君之车音。"

5　金烬：灯盏或蜡烛残烬之美称。徐坚《孤烛叹》：'玉盘红泪滴，金烬彩光圆。"

6　石榴红：五月石榴花开，色红艳。此言春尽夏来。

7　斑骓：见《无题》（白道萦回）注2。

8　"何处"句：意为"何处待西南好风"。西南好风，喻所思女子。《易·坤》："西南得朋，东北丧朋。"

9　"神女"句：神女事习见。此言神女巫山事只是梦境。见宋玉《神女赋》《高唐赋》。

10　"小姑"句：言人神本非匹偶，故欢会难谐。义山自注："古诗有'小姑无郎'之句。"古乐府《青溪小姑曲》："开门白水，侧近桥梁；小姑所居，独处无郎。"

11　"直道"二句：言即使对彼之相思全无益处，亦不妨付一片惆怅痴妄之情。清狂：不慧、颠痴，引申为痴情，痴妄，非非之想。张相曰："《无题》诗云云（略）。清狂为不慧或白痴之义，言即使相思无益，亦不妨终抱痴情耳。"（《诗词曲语辞汇释》卷一）

无　题

来是空言去绝踪，　月斜楼上五更钟。
梦为远别啼难唤[1]，　书被催成墨未浓。
蜡照半笼金翡翠[2]，　麝熏微度绣芙蓉[3]。
刘郎已恨蓬山远[4]，　更隔蓬山一万重。

飒飒东风细雨来[5]，　芙蓉塘外有轻雷[6]。
金蟾啮锁烧香入[7]，　玉虎牵丝汲井回[8]。
贾氏窥帘韩掾少[9]，　宓妃留枕魏王才[10]。
春心莫共花争发，　一寸相思一寸灰。

　　"来是空言"一首。首联一、二逆接，言一夜辗转反侧，
当此月斜更尽之时，遥想伊人一去无踪；云将复来，只是"空
言"。赵臣瑗曰："只首句七字，便写尽幽期虽在，良会难成种
种情事，真有不觉其望之切而怨之深者。"（《山满楼笺注唐
诗》卷四）三句追溯昨夜积思成梦，梦中为伤别而哀哭流泪。
四句言急切起身作书，不待墨浓即匆匆写就。五、六翻进一
层，拟想伊人此时，正永夜罗罩掩光，似明忽暗；麝熏微度，寂
寞自处，未知亦思我欤？七、八言蓬山此去，可望而不可即，岂
堪更隔蓬山一万重！"蓬山"，仙人所居，似亦喻女冠之道观。

　　"飒飒东风"一首。一、二糅合巫山云雨、《殷其雷》、《长门赋》数事,拟想伊人于"蓬山"极相思之苦。纪昀云:"起二句妙有远神,不可理解而可以意喻。"三、四"烧香(相)"、"牵丝(思)",实谐"相思"二字。言金蟾虽啮锁,井水虽深汲,然则"烧香"可入,"牵丝"可回。言下之意,只须一往情深,志不稍懈,则自可"回"玉阳而入道观;"相思(香丝)"之情当可动彼之心哉!五、六言彼所以相许,惟因我如韩寿之少,如子建之才华。七、八又自幻想跌落现实,写相隔之苦痛:莫让春心如春花之怒放,愈是相思,愈是失落和痛苦。

1　梦为远别:因远别而积思成梦。为,因、由于,表示原因。

2　蜡照:蜡烛点亮后之光照。吴融《棠梨花》:"夜宜红蜡照,春称锦筵遮。"

3　麝熏:麝香,于香炉中熏灼而发散弥漫,故下曰"微度"。皮日休《奉和鲁望玩金鸂鶒戏赠》:"镂羽彫毛迥出群,温鏖飘出麝脐熏。"麝脐熏,即麝熏发。绣芙蓉:指绣有芙蓉之帏帐、衾被等。崔颢《虞姬篇》:"魏王绮楼十二重,水晶帘箔绣芙蓉。"

4　刘郎:借东汉刘晨以自指。刘义庆《幽明录》卷一载:东汉明帝永平五年,剡县刘晨、阮肇共入天台山采药,遇二仙女,仙女招其各就一帐宿。半年求归,而亲朋零落云。唐人诗中每以刘郎、阮郎代指恋中男子一方。如曹唐《刘阮洞中遇仙人》

云:"晓露风灯零落尽,此生无处访刘郎。"元稹《春词》云:"等闲浮水弄花片,流出门前赚阮郎。"

5 飒飒:风雨声。《楚辞·九歌·山鬼》:"风飒飒兮木萧萧,思公子兮徒离忧。"

6 芙蓉塘:荷塘、莲塘。《西洲曲》:"采莲南塘秋,莲花过人头。"《诗·召南·殷其雷》:"殷其雷,在南山之阳。"朱熹《集传》:"妇人其以君子从役在外而思念之。"《长门赋》:"雷殷殷而响起兮,声象君之车音。"

7 金蟾(chán):蟾形之铜香炉。啮(niè)锁:香料点燃,自蟾口入"腹"后,即将铜环勾连,使蟾口上下相咬,如鼻钮相锁状。啮,啃、咬。

8 玉虎牵丝:井上之辘轳牵引井绳以汲水。玉虎:井上辘轳。辘轳,利用轮轴制成井上汲水的一种装置。

9 "贾氏"句:言伊人如此相许,盖因我如韩寿之年少。《晋书·贾谧传》:"(贾)充每宴宾僚,其女辄于青琐中窥之,见(韩)寿而悦焉……婢后往寿家,具说女意,并言女光丽艳逸,端美绝伦。寿闻而心动,便令为通殷勤。"韩寿美姿容,贾充辟为司空掾,故称韩掾。掾(yuàn):旧时官府中佑助长官的通称。

10 "宓妃"句:言彼姝心许于我,盖因我如子建之才华。事详曹植《洛神赋》,习见。

银河吹笙

怅望银河吹玉笙[1]，楼寒院冷接平明[2]。
重衾幽梦他年断[3]，别树羁雌昨夜惊[4]。
月榭故香因雨发[5]，风帘残烛隔霜清。
不须浪作缑山意[6]，湘瑟秦箫自有情[7]。

　　此虽有题，实取首四字，亦无题之属。吹笙者，王子乔；银河，牛女分隔。此"怅望"而吹笙之"王子乔"，自是学道、入道者，亦义山自谓。

　　首二倒文，言彻夜无眠，觉楼寒院冷，至平明时分，起而吹笙，怅望银河牛、女相隔。三句叹"重衾幽梦"之已断。四句言昨夜闻"羁雌"哀鸣，而怅触心中凄苦恋念之情，见旧情之难忘，亦申足平明所以起而吹笙怅望也。"羁雌"，失伴之禽，喻指相悦之女冠，想其人今或孤寂独处。五、六"月榭故香"、"风帘残烛"，皆眼前景。"故香"是虚，拟幻之辞；"残烛"是实，时在平明，烛焰尚燃。"因雨发"、"隔霜清"，诗境迷茫，亦心境迷茫也。七、八劝慰之辞，言不须浪作缑山驾鹤之想，与其入道，不如还俗，即便升仙为湘灵、弄玉，亦自有人间夫妇之情，一成虞妃，一适萧史。"嫦娥应悔偷灵药，碧海青天夜夜心"，与此同一意绪，似皆劝勉此女冠下山还俗，享夫妻天伦之乐。

此诗约当大和三年（829）秋，下玉阳赴天平幕前夕所作，其所劝勉者或玉阳灵都女冠之流。

1　玉笙：笙之美称，或笙之以玉为饰者。玉箫、玉琴、玉笛之称同此。刘孝威《奉和简文帝太子应令》诗："园绮随金辂，浮丘待玉笙。"

2　平明：犹黎明。见《昨日》注5。

3　重衾：两层衾被，借以喻男女欢会。幽梦：隐约不明之梦境。杜牧《即事》："春愁兀兀成幽梦，又被流莺唤醒来。"

4　羁雌：失偶之雌鸟。枚乘《七发》："暮则羁雌迷鸟宿焉。"谢灵运《晚出西射堂》："羁雌恋旧侣，迷鸟怀故林。"刘良注："羁雌，无偶也。"

5　月榭：观月之台榭。沈约《郊居赋》："风台累翼，月榭重楣。"

6　浪：犹随意，轻率、草率。张籍《赠王秘书》："不曾浪出谒公侯，唯向花间水畔游。"缑山意：指入道修仙。缑山，即缑氏山，在河南偃师县。刘向《列仙传·王子乔》：王子乔者，周灵王太子晋，好吹笙，道士浮丘公接以上嵩山成仙。三十余年后，乘白鹤于山头，举手谢时人，数日乃去。李白《凤笙篇》："绿云紫气向函关，访道应寻缑氏山。"

7　湘瑟秦箫：指代虞妃与弄玉。《楚辞·远游》："使湘灵鼓瑟兮，令海若舞冯夷。"杜甫《郑驸马池台喜遇郑广文同饮》："重对秦箫发，俱过阮宅来。"按秦萧史弄玉事，习见。

细　雨

帷飘白玉堂[1]，簟卷碧牙床[2]。
楚女当时意[3]，萧萧发彩凉[4]。

首句比而兼兴。"帷飘"比细雨之飘洒，而又兴起所思之
情事。二句由"雨"而思，由堂而入室：碧牙床上，席簟卷曲，
此《无题》"潇湘浪上有烟景"之意，写"雨情云意"，极含蓄之
致。故三句紧接"楚女当时意"，见所思非眼前景，乃当时与
"楚女"之一段情缘。"楚女"，巫山神女，借指"当时"所恋之
女冠。"当时意"，即"当时情"，意亦情也。四句言于今惟留其
"萧萧发彩凉"之朦胧意态。短幅中无限情思。诗似作于大
和三年（829）下玉阳时。

1　白玉堂：富贵人家邸宅厅堂之美称，或指仙所居。此指后
　　者，以比女冠所居之道观。
2　簟（diàn）：竹席、篾席。碧牙床：以碧玉、象牙装饰之床。
3　楚女：指巫山神女。
4　发彩：言鬓发光彩可鉴。

碧城三首

碧城十二曲栏干[1]，犀辟尘埃玉辟寒[2]。
阆苑有书多附鹤[3]，女床无树不栖鸾[4]。
星沉海底当窗见，雨过河源隔座看[5]。
若是晓珠明又定，一生长对水精盘[6]。

对影闻声已可怜[7]，玉池荷叶正田田[8]。
不逢萧史休回首[9]，莫见洪崖又拍肩[10]。
紫凤放娇衔楚珮[11]，赤鳞狂舞拨湘弦[12]。
鄂君怅望舟中夜，绣被焚香独自眠[13]。

七夕来时先有期，洞房帘箔至今垂。
玉轮顾兔初生魄[14]，铁网珊瑚未有枝[15]。
检与神方教驻景[16]，收将凤纸写相思[17]。
武皇内传分明在[18]，莫道人间总不知。

———　李义山《碧城三首》之难索解，更胜《锦瑟》，然多以为咏
贵主及女道士事。义山于文宗大和三年至五年（827—829）
学仙玉阳山，与女冠（或即宋华阳氏）有一段恋情。

首章。"碧城十二",点玉阳山灵都观女冠居处。二句犀、玉、尘、寒互文错举,犀玉皆可辟尘、辟寒,此喻女冠之居所洁净无尘,和暖如春。三句言附鹤传信,可通音问。四句言女床山上,孤鸾可栖。女床,双关。鸾,凤之雄者,喻指男性即道士,言山上无处不有男女道侣相携幽欢,此"无处不栖鸾"也。五、六言与所恋女冠白日可当窗见之,夜晚亦可隔座相逢,极言可亲近相随。当为男女道士共场作道事之时。"晓珠"、"水精盘"皆指月。义山诗常以月、月姊、彩蟾、嫦娥、姮娥等喻所恋女冠。故七、八言,当年汝若"明"、"定"与我携手相好,则我于汝亦一生长守也。言下有怅其当时爱意之不"明",不"定"。此章义山倒溯与女冠定情之始,虽犀香暖玉,两情初谐,然怅感其情之不定,欢会难永。

次章。"对影"二句,言睹其影,闻其声,已觉其楚楚可怜,何况交会欢合。"玉池"句,寓池中有"鱼戏莲叶间";"鱼戏"托喻男女交接。三、四"萧史"自谓,"洪崖"比同道中人如永道士者(详见《寄永道士》诗)。言与汝难得一聚,每会即别,望其情恋专一:除我"萧史"外,莫移情别恋,向同道中人"拍肩"示爱。五、六回忆二人欢会之状,"紫凤放娇",女情如炽;"赤鳞狂舞",男欢似火。七、八言事过境迁,眼前惟如鄂君之独宿舟中,绣被焚香,怅望相思也。

三章。"七夕"二句言当年牛女之会,原汝先期约我,而今所见往日相悦之"洞房",乃帘箔深垂,拒不我见也。三句"玉轮顾兔"指月,"初生魄",阴历十六。言月生魄,则月已不圆,暗示乃今两情暌隔,未能谐合。四句言有心网得珊瑚,却未曾网得,喻指最终无望。五、六"神方"即致神之方,神方妙术。此义山拟想何处觅得神机妙法,使时光暂驻,倒流至当年两情相悦之时。然今无望于此,惟收将凤纸,聊寄相思之情。七、八又回至眼前,言尔我往昔相携相悦之情事,历历已为人知,尔今不应弃我而去也。

《碧城三首》,相贯相续,作为组诗,不啻义山与灵都观女冠之一段"恋史"。

诗约作于大和三年下玉阳之时。

1　碧城:道教传为元始天尊之所居,后引申指仙人、道隐、女冠居处。《太平御览》卷六七四引《上清经》:"元始天尊居紫云之阙,碧霞为城。"　十二:十二城,即"碧城。"详见《无题》(紫府仙人)"评析"。

2　"犀辟"句:喻所恋女冠及其居处洁净无尘,和暖如春。唐刘恂《岭表异录》"辟尘犀"原注:"为妇人簪梳,尘不著也。"玉辟寒:据传一种红色宝玉能发光热,或称火玉,可驱除寒气。按犀、玉皆可辟尘、辟寒,此句互文错举。"玉德温润",自可辟寒。王仁裕《开元天宝遗事》载:"交趾国进犀一株,名

'辟寒犀'。"

3　阆（làng）苑：阆风巅之宫苑，传亦仙人之居处，借指女冠所居道观。《海内十洲记·昆仑》："山三角，其一角正北，干辰之辉，名曰阆风巅。"庾肩吾《山池应令》："阆苑秋光暮，金塘收潦清。"附鹤：道教传仙道以鹤传书，称鹤信。李洞《赠王凤二山人》："山兄望鹤信。"褚载《赠通士》："惟教鹤探丹丘信。"

4　女床：山名。《山海经·西山经》："西南三百里，曰女床之山"，"有鸟焉，其状如翟而五彩文，名曰鸾鸟。"张衡《东京赋》："鸣女床之鸾鸟，舞丹穴之凤凰。"

5　"星沉"二句：意白天当窗可见，晚上则隔座相望，喻指二人曾亲近相随。星沉海底，日晓之时；雨过河源，晚暝之景。《汉书·律历志上》："日月如合璧，五星如连珠。"是珠可喻星也。《诗·鄘风·定之方中》："星言夙驾，说于桑田。"郑笺："星，雨止星见。"是"雨过河源"则雨止星见，此晚暝之景。

6　"若是"二句：晓珠、水精（晶）盘，皆指月，同义而异指。盖喻指所恋女冠为月里嫦娥。　水精盘：水精制成之圆盘，此喻指圆月。水精，亦作水晶。

7　"对影"句：言只能对着影子，听见声音而未能亲近，故以相思。

8　玉池：池塘美称，此指荷塘。鲍照《学刘公干体》之四："彪炳此金塘，藻耀君玉池。"宋之问《海榴》："昔忝金闺籍，尝见玉池莲。"田田：莲叶盛密鲜碧貌。《乐府诗集·相和歌辞一·江南》："江南可采莲，莲叶何田田。"王金珠《欢闻歌》："艳艳金楼女，心如玉池莲。持底报郎恩，俱期游梵天。"

9　萧史：用秦穆公以女弄玉妻萧事；常以比恋人中男子一方，此义山自比。

10　"洪崖"句：洪崖，仙人，见《列仙全传》。此喻同道者，当亦一道士。拍肩，轻拍肩膀，以示友好，此指情爱。此句言，我今下玉阳而去，汝莫见同道中人又更求新知也。

11　紫凤：凤属，传说中之神鸟。此喻指所恋之女冠。放娇：撒娇；放，纵，恣情。与下句"狂舞"对举。楚珮：借指定情之物。刘向《列仙传·江妃二女》载：郑交甫见江妃二女而悦之。郑致辞，请其珮，女遂解以赠之。

12　赤鳞：鳞片赤色之鱼，古称淫鱼。《淮南子·说山训》："瓠巴鼓瑟，淫鱼出听。"原注"淫鱼长丈余，出江中，喜音。"故下云"狂舞拨湘弦"。湘弦，湘瑟，湘灵所鼓，喻指女冠。

13　"鄂君"二句：鄂君子晳，义山自喻。刘向《说苑·善说》载：鄂君子晳泛舟于新波之中，有越人榜枻而歌曰："今日何日兮，得与王子同舟。蒙羞被好兮不訾诟耻，心几顽而不绝兮得知王子。山有木兮木有枝，心悦君兮君不知。"于是鄂君揄修袂，行而拥之，举绣被而覆之。榜枻越人得交欢尽意。顾况《悲歌》："越人翠被今何夕，独立沙边江草碧。"此句言虽绣被仍在,而所恋不至,惟于舟中焚香,独眠而相思也。

14　顾兔:月之别称,亦作顾菟。神话传说月中阴精积成兔形,因以为名。《楚辞·天问》:"厥利维何,而顾菟在腹。"王逸注:"言月中有菟,何所贪利;居月之腹而顾望乎?"初生魄:魄,月中暗黑之部分;初生魄,指月刚出现暗黑之时。指农历每月十六日始缺之时。《尚书·康诰》:"惟三月哉生魄。"孔传:"始生魄,月十六日,明消而魄生。"《疏》:"无光之处名魄。"此句简言之即阴历十六日。

15　铁网珊瑚:亦称珊瑚网,铁制,沉水底以绞取珊瑚。"未有枝",言未得珊瑚,此喻终未得与女冠相携。《新唐书·西域传·拂菻》:"海中有珊瑚洲,海人乘大舶,堕铁网水底。珊瑚初生盘石上……铁发其根,系网舶上,绞而出之,失时不出即腐。"

16　神方:致神之方,即神奇之术。沈约《郊居赋》:"冀神方之可请。"方干《题龙瑞观兼呈徐尊师》:"世人莫识神方字,仙鸟偏栖药树枝。"驻景:使景驻。驻,使动词;景,日、太阳,引申为时光。驻景,使时光停驻倒流。

17　凤纸:绘有金色凤凰之笺纸。

18　"武皇"二句:言《汉武内传》所载男女相悦之事,人皆知之。

夕阳楼

花明柳暗绕天愁，上尽重城更上楼[1]。
欲问孤鸿向何处[2]，不知身世自悠悠[3]。

——— 大和七年（833）三月，文宗贬牛党党魁杨虞卿常州刺史、张元夫汝州、萧澣郑州。春间，义山举进士，遭知举贾𫗧所不取，返荥阳家中。荥阳为郑州东甸，因得以拜谒萧澣。大和八年十二月，萧澣入为刑部侍郎，九年七月，贬为遂州刺史，八月再贬为遂州司马。序称"今遂宁萧侍郎牧荥阳日作"，则诗当作于大和七年萧任郑州刺史时，而于大和九年萧再贬遂州时补"序"，故云"今遂宁"。义山谒萧，时年二十二。萧为仕途坎坷，李为举场失意，"同是天涯沦落人"。冯浩云："自慨慨萧。"极是。夕阳楼，义山原注："在荥阳。"

——— 1 重（chóng）城：古时城市于外城中又建内城，故称。《尔雅·释言》："重，再也。"左思《吴都赋》："郛郭周匝，重城结隅。"刘逵注："大城中有小城，周十二里。"此当指郑州外城夕阳楼所在城墙。
2 孤鸿：孤零之征鸿。阮籍《咏怀诗》之一："孤鸿号野外，朔鸟鸣北林。"张九龄《感遇》之四："孤鸿海上来，池潢不敢顾。"
3 悠悠：无际之动荡，飘忽不定。

初食笋呈座中

嫩箨香苞初出林[1]，於陵论价重如金[2]。
皇都陆海应无数[3]，忍剪凌云一寸心[4]？

此大和八年（834）作，时义山年二十三。大和七年，李商隐应进士举，为知贡举贾𫗧所不取。本年因病未试，于四、五月间自华州抵兖，时正北笋初萌。於陵笋鲜有，故论价如金。而皇都长安却多嫩笋。故诗云"皇都陆海应无数"。

此以笋自比，借题发挥。言己于兖海受崔戎恩遇礼爱，其"重如金"。而去岁流落长安，遍地是"嫩箨香苞"，谁剪我"凌云一寸"！其为剪却，正比进士不中选；剪者谁人？显指贾𫗧。

1　箨（tuò）：竹皮，笋壳。《集韵》："箨，竹皮。" 香苞：言竹箨包裹之嫩笋似含苞未放之花苞。

2　於陵：地名。战国齐於陵邑，汉置为县。《汉书·地理志上》："济南郡，县四十：於陵。"今山东邹平县东南。

3　皇都：京都、帝都，此指长安。陆海：物产丰饶之地。《汉书·地理志下》："（秦地）鄠杜竹林，南山檀柘，号称陆海，为九州膏腴。"师古注："言其地高陆而饶物产，如海之无所不出，故云陆海。"又《汉书·东方朔传》师古注:"高平曰陆,关中地高,故称陆耳。海者,万物所出。言关中山川物产饶富,以谓之陆海也。"

4　凌云:直上云霄,多比志向高远。唐裴夷直《寄婺州李给事》:"不知壮气今何似,犹得凌云贯日无?"一寸心:指心,或省作寸心。古人以为心之大小在方寸之间,故称。唐贺遂亮《赠韩思彦》:"意气百年内,平生一寸心。"杜甫《偶题》:"文章千古事,得失寸心知。"

题小松

怜君孤秀植庭中，细叶轻阴满座风。
桃李盛时虽寂寞，雪霜多后始青葱[1]。
一年几变枯荣事，百尺方资柱石功[2]。
为谢西园车马客，定悲摇落尽成空[3]。

———

　　此咏小松，三、四乃一篇主旨，言桃李之春荣冬萎，究不如松树之冬日仍青葱而富于生命力。子曰："岁寒，然后知松柏之后凋也。"此联可为形象之注脚。诗或为少作，可与《初食笋呈座中》同参。

———

1　青葱：树木葱茏翠绿。《淮南子·说山训》："犹采薪者，见一芥掇之，见青葱拔之。"扬雄《甘泉赋》："翠玉树之青葱，壁马犀之瞵瑌。"
2　柱石：顶梁之大柱和垫柱之石础，比喻担当重任的人。《汉书·霍光传》："将军为国柱石，审此人不可，何不建白太后，更选贤而立之。"
3　"为谢"二句：言西园之花木尽皆凋零摇落之时，而松树则仍青葱也。为谢，为告。

燕台诗

秋

月浪衡天天宇湿[1]，凉蟾落尽疏星入[2]。
云屏不动掩孤颦[3]，西楼一夜风筝急[4]。
欲织相思花寄远，终日相思却相怨。
但闻北斗声回环[5]，不见长河水清浅。
金鱼锁断红桂春[6]，古时尘满鸳鸯茵[7]。
堪悲小苑作长道[8]，玉树未怜亡国人[9]。
瑶瑟愔愔藏楚弄[10]，越罗冷薄金泥重[11]。
帘钩鹦鹉夜惊霜，唤起南云绕云梦[12]。
双珰丁丁联尺素[13]，内记湘川相识处。
歌唇一世衔雨看[14]，可惜馨香手中故[15]。

———　　冯浩曰："燕台，唐人惯以言使府，（义山所恋）必使府后房人也。"冯说可从。此女先时或为宫人之为歌舞伎者（玉树未怜亡国人），后随贵主入道，或竟是放出之宫女，入道于玉阳而与义山演就一段恋情。两情相悦，此女后还俗，义山拟娶之，时俗当有以"清浊"之论加之者（《夏》云"浊水清波何异源，济河水清黄河浑"），事终未谐。后此女为一镇使取去，流徙湘川,曾相会晤(双珰丁丁联尺素,内记湘川相识处)。后转徙岭南(《夏》云"蜀魂寂寞有伴未?几夜瘴花开木棉";《冬》云"青溪白石不相望,堂中远甚苍梧野"),再后镇使逝于南荒(《冬》云"雌凤孤飞女龙寡"),彼姝亦空城罢舞,憔悴瘦损矣。

　　首四句长夜不寝,正是"西楼望月几时圆"也。言月浪横天,凉蟾落尽;屏中独宿,辗转难眠,惟西风铁马,楼檐叮当。"欲织"四句相思无尽,所谓"一寸相思一寸灰"。言北斗回环,夏去秋来,却不见河汉清浅,佳期难会。"金鱼"四句旧居冷落,正是"人去楼空草满阶"。言旧苑冷落荒凉,已成长道;门铺紧锁,入其室则满目萧条,茵席尘满,无复当年欢会之迹。"红桂"比所思,故"锁断"亦兼寓其人之为节镇所取,紧闭后房而青春长逝矣。"玉树"句则暗示其人原为宫中歌舞伎人。"瑶瑟"四句写梦醒哀思,所谓"万里南云滞所思"。盖思彼姝日以歌舞侍奉节使,而传哀怨之楚声;却为鹦鹉惊醒而唤回梦绕南云也。"双珰"四句捧书含泪,所谓"尺素重重封锦字"也。盖言玉珰缄札,内记湘川会晤,捧书而怀想其人;一世衔泣,流年似水,缄札亦已故旧矣。

　　冯定远评曰:"此等诗不解亦佳,如见西施,不必识姓名而后知其美。"

1　衡天:横天,衡、横通假。月浪衡天,月光如水,月色满天。

2　凉蟾（chán）：凉月，传说月中有蟾蜍，故称。

3　孤颦：孤寂愁苦，颦眉独坐。

4　风筝：古时悬于殿阁、塔檐，或贵家户外檐前之金属片，风来时叮当作声似筝，俗称"铁马"。李白《登瓦官阁》："两廊振法鼓，四角吟风筝。"

5　回环：周行循环，来回往复。此言北斗酌水之声不停。

6　金鱼：鱼形锁钥，兼指贵人佩带之金鱼符。《旧唐书·舆服志》："三品以上用金鱼袋。"此兼言显贵深贮之也。红桂：莽草别名，以其花红似丹桂，故称。李德裕《红桂》诗："昔闻红桂枝，独秀龙门侧。"此红桂喻所恋女子，言此女流落湘川，为高官显贵者所取，锁闭空房。

7　鸳鸯茵：绣有鸳鸯图案的褥子。

8　小苑：园林之小者，泛指私家小花园。庾信《春赋》：'停车小苑，连骑长杨。"长道：大路、大道。《诗·鲁颂·泮水》："顺彼长道，屈此群丑。"朱熹《集传》："长道，犹大道也。"

9　玉树：《玉树后庭花》之省称。《隋书·五行志》："祯明初，后主作新歌，词甚哀怨，令后宫美人习而歌之。其词曰：'玉树后庭花，花开不复久'，时人以为歌谶。此其不久兆也。"

10　愔愔（yīn）：安和舒悦。《左传·昭公十二年》："祈招之愔愔。"杜预注："愔愔，安和貌。"楚弄：楚曲、楚调。弄，乐曲、乐调。乐府清商曲有《江南弄》。

11　金泥：用以饰物之金屑、金粉。孟浩然《宴张记室宅》："玉指调筝柱，金泥饰舞罗。"

12　南云：南飞之云，常以托寄思念亲人、怀念故乡之情。陆机《思亲赋》："指南云以寄钦，望归风而效诚。"陆云《感逝》："眷南云以兴悲，蒙东雨而涕零。"云梦：古代大泽，此指代湘川。

13　双珰：古代妇女双耳之饰。王粲《七释》："珥照夜之双珰。"尺素：指代书信。《古诗》："呼儿烹鲤鱼，中有尺素书。"

14　歌唇：喻指善歌。孟浩然《观妓》诗："髻鬟低舞席，衫袖掩歌唇。"衔雨：含泪。即"衔泣"。言强忍泪水不使流。

15　馨香：芳香馥郁远闻。汉宋子侯《董娇娆》："终年会飘堕，安得久馨香。"

到　秋

扇风淅沥簟流离[1]，万里南云滞所思[2]。
守到清秋还寂寞，叶丹苔碧闭门时。

此义山相思怀远之作，当是年轻时一段恋情，可与《燕台诗·秋》同参。

首句"扇风"云云，见长夏孤寂无聊。二句言所思留滞炎荒，远在万里之外。三句点题，言自夏至秋，思之愈深，益感凄清寂寞。四句补足首句，言闭门簟卧，扇风淅沥，而窗外唯见叶丹苔碧。纪昀评结句曰："不言愁而愁见，住得恰好。"此以景结情法。

1　淅沥：风声轻微，此言扇风含有萧素之情韵。乔知之《定情篇》："碧荣始纷敷，黄叶已淅沥。"簟（diàn）流离：竹席纹路清晰光洁。扬雄《甘泉赋》："曳红采之流离兮，扬翠气之宛延。"

2　南云：南方之云，指代南去之人。用"南云"字每含思亲或伤逝之情韵。范静妻沈氏《昭君叹》："寄情南云反，思逐北风还。"李白《大堤曲》："佳期大堤下，泪向南云满。"

赋得鸡

稻粱犹足活诸雏，妒敌专场好自娱[1]。
可要五更惊晓梦，不辞风雪为阳乌[2]！

此以斗鸡不可同栖，喻指朋党间之争斗。主人以稻粱养活诸雏，冀其不辞风雪以报晓。然其长成之后，则妒敌自娱，不以啼晓为意，喻其不忠于朝廷（日为君象），而党同伐异，置朝廷君上于不顾。

1　"妒敌"句：言斗鸡彼此妒视，互不相容，均以击敌取胜、独霸全场为乐。刘孝威《斗鸡篇》："丹鸡翠翼张，妒敌得专场。"
2　"可要"二句：言斗鸡哪能愿意在五更时惊扰自己之美梦而不辞风雪去啼晓迎接日出！可要，何要，岂愿。

东　还

自有仙才自不知[1]，十年长梦采华芝[2]。
秋风动地黄云暮[3]，归去嵩阳寻旧师[4]。

　　诗云"十年长梦采华芝"，显系释褐前所作。义山开成二年（837）进士。前此大和五、六、七年，三为贾𫗧所不取（刘学锴《李商隐传论》），诗或作于大和七年落第东还时。

　　举进士不第，而追念昔日学仙事，以"仙才"自许，实言无才折桂而不自知，开首极委婉摇曳之态。二句以求仙关合科第，言十年前学道求仙于玉阳，为末句"寻旧师"伏线。三句"秋风动地"、"黄云暮天"，寓情于景，又极浩茫凄惘。末句失意人故作"不屑语"，而愈显飘泊失意。

1　仙才：道教谓成仙之才分、资质。

2　华芝：灵芝，传为瑞草、仙药。又指华盖，显贵者所用。扬雄《甘泉赋》："于是乘舆乃登夫凤凰兮而翳华芝。"李善注引服虔曰："华芝，盖也。言以华盖自翳也。"亦双关语，以梦采华芝与望登第显贵相关合。

3　黄云暮：暮时风沙蔽天，云呈黄色。

4　嵩阳：道观名，在嵩山太室山麓，义山少时曾学仙玉阳，此比玉阳道观。

无　题

相见时难别亦难¹，东风无力百花残。
春蚕到死丝方尽²，蜡炬成灰泪始干³。
晓镜但愁云鬓改⁴，夜吟应觉月光寒。
蓬山此去无多路，青鸟殷勤为探看⁵。

此诗抒写暮春时节与恋人别离之忧伤。"蓬山"仙人所居，常借指道观，疑其所恋似亦女冠之流。

曹丕云"别日何易会日难"，曹植云"别易会难"，梁武云"别日何易会何难"，均言会难而别易。义山衍化为"相见时难别亦难"，则两情依依，难以割舍之情，使爱恋因现实的阻隔，更具悲剧性，亦更刻骨镂心。此句"难"字复叠，并叠在前后音步之末顿，不仅音节和鸣，亦使句势形成往复纡回之态。后来诗人抒写离别之情，均未能超越。二句横插而入，似显突兀，实神来之笔。清人冯舒以为"第二句毕世接不出"（《二冯评阅才调集》），极为赞赏。

三、四亦点化前人诗句。乐府西曲歌："春蚕不应老，昼夜常怀丝（思）。"陈后主诗云："思君如夜烛，垂泪著天明。"然皆未若义山"春蚕到死"、"蜡炬成灰"来得沉痛执著。出句言"丝尽"，对句言"泪干"，而着眼则在"丝（思）不尽"、"泪不干",以抒写虽后会无期,而相思之情永在的信念。此联为全诗之"秀句",刘勰所谓"篇中之独拔者也"。(《文心雕龙·隐秀》)其意蕴之丰富,常超越形象本身,成一极具哲理之警策。蘅塘退士孙洙评曰:"一息尚存,志不稍懈,可以言情,可以喻道。"(《唐诗三百首》)

五、六翻过一步,不言己之相思,却从对方落笔,从而深一层抒写自己如梦如幻的绵绵思念。诗人出现一种梦幻,拟想恋人别后思念自己的情景:晨起照镜,愁白了鬓发;月夜吟诗,难耐孤冷。不言己之相思,却拟想恋人别后对自己的深切思念,正自相反方面拓展、深化了"春蚕"、"蜡炬"的悲剧色彩。

末联"蓬山",指恋人被迫离己远去,可望而不可即。然自心理言之,则无论天涯海角,两心皆永是贴近,故云"蓬山此去无多路"。而尤为令人动情者,在以慰藉之辞写心中之苦:言"无多路",言当托"青鸟"前去探望,皆强抑心中苦楚而体贴恋人之忧伤。何义门曰:"末路不作绝望语,愈悲!"

----

1 "相见"句:言相见一面极为艰难,而离别时又难舍难分。

2 "春蚕"句:言此身如春蚕,至身死化蛹,相思之情方尽。

3 "蜡炬"句:言此身如蜡炬,至身死后,相思之泪始干。

4 晓镜:早晨梳妆照镜子。镜,用作动词,照镜。

5 "蓬山"二句：言恋人被迫所至之处，距离非远，我当经常托人探望。劝慰之辞。蓬山，蓬莱山，神话传说为渤海中之仙山，此借指可望而不可即的遥远之处。《史记·封禅书》："蓬莱、方丈、瀛洲，此三神山者，其传在渤海中，诸仙人及不死之药在焉。"青鸟：道教传说为西王母取食传信之神鸟，亦作青雀。此处借指为信使、书信。《山海经·西山经》："三危之山，三青鸟居之。"郭璞注："三青鸟主为西王母取食者。"又《汉武故事》言青鸟为西王母传信。探看：探探看。看，助词，有姑试之意。张相《诗词曲语辞汇释》卷三："看，尝试之辞，如云试试看。"

寄永道士

共上云山独下迟[1]，阳台白道细如丝[2]。
君今并倚三珠树[3]，不记人间落叶时。

　　永道士当为义山早年共上玉阳学道之道友。一、二言当年二人沿如丝之阳台白道共上云山，已因尘缘未尽，早下阳台，而汝则至今仍在，故云"独下迟"。三言永道士于玉阳山"并倚三珠树"。三珠树，借比宋华阳三姊妹。戏谑之辞。四句言永道士有"三英"相伴，已不记得我在尘俗中之孤寂索寞。

　　此诗忆往昔之情，慨今日之落寞，语淡淡而情惘惘也。

1　云山：原为高耸入云之山，此指远离尘俗之山，亦指高人隐逸修道之所。

2　阳台：王屋山有阳台观，此指济源天坛阳台宫以代玉阳山。《明一统志》："阳台宫在济源县天坛山。"《真诰》："王屋山，仙之别天，所谓阳台是也。"白道：大路。见《无题》（白道萦回）注1。

3　三珠树：古代传说中之珍木，此称代宋华阳三姊妹。

无 题

近知名阿侯[1]，住处小江流。
腰细不胜舞[2]，眉长唯是愁[3]。
黄金堪作屋，何不作重楼[4]？

——— 此《无题》似为柳枝作。首句言近得一新知名"阿侯"。阿侯，莫愁女，则知此女子为民女之小家碧玉者。义山相恋女子中，惟柳枝近之。又"近知"云云，似义山初闻其名而尚未谋面之时。二句言其住处有小江流过，既切"河中之水"，又寓柳枝住地。《柳枝五首序》云："后三日，邻当去湔裙水上，以博山香待，与郎俱过。"是柳枝家亦邻水而居。三、四拟想之辞，"腰细"拟柳条(柳枝)，"眉长"拟柳叶。五、六云柳枝深藏少出，何不居重楼而使我一睹芳容！

——— 1 近知：近得一新知。知，知己。温庭筠《赠袁司录》云："刘尹故人谙往事，谢郎诸弟得新知。"阿侯：古乐府中传为洛阳民女莫愁的女儿。梁武帝《河中之水歌》："河中之水向东流，洛阳女儿名莫愁"，"十五嫁为卢家妇，十六生儿字阿侯"。古时"儿"男女通用。
2 腰细：言其腰身婀娜纤细似柳条，常以指代美女。

3　眉长：亦作长眉、细眉。

4　"黄金"二句：黄金用汉武、陈皇后事，然取义有异，非言"金屋藏娇"。重楼：层楼。

无　题

照梁初有情，出水旧知名[1]。
裙衩芙蓉小[2]，钗茸翡翠轻[3]。
锦长书郑重[4]，眉细恨分明[5]。
莫近弹棋局，中心最不平[6]。

似亦为柳枝作。

　　义山与王氏婚前已有前室，疑或即柳枝也。三、四句芙蓉裙、翡翠钗，皆美其容饰。五句用织锦回文故事，不仅取其书来反复切至之意，亦义山再次暗示此女曾为己之前室如苏若兰者。六句言细眉如叶，颦蹙而愁恨分明。七、八则劝其莫近弹棋局，莫因心中有遗恨而痛苦不平，照应六句之"恨分明"。

1　"照梁"二句：言此女美如巫山神女，艳若洛神。宋玉《神女赋》："其始来也，耀乎若白日初出照梁。"曹植《洛神赋》："迫而察之，灼若芙蕖出绿波。"何逊《看伏郎新婚诗》：'雾夕莲出水，霞朝日照梁。何如花烛夜，轻扇掩红妆。"
2　裙衩：见《无题》（八岁偷照镜）注3。
3　钗茸：钗头歧出处饰有茸花之钗子。《中华古今注》："钗子，盖古笄之遗象也，至秦穆公以象牙为之，敬王以玳瑁为之，始皇又金银作凤头,以玳瑁为脚,号曰凤钗。"茸,茸花,以柔软细密之色丝或兽毛制成。

4　"锦长"句:用苏若兰织锦回文事。此指女子书札。武则天《织锦回文记》:"(苏若兰)行年十六,归于窦氏。"年二十一,窦滔镇襄阳,苏氏"因织锦回文,五彩相宣,莹心耀目。其锦纵横八寸,题诗二百余首,计八百余言。纵横反复,皆成章句。其文点画无缺,才情之妙,超迈古今,名曰《璇玑图》"。郑重:殷勤切至。

5　眉细:见《无题》(八岁偷照镜)注1。

6　"莫近"二句:古弹棋局中心隆起不平,此借棋局以劝其莫因心中有遗恨而痛苦难平。弹棋:古代一种博戏。

春 雨

怅卧新春白袷衣[1]，白门寥落意多违[2]。
红楼隔雨相望冷[3]，珠箔飘灯独自归[4]。
远路应悲春晼晚[5]，残宵犹得梦依稀。
玉珰缄札何由达[6]，万里云罗一雁飞[7]。

此思柳枝之作。

一、二言新春以来常怅卧远思，而所思正是"白门杨柳"之一段恋情。三、四言虽春雨绵绵，难耐思情，因挑灯至彼居处。然"红楼隔雨"，人去楼空，惟觉春寒阵阵。总因一点痴情，茫茫雨中伫立多时，始于中宵雨幕中，飘然而归。五、六拟想柳枝远路孤寂，伤春伤别，悲叹年华之消逝；彻夜不眠。七句欲寄书函、玉珰，无由以达。末句以景结情，想其孤独远行，有如羁鸿失伴，云罗满眼也。

约作于大和九年（835）春。

1　白袷（jiá）衣：即白夹衣。《说文》："袷，衣无絮。"徐锴《说文解字系传》："夹衣也。"

2　白门：南朝都城建康（今南京）宣阳门之俗称。因其为外郭门，故门外多杨柳，为都城仕女游赏之处。《乐府诗集》卷四十九《杨叛儿》其二:"暂出白门前,杨柳可藏乌。欢作沉水香,侬作博山炉。"按此白门取义双关:一指洛阳外郭门,又寓指所恋柳枝为"白屋"之家。

3 红楼:古代指代女子家居之美称,非富贵家"朱楼"之谓。李白《陌上赠美人》:"美人一笑褰珠箔,遥指红楼是妾家。"相望:望红楼;相,偏指一方,非"互相"之谓。

4 珠箔:珠帘,以珠子串线,织组成帘。《玉篇》:"箔,帘也。"此言空对红楼珠帘,不见帘中佳丽,惆怅而归。或言珠帘以代雨帘,回应出句"隔雨",亦通。

5 晼(wǎn)晚:日暮,太阳偏西。宋玉《九辩》:"白日晼晚其将入兮,明月销铄而减毁。""春晼晚",言春日将暮,亦喻指流年似水,青春将逝。

6 玉珰:玉制之耳坠。杜牧《自宣州赴官入京题赠》:"梅花落径香缭绕,雪白玉珰花下行。"缄札:书函,书信。

7 云罗:阴云密布如网罗。

柳枝五首 并序

　　柳枝[1]，洛中里娘也。父饶好贾[2]，风波死湖上。其母不念他儿子，独念柳枝[3]。生十七年，涂妆绾髻[4]，未尝竟，已复起去，吹叶嚼蕊[5]，调丝擪管[6]，作天风海涛之曲，幽忆怨断之音。居其旁，与其家接故往来者[7]，闻十年尚相与，疑其醉眠梦物断不娉[8]。余从昆让山，比柳枝居为近。他日春曾阴[9]，让山下马柳枝南柳下，咏余《燕台诗》，柳枝惊问："谁人有此？谁人为是？"让山谓曰："此吾里中少年叔耳。"柳枝手断长带，结让山为赠叔乞诗。明日，余比马出其巷，柳枝丫鬟毕妆，抱立扇下，风鄣一袖，指曰："若叔是？后三日，邻当去溅裙水上[10]，以博山香待[11]，与郎俱过。"余诺之。会所友有偕当诣京师者，戏盗余卧装以先，不果留。雪中让山至，且曰："为东诸侯取去矣。"明年，让山复东，相背于戏上[12]，因寓诗以墨其故处云。

　　　　　花房与蜜脾[13]，蜂雄蛱蝶雌。
　　　　　同时不同类，那复更相思？

　　　　　本是丁香树[14]，春条结始生。
　　　　　玉作弹棋局，中心亦不平[15]。

　　　　　嘉瓜引蔓长，碧玉冰寒浆[16]。

东陵虽五色，不忍值牙香[17]。

柳枝井上蟠，莲叶浦中干[18]。
锦鳞与绣羽，水陆有伤残[19]。

画屏绣步障[20]，物物自成双。
如何湖上望，只是见鸳鸯。

　　此五章若仅据小序，则义山、柳枝之恋情甚明：以《燕台诗》为媒介，而一见倾心，密约幽期；以友人戏盗卧装，而远赴京师，未能践约；以闻柳枝之被取，而寓诗故处，聊寄相思。然冯浩、张采田皆疑《序》"不无回护之辞"而有意隐去本事。观以弹棋局"中心不平"而抒愤，当有更曲折之情事。

　　首章。"蜂雄蛱蝶雌"，分喻己与柳枝，所谓"不同类"也。此"自嘲自解"之辞，言柳枝"为东诸侯取去"，岂因二人为不同类乎？故四句云柳枝去后，相思又有何益？

　　次章。丁香树比柳枝；玉作弹棋局，喻己与柳枝皆遗恨难平。

　　三章。嘉瓜，喻柳枝。言虽五色斑斓，己亦不忍采食之也。

　　四章。言柳枝蟠于井上，不得其所，喻其所适非人。结果是使双方水陆分离，各遭伤残。

五章。以双宿双栖之物反衬，感叹为何相悦相思而终竟不能谐合。

1　柳枝：唐人对侍姬、歌女或小家碧玉之代称，如韩愈有侍妾二，一名绛桃，一名柳枝；白居易侍儿小蛮、樊素，亦每以"柳枝"昵称之。

2　饶：甚词，今所称程度副词，甚、很。此言其父甚好商贾。

3　念：爱，怜爱。张相《诗词曲语辞汇释》卷五："念，犹怜也，爱也。"此取"爱"义。白居易《弄龟罗》诗："物情小可念，人意老多慈。"可念，可爱。

4　涂妆：涂饰梳妆。唐李建勋《新竹》："箨干犹抱翠，粉腻若涂妆。"绾髻：盘绕发髻，将长发绾绕成髻，盘于头上。

5　吹叶：亦称啸叶，即口唇衔叶而啸歌。李陵《答苏武书》"胡笳互动"，李善注引晋傅玄《笳赋序》："吹叶为声。"嚼蕊：借指吟咏歌唱。嚼，吟赏，吟咏。张衡《西京赋》"嚼清商而却转"，吕延济注："嚼，吟也；谓清商之声。"白居易《玩半开花赠皇甫郎中》："衔杯嚼蕊思，唯我与君知。"

6　调丝搦（yè）管：调弦按管。乐府《相逢行》："丈人且安坐，调丝方未央。"搦同擪，按。《说文》："搦，一指按也。"白居易《霓裳羽衣歌》："磬箫筝笛递相搀，击搦弹吹声逦迤。"搦管，以指按箫、笛等管乐器,即吹箫撤笛。

7　接故:近亲故旧。接,近。《仪礼·聘礼》:"宾立接西塾。"郑玄注:"接,犹近也。"《南齐书·褚伯玉传》:"近故要其来此,冀慰日夜。"近故,近亲故旧,即接故。

8　醉眠梦断:"言其醉则成眠,眠则漫思。"王延寿《梦赋》:"齐桓梦物而亦以霸兮,武丁夜感而得贤佐。"

9　曾阴:曾、层同,古今字,重叠、层累义。敦煌唐写本"层"作"曾"。谢灵运《苦寒行》:"岁岁曾冰合。"黄节注:"曾与层通。"

10　溅裙:洗涤;溅或作湔。杜台卿《玉烛宝典》卷一:"元日至于月晦,民并为醄食、渡水,士女悉湔裳、酹酒于水湄,以为度厄。"注:"今世唯晦日临河解除,妇女或湔裙也。"

11　博山香:博山炉烧沉水香,隐语,盖约私欢。《杨叛儿》曲:"暂出白门前,杨柳可藏乌;欢作沉水香,侬作博山炉。"言沉香入炉,两情如炽;润气蒸香,温润舒散。

12　戏上:戏水侧畔。《元和郡县图志》卷一"昭应县":"古戏亭,在县东三十里。周幽王为犬戎所逐,死于戏,即此也。周章军西至戏,章邯拒破之,亦此地也。"按戏亭在戏水西岸,因称;戏水在今陕西临潼县东,源出骊山,北入渭河。

13　花房:花冠,花瓣。白居易《画木莲花图寄元郎中》:"花房腻似红莲朵,艳色鲜如紫牡丹。"　蜜脾:蜜蜂酿蜜之蜜房,其形如脾故云。

14　丁香树：常绿乔木，又名鸡舌香，丁子香，种子如鸡舌，两片抱合而成，固结不解，常以喻情思、愁绪之难以排解。

15　"弹棋局"二句：此绾合自己与柳枝心中之遗恨难平，言柳枝心中不平，自己亦因柳"为东诸侯取去"而愧疚痛苦。见《无题》(照梁初有情)注6。

16　嘉瓜：甜美、优异之瓜。古以嘉瓜为祥瑞，指代柳枝。《后汉书·五行志》："安帝元初三年，有瓜异本共生，一瓜同蒂，时以为嘉瓜。"碧玉：原为南朝宋汝南王姬妾名，后借指年轻貌美之小家女，此指代柳枝。

17　东陵：东陵瓜之省称。《三辅黄图·都城十二门》："青门，门外旧出佳瓜。广陵人邵平为秦东陵侯，秦破，为布衣，种瓜青门外，瓜美，故时人谓之东陵瓜。"值：遇，碰。不忍值，不忍碰，言不忍采食之也。

18　"柳枝"二句：柳枝蟠于井上，喻不得其所，即《序》中云"为东诸侯取去"；莲叶自比，干于浦中则枯槁而死。

19　"锦鳞"二句：分喻己与柳枝，言二人皆为伤残。锦鳞，游鱼；绣羽，飞鸟。鲍照《芙蓉赋》："戏锦鳞而夕映，曜绣羽以晨过。"

20　步障：行幕。古时显贵者出行，特设行幕，以蔽风寒尘土，行幕上常绣鸳鸯、双燕、并蒂花等，故下云"物物自成双"。

重有感

玉帐牙旗得上游[1]，安危须共主君忧。
窦融表已来关右[2]，陶侃军宜次石头[3]。
岂有蛟龙愁失水，更无鹰隼与高秋[4]。
昼号夜哭兼幽显[5]，早晚星关雪涕收[6]。

　　文宗大和九年乙卯（835）十一月，文宗与宰相李训、凤翔节度使郑注等密谋诛宦官，伪称"金吾仗院石榴开，夜有甘露"，谋诱宦竖往观而伏杀之。事未成，李训、郑注、王涯等皆为宦者捕杀，族灭十一家，诛死数千人，史称"甘露之变"。"甘露之变"不久，昭义节度使刘从谏三上疏，问宰相王涯等被杀朝官的所谓"罪名"，意在警戒宦竖勿因此妄动废立皇帝之念。义山此作即缘此而发，抒其"安危须共主君忧"的忠君爱国情怀。

　　起联言刘从谏有"得上游"以兴兵勤王之利便，即《疏》云"谨修封疆，缮甲兵，为陛下腹心；如奸臣难制，誓以死清君侧"。三句"已来"指刘从谏已上疏，四句"宜次"，敦促刘从谏从速进兵京师。"石头城"，东晋京都，以比长安。五句言君主无受制之理，六句感叹无"鹰隼"之逐恶人。纪昀评曰："揭出大义，压伏一切，此等处是真力量。"七言受诛之人、含冤之众昼号夜哭，神人共愤。末句回应"宜次"，望其速来京师以诛宦竖，雪涕而收之。施补华《岘佣说诗》评云："义山七律，得于少陵者深。故秾丽之中，时带沉郁。如《重有感》、《筹笔驿》，气足神完，直登其堂、入其室矣。"

1　玉帐：军幕，中军主帅所居，取如玉之坚意。颜之推《观我生赋》："守金城之汤池，转绛宫之玉帐。"牙旗：旗竿上饰有象牙之军旗，多为主帅所建，亦用作仪仗。张衡《东京赋》："戈矛若林，牙旗缤纷。"薛综注："牙旗者，将军之旌"，"竿上以象牙饰之，故云牙旗"。按玉帐、牙旗，借指主帅，此处指昭义节使刘从谏。上游：指重镇形胜之地。柳宗元《谢襄阳李夷简委曲抚问启》："伏惟尚书鹗立朝端，风行天下，入统邦宪，出分主忧，控此上游，式是南服。"此言昭义重镇得形胜之利便。冯浩笺："从上游来压人之义，以喻慑伏中官也。"

2　"窦融"句：窦融，汉光武帝将，借指刘从谏；"表来关右"，言刘上疏已至京师。《旧唐书·文宗纪》："昭义节度使刘从谏三上疏问王涯罪名，(宦官) 仇士良闻之惕惧。"

3　"陶侃"句：陶侃，东晋大将，亦借指刘从谏。《晋书·陶侃传》：苏峻作逆，侃军次石头，斩峻于阵。"宜次"云云，寄希望并敦促刘进兵驻扎京师。次，军队驻扎、驻兵。晋孙楚《为石仲容与孙皓书》："师次辽阳。"

4　"岂有"二句：言岂有人主之愁失威权者，盖无大将之搏击恶敌也。《管子·形势》："蛟龙，水虫之神也；乘水则神立，失水则神废。人主，天下有威者也；得民则威立，失民则威废。"鹰隼(sǔn)：鹰和雕，亦泛指猛禽，此喻大将。《左传·文公十八年》："见无礼于其君者，如鹰隼之逐鸟雀也。"

5　幽显：犹阴阳，阴间与阳界，此指死者与生者：冤死者如王涯辈十一族，生者，谓士大夫之不附宦竖者。《北史·李彪传》："道协幽显，仁垂后昆。"陈子昂《为程处弼辞放流表》："存者流离，亡者哀痛；辛酸幽显，为世所悲。"

6　星关：天门，以喻宫阙、皇居。冯浩笺："《天关星占》曰：北辰一名天关，一名北极，紫宫太乙座也。《晋书·天文志》：东方，角二星为天关，其间天门也，其内天庭也。故黄道经其中。房四星，为明堂，天子布政之宫也。中间为天衢，为天关，黄道之所经也。"似皆可言星关，以喻皇居。

令狐八拾遗绹见招送裴十四归华州

二十中郎未足稀[1]，骊驹先自有光辉[2]。
兰亭宴罢方回去[3]，雪夜诗成道韫归[4]。
汉苑风烟催客梦，云台洞穴接郊扉[5]。
嗟余久抱临邛渴[6]，便欲因君问钓矶[7]。

拾遗，掌供奉讽谏之官名，唐武则天时置，有左右拾遗。《旧唐书·令狐绹传》：绹字子直，大和四年（830）登进士第，释褐弘文馆校书郎。开成初（836）为左拾遗。华州：西魏废帝三年（554）以东雍州改名华州，治所在郑县（今陕西华县），后屡兴废。肃宗乾元元年（758）复为华州。《元和郡县图志》卷二：“西至上都（长安）一百八十里，东至东都（洛阳）六百八十里，东至潼关一百二十里。”

此令狐绹设宴饯送裴十四携内归华州，招义山作陪，时开成元年（836）冬。裴为令狐贵婿，仕宦、婚姻，皆少年得意。而义山进士未第，失偶未娶，故宴中出以戏谑，问裴科第、婚娶之方。“临邛渴”用司马相如事，绾合求仕、求偶。

颈联不过华州景物，而以“汉苑风烟”、“云台洞穴”点饰之，既切归华题意，又将天台仙洞信手拈来，一事两用，旨意蕴藉，诗脉亦婉曲。

1　二十中郎：此以晋驸马都尉、北中郎将荀羡比裴十四。《晋书·荀羡传》：年十五，尚寻阳公主，拜驸马都尉。除北中郎将、徐州刺史，时年二十八。

2　"骊驹"句：言裴十四即将骊驹整驾归华，兼点其为令狐贵婿。古乐府《骊驹诗》："骊驹在门，仆夫俱存；骊驹在路，仆夫整驾。"又《陌上桑》："何以识夫婿，白马从骊驹。"

3　兰亭宴：指王羲之与同志宴集于会稽山阴之兰亭修禊事，此借指绚之设宴饯裴十四。方回：晋郗鉴子郗愔，字方回，此喻指裴十四。《晋书·郗愔传》："与姊夫王羲之、高士许询并有迈世之风，俱栖心绝谷，修黄老之术。"按，兰亭修禊有愔弟郗昙，愔未与其事，或义山偶误记。

4　"雪夜"句：此以谢道韫比裴十四妻，言其将随夫归华，并绾合道韫咏雪之才以称誉之。《晋书·王凝之妻谢氏传》："王凝之妻谢氏，字道韫，安西将军奕之女也"；"尝内集，俄而雪骤下，安曰：'何所似也？'安兄子朗曰：'撒盐空中差可拟。'道韫曰：'未若柳絮因风起。'安大悦。"

5　汉苑：华州有汉宫观，故以汉苑称之，此指代华州。《三辅黄图》："集灵宫、集仙宫、存仙殿、望仙台，皆武帝宫观名，在华阴县界。"云台：华山有云台峰，华州景物，亦借指华州。《华山志》："岳东北有云台峰，其山两峰峥嵘，四面悬绝，上冠景云，下通地脉，巍然独秀，有若云台。下有穴，昔有人入此穴，出东方山行,云'经黄河底,上闻流水声'。"按"云台洞穴"一事两用,又指天台仙洞,言裴十四携妇归华,华州郊扉自有仙洞迎候。

6　临邛(qióng)渴:此以司马相如消渴疾,谐音借指对婚娶之渴求。《史记·司马相如列传》:"是时卓王孙有女文君新寡,好音,故相如缪与(临邛)令相重,而以琴心挑之。相如之临邛,从车骑,雍容闲雅甚都;及饮卓氏,弄琴,文君窃从户窥之,心悦而好之,恐不得当也。既罢,相如乃使人重赐文君侍者通殷勤。文君夜亡奔相如,相如乃与驰归成都。"

7　"便欲"句:言欲问裴十四求仕、求偶之方。钓矶,钓鱼时之坐石,此用吕尚钓于渭滨遇文王事。《史记·齐太公世家》:"吕尚盖尝穷困,年老矣,以钓鱼干周西伯,西伯将出猎,卜之,曰'所获非龙非螭,非虎非熊,所获霸王之辅'。于是西伯猎,果遇太公于渭之阳。"按钓有谋取、获取义,此兼有谋得科第、获取佳偶意。

寄恼韩同年二首时韩住萧洞

帘外辛夷定已开[1]，开时莫放艳阳回。
年华若到经风雨[2]，便是胡僧话劫灰[3]。

龙山晴雪凤楼霞[4]，洞里迷人有几家[5]？
我为伤春心自醉，不劳君劝石榴花[6]。

———　　寄恼，寄恼心、烦闷之情。即次章所言"伤春"之心。韩
同年，韩瞻，王茂元婿。唐代同榜进士称"同年"。萧洞，用萧
史、弄玉事。此以"萧洞"比凤台；洞，新婚夫妇之洞房。韩瞻
娶茂元女未久，故以"萧洞"称之。

　　《唐摭言》载："进士宴曲江日，公卿家倾城纵观，中东床
选者十八九。开成二年(837)放榜为二月二十四日，则韩瞻
为茂元选为东床暨成婚当在三月，正"艳阳"时也。诗亦当作
于是时，"帘外辛夷定已开"云云，乃虚拟之辞，不过以"迎春"
借比"迎婚"，以"辛夷"谐音"新姨"。

　　一首戏韩新婚，言当惜"艳阳"春浓之期莫辜负青春芳
华。"劫灰"云云，亦"花开堪折直须折，莫待无花空折枝"意，
纯为同年间之戏谑语。

　　二首"龙山雪"、"凤楼霞"，除点染"萧洞"环境外，似以

比王氏二姊妹，"伤春自醉"则感叹己议婚未成，落同年之后。

王茂元选东床，先韩瞻后义山，当有所虑：一商隐为令狐父子所培植，或疑其有牛党色彩；二商隐非初次婚姻。或因此而议婚落于韩后。末"石榴花"云云，寓含"只为来时晚，开花不及春"意，可能商隐议婚王氏，本来就迟于韩瞻。

1　辛夷：即迎春花，北方或称木笔花。《九歌·湘夫人》"辛夷"，洪兴祖补注引《本草》云："辛夷，树大连合抱，高数仞。此花初发如笔，北人呼为木笔；其花最早，南人呼为迎春。"

2　"年华"句：言青春华年逝去而至年光萧条之时。李华《二孝赞》："风雨飘摇，肢体鳞皴。"

3　劫灰：劫火之余烬、余灰。南朝梁慧皎《高僧传·译经上·竺法兰》："昔汉武穿昆明池底，得黑灰，问东方朔。朔云：'不知，可问西域胡人。'后法兰既至，众人追以问之，兰云：'世界终尽，劫火洞烧，此灰是也。'"按，劫，佛教语，梵文音译"劫波"或"劫簸"之略称。佛教传世界若干万年毁灭一次，周而复始，谓之"劫"。

4　龙山晴雪：龙山在云中郡，约今山西大同。此借指王茂元泾州治所，泾州（在今甘肃）近龙山。凤楼：此指代女子居室或新婚洞房。

5　"洞里"句：言"萧洞"里春光迷人有怎样的光景？洞里，

兼用刘晨、阮肇入天台遇二仙女事，见《幽明录》。张相《诗词曲语辞汇释》："（有几家）意言娱人之乐事几多般或怎样光景也。"

6　石榴花：酒名，即石榴酒，产顿逊国。《南州异物志》："顿逊国有树，似安石榴，取花汁为酒，极美而醉人。"《梁书·扶南国传》："南界三千余里，有顿逊国。"按扶南郡，天宝元年以笼州置，治所在武勤县，今广西扶绥县。梁元帝《古意》诗："樽中石榴酒，机上葡萄纹。"又诗句暗用孔绍安《咏石榴》诗："只为来时晚，开花不及春。"暗示自己议婚迟于韩瞻，烦恼中寓艳羡之情。

寿安公主出降

妫水闻贞媛[1]，常山索锐师[2]。
昔忧迷帝力[3]，今分送王姬。
事等和强虏，恩殊睦本枝[4]。
四郊多垒在[5]，此礼恐无时[6]。

—

出降，下嫁。文宗开成二年（837），以绛王女寿安公主下嫁成德军节度使王元逵。节镇以锐师要挟索娶公主，终是朝廷耻辱。此诗末联为一篇主意：愤王室之不振而恐诸节度强藩之效尤。

一句以帝尧二女喻寿安公主，言外似此"贞媛"当嫁与虞舜。二句"常山"点王元逵，其妙在"锐师"二字。言王元逵目无朝廷，竟以显示军威索娶帝女，见朝廷之屈服节镇。开首便将晚唐藩镇跋扈，皇帝软弱无力的局势点出。三、四昔今对举。"昔"指王庭凑，"今"指王元逵。文宗大和八年（834）王庭凑死，其子元逵袭成德节度使。言昔日文宗只"忧"庭凑之迷乱无礼，而一味姑息，未加讨伐，以致今日元逵更其桀骜不逊而送王女安抚之。不言王元逵"索娶"，而言文宗"分送"，警讽尤为深至。五、六揭示事件的性质。言以下嫁公主羁縻藩镇，实与以公主"和亲"强虏无异。七、八预为忧虑，言四方皆是节镇,此启其端,则自今而后恐无已时。言外各镇皆以武力割据,威胁朝廷,能有几多公主可以"下降"乎?

诗为开成二年(837)作,时义山方进士及第。文宗尚在世。

1 "妫(guī)水"句:妫水在今山西永济县,相传虞舜居其旁。《尚书·尧典》:"厘降二女于妫汭。"贞媛:纯正之美女。此借帝尧二女娥皇、女英喻寿安公主。

2 "常山"句:言王元逵以盛锐之师要挟求娶公主。常山,成德军节度使治所,指王元逵。索锐师,即以锐师索,凭借盛锐的军队要挟索取。

3 迷帝力:无视皇帝之至尊威权。《玉篇》:"迷,乱也。"

4 本枝:同一家族的嫡系或庶出之子孙,亦作本支。此指李唐皇族宗室。

5 四郊多垒:言四方多有藩镇割据。

6 此礼:指以公主下嫁节度使事。

韩同年新居饯韩西迎家室戏赠

籍籍征西万户侯[1]，新缘贵婿起朱楼。
一名我漫居先甲[2]，千骑君翻在上头[3]。
云路招邀回彩凤[4]，天河迢递笑牵牛[5]。
南朝禁脔无人近[6]，瘦尽琼枝咏四愁[7]。

　　此篇题面为"戏赠"，实乃感叹议婚王氏未成而存艳羡之情。

　　一、二言王茂元为韩瞻构筑"朱楼"；据"西迎"字，则"新居"必在京师。三、四正写"戏"字，言科甲名录，我漫居同年之前，而成王氏"贵婿"，子翻在我"上头"，言下议婚王氏当亦以我为先。羡妒之情而以戏谑口吻出之，遂显"羡"意多而"妒"意隐也。五、六正写"赠"字，并点"西迎家室"。泾州东南至上都四百八十里，虽属关内，仍途程遥遥，故曰"云路招邀"。"回彩凤"，迎回彩凤也，彩凤，凤凰之美称，常以喻仙女、美人。此以彩凤喻指韩夫人，言其美如仙女，颂赠之辞，亦艳羡之也。韩同年则以"牵牛"比之，言虽天河迢递，而鹊桥正渡（西迎），故乐之而"笑"。中二联分配"戏"字、"赠"字，章法、对仗均见精严。末联揭示一篇主意，言韩之"禁脔"无人敢近，我又奈何！惟琼枝瘦尽，日咏《四愁》而眷念"所思"

也。其"所思"即是韩之妻妹王氏小女。

1　籍籍：喧聒，声名盛大。《汉书·江都易王刘非传》："国中口语籍籍。"师古注："籍籍，喧聒之意。"杜甫《赠蜀僧闾丘师兄》诗："大师铜梁秀，籍籍名家孙。"仇兆鳌注："籍籍，声名之盛也。"

2　先甲：言进士科甲录取名次在先。按唐代取士设甲乙科，后因通称科第为科甲或甲第。

3　"千骑"句：言成婚佳偶，为茂元贵婿之事，韩反而居我前头。《陌上桑》："东方千馀骑，夫婿居上头。"

4　云路：遥远之路程。招邀：招迎、邀请，亦作"招要"。

5　迢递：高远、遥远貌，此言天河迢迢高悬。见《月夕》注2。

6　禁脔：喻指韩瞻之为茂元贵婿，不容人染指、分享，亦戏言之。《晋书·谢混传》："混字叔原，少有美誉，善属文。初，孝武帝为晋陵公主求婚……（王）珣对曰：'谢混虽不及真长，不减子敬。'帝曰：'如此便足。'未几，帝崩，袁山松欲以女妻之，珣曰：'卿莫近禁脔。'初，元帝始镇建业，公私窘罄，每得一豘（tún，小猪），以为珍膳，项上一脔尤美，辄以荐帝，群下未敢尝食，于时呼为'禁脔'，故珣因以为戏。混竟尚主，袭父爵。"

7　琼枝：传说中之玉树，借喻皇族、宗室，义山自称李唐宗室远支,故此自比。萧颖士《为扬州李长史贺立太子表》:"琼枝挺秀,玉叶资神。"四愁:指张衡《四愁诗》,四章皆以"我所思兮"起句,义山借以抒忧烦纡郁及暗示眷恋王氏小女。

病中早访招国李十将军遇挈家游曲江二首

十顷平波溢岸清[1]，病来唯梦此中行。
相如未是真消渴，犹放沱江过锦城[2]。

家近红蕖曲水滨[3]，全家罗袜起秋尘[4]。
莫将越客千丝网，网得西施别赠人[5]。

———

韩瞻娶茂元女后，义山实艳羡之，故急托李十将军为其作合。然此等事，诚难启口；以诗托言，则极含蓄委婉之致。

据题意，义山于病中一早便至招国坊造访李十将军，恰遇李挈家游曲江。据"十顷平波"语，则义山当追至曲江寻访之，而又托言己亦原拟至曲江一游，故有第二句"病中唯梦此中行"，见其急求作合之心曲。三、四借相如之"消渴"疾，关合其"渴求"文君事，亦以比己之"渴求"作合。钱钟书云："坐实'渴'字，双关出沱江水竭。"（《谈艺录》）既然沱江犹过锦城，则沱江未竭，"相如未是真消渴"矣。言下自己之"渴求"尤胜相如多多。

次章。一、二言李十将军家近红蕖曲水，故常能携美眷而畅游之。二句既切游赏曲江，又称叹李十之如花美眷，了无痕迹，十分得体。三、四自曲水生发想象，言其当能自水中网得西施美人鱼,而求其切莫赠与他人,言下当赠我义山也。

　　二诗作于开成二年(837)秋。

1　"十顷"句:据程大昌《雍录》载,"唐时曲江,池周七里,占地三十顷。"

2　"消渴"二句:中医称口渴、善饥、多尿、消瘦的病症为消渴,今言糖尿病、尿崩症即是。《史记·司马相如列传》:"相如口吃而善著书,常有消渴疾。"沱江:今四川郫江,自今郫县西分岷江东出至成都市还入岷江,唐置沱江驿,在今四川成都市北。二句言相如并非真"消渴";若真"渴",为何还放沱水流过成都呢?

3　"家近"句:李十将军家长安招国坊,在晋昌坊北,曲江水流经西北曲池坊、青龙坊、至晋昌坊,故云"家近"曲水;曲江多芙蕖,亦名芙蓉园、芙蓉苑,故云"红蕖曲水"。唐刘𫗧《隋唐嘉话》卷上:"京城南隅芙蓉园者,本名曲江园,隋文帝以曲名不正,诏改之。"

4　罗袜秋尘:言李十将军挈女眷游曲江。

5　"莫将"二句:西施,指西施鱼,此以网得西施鱼比罗得佳人、美女。《唐音癸签》卷二十"西施鱼"条:"李义山诗'西施因网得',又'网得西施别赠人'。考《东坡异物志》:'鱼有名西施者,美人鱼也。出广中大海,食之令人善媚。'"按,大约古时物而美者,喜以"西施"为称,如《泉南杂志》:"西施舌,壳似蛤而长,肉白似乳,形酷肖舌。"又河豚腹中之白而腴者谓"西施乳"。

曲　池

日下繁香不自持[1]，月中流艳与谁期？
迎忧急鼓疏钟断[2]，分隔休灯灭烛时[3]。
张盖欲判江滟滟[4]，回头更望柳丝丝。
从来此地黄昏散，未信河梁是别离[5]。

　　此贵家游宴曲江，义山与其会，席中有所不能忘情者。

　　一言日下与会，席间彼姝正是属望之人，故心怀之而不能自持也。"繁香"，花儿美艳，此"花"以喻彼姝。二句言彼姝在月下靓丽闪耀，光彩照人，然其将与谁邀约相会呢？三句言席未散而预忧其分离。"迎忧"，预忧。"急鼓疏钟"，偏指鼓。唐制：长安，夜二更，二遍鼓绝，则城门上钥不得入，见《唐六典》。是曲江游宴，至迟当于二更时结束，故义山见月上而预忧其鼓声之绝。四句言估料"休灯灭烛"，宴席一散，便是分手之时。"分"，料想、估料。五句言席散则车盖张起，各自东西。然心怀既切，则不忍遽别，故六句紧接"回头更望"。"柳丝丝"，柳者，留也，不舍依依；丝者，思也，思其与我好合也。其心之所牵系怀望，情之所依恋怊怅，尽在此"回头更望"之中。七、八言离怀伤情，虽苏武、李陵河梁忍别之悲不过也。

　　义山所属望彼姝，或即王茂元之小女，时尚未婚嫁；李十将军为作合,邀义山曲池会宴一见。

1　日下:义双关,指京师,又言黄昏日落之时,与下句"月中"对举。《世说新语·排调》:荀鸣鹤、陆士龙二人未相识,俱会张茂先坐。张令共语,以其并有大才,可勿作常语。陆举手曰:"云间陆士龙。"荀答曰:"日下荀鸣鹤。"徐震堮曰:"日下,指京都。"按,古以日喻君上,故君所居京师曰日下。

2　迎忧:预忧也。迎,预测、推算,引申为揣想。《史记·五帝本纪》:"(黄帝)获宝鼎,迎日推策。"裴骃《集解》:"瓒曰:日月朔望未来而推之,故曰迎日。"

3　分(fèn):料想分离之时。分,料想,估料,意料。袁宏《后汉纪·顺帝纪》:"自分必及祸。"张渐《朗月行》:"今年花未落,谁分生别离。"

4　张盖:张起车盖。盖,车盖。判:分手,离别。《广雅·释诂》:"判,分也。"

5　"从来"二句:言此黄昏别离之悲伤,尤过苏武、李陵河梁之别也。

安定城楼

迢递高城百尺楼[1]，绿杨枝外尽汀洲。
贾生年少虚垂涕[2]，王粲春来更远游[3]。
永忆江湖归白发，欲回天地入扁舟[4]。
不知腐鼠成滋味，猜意鹓雏竟未休[5]。

此诗当作于开成三年（838）三、四月间，与王氏尚未成婚。二月，义山应博学宏辞试，已为周墀、李回二学士所取，却被某"中书长者"以"此人不堪"为由"抹去之"（《与陶进士书》）。商隐旋赴安定，为王茂元泾幕掌书记。诗为初至安定，登城楼远眺，感为人排摈、抱负难酬而赋。一、二登楼望远，感天地高远，身为仄微，抱负难酬。以下贾生王粲、江湖扁舟、鹓雏腐鼠，俱自登楼远眺、绿杨汀洲生出。

五、六为一诗主意，亦诗中之秀句。据《蔡宽夫诗话》载：王安石晚年喜吟此二句，表明心迹：自己永记白发时退隐江湖（并不恋位），但现在不能退，尚未"回转天地"（变法未成），怎可便入扁舟？王安石与李商隐当时的思绪心境十分相似，故引为同调，深为共鸣。

末联云宏博不过"死老鼠一条"，实是失意时姑作不屑语以自慰。

1　迢递：高远貌。见《月夕》注2。

2　"贾生"句：贾生，贾谊。《史记·屈原贾生列传》："孝文帝初即位，谦让未遑也。诸律令所更定，及列侯悉就国，其说皆自贾生发之。于是天子议以为贾生任公卿之位。绛、灌、东阳侯、冯敬之属尽害之，乃短贾生曰：'洛阳之人，年少初学，专欲擅权，纷乱诸事。'于是天子后亦疏之，不用其议，乃以贾生为长沙王太傅。"汉文帝六年(前174)，贾谊上疏痛陈时事，有"可为痛哭者一，可为流涕者二，可为长太息者六"之语。

3　"王粲"句：王粲字仲宣，汉末大乱，之荆州依刘表，作《登楼赋》，有"冀王道之一平"的抱负及"虽信美而非吾土"之叹，亦与义山远游泾幕时之情境相似。

4　"永忆"二句：暗用范蠡功成后乘扁舟泛五湖事。意谓待年老时做出一番回转天地的事业之后即归隐江湖，言下之意：现在功业未就，不能就此罢手，至于个人名位并不在乎。"永忆"句倒文，其意为"永忆白发归江湖"。

5　"不知"二句：据《庄子·秋水》载，惠施恐庄子取代自己相梁，遍搜庄子于国中。庄子往见之，云："鹓得腐鼠，鹓雏过之，仰而视之曰：'吓！'今子欲以子之梁国吓我耶?"鹓雏，自比；鸱，猫头鹰，恶声，祸鸟，喻猜忌排摈之辈。时义山应宏博试，为有力者"抹去"，故感愤言之，谓此区区科第亦不过死老鼠一条！

回中牡丹为雨所败二首

下苑他年未可追[1]，西州今日忽相期[2]。
水亭暮雨寒犹在，罗荐春香暖不知[3]。
舞蝶殷勤收落蕊，佳人惆怅卧遥帷[4]。
章台街里芳菲伴，且问宫腰损几枝[5]？

浪笑榴花不及春[6]，先期零落更愁人。
玉盘迸泪伤心数，锦瑟惊弦破梦频[7]。
万里重阴非旧圃，一年生意属流尘[8]。
前溪舞罢君回顾，并觉今朝粉态新[9]。

回中，地名，在安定郡，今甘肃固原县境。此开成三年
（838）春暮初入泾原幕作。诗借牡丹写照，抒宏博黜落之恨。
《安定城楼》凭高临远，感愤而赋；此则借为雨所败之牡丹，以
咏物出之，伤多而愤少。

　　首章。一、二言往年曲江下苑之牡丹已经逝去，不可追
寻，今乃于西州风雨中与之相期。言去岁登第，曲江游宴，何
等繁华荣耀，于今一去不可复返；时隔一年，而沦落西州，寄
人为幕。三句承二，言今日西州，“水亭暮雨”；四句承一，言
去岁下苑，“罗荐春香”。五、六“落蕊”、“惆怅”，点“为雨所

败"。六句以佳人之怅卧比花事之已阑。七、八以章台街里芳菲之杨柳比留京之得意者，言其春风得意，日日婆娑起舞，恐宫腰亦损多多矣。

次章。一、二言榴花开放虽不及春，然牡丹早开早谢，先榴而零落，更令人愁心。义山及第，盖借令狐绹之荐于高锴，是如牡丹之早开；使令狐未荐，或即如榴花之不及于春。然"大抵世间遇合，不及春者，未必遂可悲；及春者，未必遂可喜"（姚培谦笺）。因令狐之荐，遂及其春；亦因牛党之排斥，而宏博不中选，故而言"先期零落"也。三句"玉盘"比牡丹花蕊，迸泪喻疾雨横风；花之心伤，亦人之伤心。四句"锦瑟惊弦"，喻风雨大作之声；"破梦"言前程之理想抱负，至此全为风雨所破矣。五句言西州回中，万里重阴，已非昔日曲江下苑之旧圃。六句言进士及第，于今一年，积力追求，却如牡丹为雨所败，花落委地，全付流尘。七、八穿透时空，翻过一层，诗思则预飞至异日花蕊落尽，反观今日雨中粉态而觉于今犹胜他时。此诗人据今日遭遇，预测日后厄运当更甚于今：今日虽为雨所败，尚能枝头粉态飘舞，来日则"零落成泥碾作尘"矣。

二诗以雨所败之牡丹自况，不即不离而又若即若离，有神无迹。

1　下苑：指曲江芙蓉苑。

2　西州：谓安定，此指回中。《后汉书·皇甫规传》："皇甫规字威明，安定朝那人"，曾"上疏自讼曰：'四年之秋，戎丑蠢戾，爰自西州，侵及泾阳。'"

3　罗荐：丝织席褥，亦作荐地或帷幕用。《汉武内传》："帝以紫罗荐地。"梁元帝《彩莲赋》："芦侵罗荐。"刘禹锡《秦娘歌》："长鬟似云衣似雾，锦茵罗荐承轻步。"

4　"佳人"句：此以佳人拟牡丹，言牡丹为雨所败，有似美人怅卧遥帷。

5　"章台"二句：章台街，汉长安街名，此处借指京师。芳菲伴，指柳，比宏博中试或官于京师之得意者。此言牡丹自曲江下苑徙于西州，为雨所败；而留于京师之芳菲杨柳，此时正在春风中柔损腰肢，翩翩起舞，何等得意！

6　"浪笑"句：浪笑，漫笑、徒笑。不及春，曰"五月榴花红似火"，然赶不上春日开放。

7　"玉盘"二句：玉盘，指牡丹花蕊。玉盘迸泪，锦瑟惊弦，皆以喻急雨打花，一拟其态，一摹其声，正点题中"为雨所败"。

8　"万里"二句：言回中乌云蔽天，疾雨横风，再不是往日曲江园圃之春光明媚。生意，生机。流尘，尘泥。

9　"前溪"二句：于兢《大唐传》载"湖州德清县南前溪村，南朝习乐之所，今尚有数百家习音乐，江南声伎多自此出，

所谓舞出前溪者也。"庾信《乌夜啼》:"促柱繁弦非《子夜》,
歌声舞态异《前溪》。"此以前溪之舞比风雨中牡丹之摇荡
飘飞。

东　南

东南一望日中乌[1]，欲逐羲和去得无[2]？
且向秦楼棠树下[3]，每朝先觅照罗敷[4]。

————

此诗当为开成三年（838）于泾州作。诗有"秦楼棠树"，
点明时令。按棠树春末夏初开花，当为初至泾原幕时。时茂
元小女或即寄居长安昭国坊李家南园（后成婚即在此）。"东
南一望"，即自泾州而望长安也。

义山于泾州望东南之日，发为痴想：能随日华飞至长安
否？飞至长安则可于秦楼"每朝先觅照罗敷"了。诗以罗敷
比茂元小女，时当已议婚而未定，或虽议定而尚未成婚，故翘
首以望，急切之情溢于言表。

————

1　日中乌：阳乌，指日。古神话言日中有三足乌。

2　羲和：神话传说之日御、日神；亦指日。"吾令羲和弥节分，
望崦嵫而勿迫。"王逸注："羲和，日御也。"此处羲和指代日。
《后汉书·裴骃传》："羲和忽以潜晖。"李贤注："羲和，日也。"

3　棠树：棠梨树，亦名甘棠。《诗·召南·何彼秾矣》："何彼
秾矣，唐棣之华。曷不整肃，王姬之车。"唐棣即棠梨，《诗经》
无"梨"字，棣即梨。诗以棠梨之花喻召南诸侯之女年轻貌

美,当与王姬同嫁齐侯。

4　"每朝"句:乐府《陌上桑》云:"日出东南隅,照我秦氏楼。秦氏有好女,自名为罗敷。罗敷善蚕桑,采桑城南隅。"诗题《东南》,与首句切。

无题二首

昨夜星辰昨夜风[1]，画堂西畔桂堂东[2]。
身无彩凤双飞翼，心有灵犀一点通[3]。
隔座送钩春酒暖[4]，分曹射覆蜡灯红[5]。
嗟余听鼓应官去[6]，走马兰台如转蓬[7]。

闻道阊门萼绿华[8]，昔年相望抵天涯[9]。
岂知一夜秦楼客[10]，偷看吴王苑内花[11]。

此无题二首，当是同时所作。兰台，唐人多指代秘书省，
白居易《秘书省中忆旧山》云："犹喜兰台非傲吏，归时应免动
移文。"义山开成三年（838）春宏博未入选，即赴泾州王茂元
幕。时当尚未议婚，故《安定城楼》有"王粲春来更远游"语。
而开成四年春，义山即释褐秘书省校书郎，是入茂元泾州幕首
尾不足一年。因定此诗作于开成四年（839）春初任职秘省而
尚未议定婚姻，或虽议定尚未成婚之时。

七律一首。开篇言昨夜于昭国南园画堂西畔、桂堂之东
与王氏密约幽会，总因尚未成婚，未可公然。"昨夜"与"昨
夜"，"画堂"与"桂堂"复叠，点明时、地。诗以烘染、象征手
法，婉曲表达心中之挚爱。《诗·绸缪》："绸缪束薪，参星在

天"，"今夕何夕，见此邂逅"，"今夕何夕，见此粲者"。"昨夜
星辰"正用《绸缪》篇抒写男女情恋及夜间密约幽会之情景。
而"风"又有男女欢会之特定情韵。再足以"画堂"、"桂堂"，
使此一幽会环境充满温馨之诗情与缠绵之意绪。二、三两联
倒折言之。席间"隔座送钩"、"分曹射覆"，酒暖灯红，好不热
闹，然究未成婚，难以亲暱，只能于隔座以目送情。故有"身
无彩凤"、"心有灵犀"之叹。"嗟予"一联，诗从追忆昨夜灯红
酒暖的刺激，引出落寞惆怅之主体感受；从灼烧爱情的痛苦，
升华为热烈执着的思渴；从心幻之优美的情思，跌落到现实
相隔的忧伤与感喟，种种复杂之情，纷至沓来，抑郁于心。

　　七绝一首。此以"秦楼客"自比，可知王茂元已允成婚
事。诗中"吴王苑内花"即西施，以比茂元小女。因未成婚，
故只能"悄悄"地看(偷看)。

1　星辰：众星，星之通称。风，双关，兼有风情、风怀、男女情
爱之义。
2　画堂：雕饰彩绘之华丽堂屋。梁简文帝《钱庐陵内史王
修应令》诗："回池泻飞栋，浓云垂画堂。"崔颢《王家少妇》：
"十五嫁王昌，盈盈入画堂。"桂堂：桂木所构之堂屋，亦泛指
华美之厅堂。《洛阳名园记》："裴晋公宅园……其四达而当东
西之溪者桂堂也。"

3 灵犀：传犀牛角有种种灵异功用如镇妖、解毒、分水，故称"灵犀"。又言犀角中有白纹如线直通两端，感应灵敏，因用以喻两心之相通。《南州异物志》："犀有神异，表灵以角。"

4 送钩：古代一种游戏，又称藏钩。三国魏邯郸淳《艺经·藏钩》："义阳腊日饮祭之后，叟妪儿童为藏钩之戏，分为二曹，以交（较）胜负。"此戏宋时犹存。

5 分曹：分成二组；曹，偶、组也。《楚辞·招魂》："分曹并进，遒相迫些。"王逸注："曹，偶也。"射覆：古时一种猜物游戏，亦用以占卜。《汉书·东方朔传》："上尝使诸数家射覆，置守宫盂下，射之，皆不能中。"师古注："于覆器下而置诸物，令暗射之，故云射覆。"

6 听鼓应官：唐制五更二点击鼓，街坊门开，表示天明；应官，上朝（衙）应卯。

7 走马兰台：走马至秘书省上班。汉兰台为宫内收藏典籍之处，唐秘书省称兰台。《旧唐书·百官志》："秘书省，龙朔（661—663）初改为兰台，光宅（684）时改为麟台，神龙（705—706）时复为秘书省。"

8 阊门：阊阖，传说中之天门。《楚辞·离骚》："吾令帝阍开关兮，倚阊阖而望予。"王逸注："阊阖，天门也。"又阊门，古苏州城西门。汉袁康《越绝书·越绝外传记吴地传》："阖庐冢，在阊门外，名虎丘。"杜甫《壮游》："嵯峨阊门北，清庙映回塘。"按据"偷看吴王苑内花",此阊门似为苏州之代称；而据首句有女仙"萼绿华"字，则此阊门又似指上天之门。义山用典每绾合两事，可此可彼，或言在此而意在彼。萼绿华：传说中之女仙名。《真诰·运象》："萼绿华者，自云是南山人，不知是何山也。女子，年可二十上下，青衣，颜色绝整。以升平三年十一月十日夜降于羊权家，自此往来，一月辄六过。"按萼绿华，女仙，与阊门无涉，仅以比"偷看"之女子即"吴王苑内花"。

9　相望：期盼伊人。相，偏指一方。此言昔年期盼一见伊人，乃咫尺天涯，难得一见。

10　秦楼客：用《列仙传》萧史事，习见。显言己已为茂元爱婿。

11　吴王苑内花：指西施，以比茂元小女。

咏　史

历览前贤国与家，成由勤俭破由奢[1]。
何须琥珀方为枕[2]，岂得真珠始是车[3]？
运去不逢青海马[4]，力穷难拔蜀山蛇[5]。
几人曾预南薰曲[6]，终古苍梧哭翠华[7]。

　　“成由勤俭破由奢”，历来传颂之名句，然非此诗主旨。此借史抒慨，哀叹文宗虽去奢从俭，励精求治，然“运去”、“力穷”，无法改变衰唐命运。“青海马”，喻指辅臣名相；“蜀山蛇”，比宦竖、节镇势力。诗当有慨于文宗误用李训、郑注，致“甘露之变”，朝臣诛死，终其一世，受制家奴。

　　诗当成于开成五年（840）正月或八月，义山时年二十有九。

1　“历览”二句：《韩非子·十过》载由余答秦穆公“得国失国”之故，对曰：“常以俭得之，以奢失之。”
2　琥珀枕：琥珀，松柏树脂之化石，有淡黄、褐、红褐诸种颜色，透明，质优者可作饰物。以琥珀作枕称琥珀枕。与下句“真珠车”皆借以喻文宗父兄穆、敬之奢侈；“何须”、“岂得”，言文宗勤俭不奢。

3　真珠车：以真珠照乘之车。《史记·田敬仲完世家》载：梁王自夸有十枚径寸之珠，枚可照车前后各十二乘。齐威王曰："寡人之所以为宝与王异。吾臣有檀子者，使守南城，则楚人不敢为寇东取，泗上十二诸侯皆来朝。吾臣有盼子者，使守高唐，则赵人不敢东渔于河。吾吏有黔夫者，使守徐州，则燕人祭北门，赵人祭西门，徙而从者七千余家。吾臣有种首者，使备盗贼，则道不拾遗。将以照千里，岂特十二乘哉！"

4　青海马：龙马，以喻贤臣。《隋书·吐谷浑传》："青海中有小山，其俗至冬辄放牝马于其上，言得龙种。吐谷浑尝得波斯草马，放入海，因生骢驹，能日行千里，故时称青海骢马。"按亦称青海龙孙。

5　蜀山蛇：据《蜀王本纪》载：秦献美女于蜀王，蜀王遣五丁力士迎之。还至梓潼，见一大蛇入山穴中，五丁共引之，山崩，五丁皆化为石。刘向《灾异封事》："去佞则如拔山。"此以喻宦官佞臣。

6　南薰曲：相传舜曾弹五弦琴，歌《南风》之诗而天下大治。其词曰："南风之薰兮，可以解吾民之愠兮。"

7　翠华：以翠羽为饰之旌，皇帝仪仗。舜逝于苍梧之野，故云"哭"，此以舜比文宗。司马相如《上林赋》："建翠华之旗，树灵鼍之鼓。"李善注："翠华，以翠羽为葆也。"白居易《长恨歌》："翠华摇摇行复止，西出都门百余里。"

出关宿盘豆馆对丛芦有感

芦叶梢梢夏景深[1]，邮亭暂欲洒尘襟[2]。
昔年曾是江南客，此日初为关外心[3]。
思子台边风自急[4]，玉娘湖上月应沉[5]。
清声不远行人去，一世荒城伴夜砧。

———

此为开成四年（839）出函谷赴弘农尉任途中所作。据
《元和郡县图志》卷六载：弘农居长安、东都之中，西距长安
四百三十里，东去洛阳四百五十三里。其西北百里为阌乡县，
思子台即在阌乡东北二十五里处。盘豆，亦作桨豆，在思子台
东。义山宿盘豆驿，东南至弘农不足百里。

首句言风吹芦叶，夏景正深，以丛芦兴起并点时令；二句
言心情之抑郁、尘世之俗念，为丛芦风叶之声一洗净尽。按义
山开成四年春释褐秘书省校书郎，夏日即调补弘农尉，任一俗
吏。为此而心情忧闷不平，是所谓"尘襟"也。三、四就丛芦
生发，言江南多芦，昔年"南游郢泽"（《献相国京兆公启》），曾
于风动芦叶之中益思帝京；于今函关之外又对丛芦，世事变
幻，流年如梭，耻居关外，却又至关外任职俗吏，所谓"初为关
外心"也。五句借"思子台"而念母；六句借"玉娘湖"而思
妻。结言丛芦清声不远而行人已去，却似永伴荒城夜砧，搅我

之心也。

　　沉沦之痛、孤旅之愁、思亲之情交互心中,而以风动丛芦兴起,象外有神。五、六将盘豆驿边思子台、玉娘湖随手拈来,不惟切题面"宿",亦关合念母思妻,情挚而婉,诚为巧对。四句"关外心"最须重看,百端交集皆缘于调补弘农而耻居关外也。

1　梢梢:风声,此指风动丛芦之声。鲍照《野鹅赋》:"风梢梢而过树,月苍苍而照台。"常建《空灵山应田叟》:"曳策背落日,江风鸣梢梢。"

2　邮亭:驿馆,此指盘豆馆。《汉书·薛宣传》:"过其县,桥梁、邮亭不修。"师古注:"邮,行书之舍,亦如今之驿及行道馆舍也。"张祜《平原路上题邮亭残花》:"云暗山横日欲斜,邮亭下马见残花。"白居易《送刘谷》:"邮亭已送征车发,山馆谁将候火迎。"尘襟:世俗之襟怀,犹云尘世之俗念。张九龄《出为豫章郡途次庐山东岩下》:"迨兹刺江都,来此涤尘襟。"韦应物《夜偶诗客操公作》:"尘襟一潇洒,清夜得禅公。"

3　关外心:言今初有耻居关外之心。此用杨仆耻居关外而移关事。《汉书·武帝纪》:"(元鼎)三年冬,徙函谷关于新安,以故关为弘农县。"应劭曰:"时楼船将军杨仆数有大功,耻为关外民,上书乞徙东关,以家财给其用度。武帝意亦好广阔,于是徙关于新安,去弘农三百里。"

4　思子台:汉武为冤死之戾太子于阌乡东筑思子宫、归来望思之台,义山关合"思子"二字以念母也。《汉书·武五子传·戾太子据》:"武帝末,卫后宠衰,江充用事。充与太子及卫氏有隙,恐上晏驾后为太子所诛,会巫蛊事起,充因此为奸。"陷害太子,太子逃亡。"吏围捕太子,太子自度不得脱,即入室距户自经。""上怜太子无辜,乃作思子宫、为归来望思之台于湖(城县),天下闻而悲之。"

5　玉娘湖:据王士祯《秦蜀驿亭后记》:"过阌乡盘豆驿,涉郎水,即义山所云之玉娘湖。"

次陕州先寄源从事

离思羁愁日欲晡[1]，东周西雍此分途[2]。
回銮佛寺高多少[3]，望尽黄河一曲无[4]？

　　陕州，陕虢观察使治所。次，旅次，旅途中止歇、驻留。源从事，不详。从事，汉以后三公及州县所辟僚属多称之。此义山弘农任上因事外出归程途次陕州；抑一返济源省母归弘农经陕州作，故有"离思羁愁"之叹。据《元和郡县图志》，陕州西南至弘农一百零三里。《公羊传》："河千里而一曲。"此指大曲。朱鹤龄注引《物理论》云："河百里一小曲，千里一大曲。"义山登佛寺宝刹，原以散愁，而愁思益聚，无以排解。末云眺望上游，河水奔流，目力所至，望不尽黄河一曲，何论高瞻远瞩！意在感慨高才而就卑位。

1　晡（bū）：申时，约当下午三至五时。

2　东周西雍：言陕州以东周公主之，陕州以西，召公主之。《元和郡县图志》卷六："（陕州）《禹贡》冀豫二州之域，周为二伯分陕之地。《公羊传》曰：'自陕以东，周公主之；自陕以西，召公主之。'"按，古雍州自陕州以西，约当今陕、甘地区。

3　回銮：指天子或后妃车驾离京外出返回。《初学记》卷四引庾肩吾《侍宴九日诗》:"献寿重阳节,回銮上苑中。"按,此"回銮"当指广德元年避吐蕃寇犯京畿,代宗驾幸陕州,至十二月始发陕县回京。徐逢源曰:"佛寺必还京后建以报功者。"

4　一曲:水流弯曲处。《诗·魏风·汾沮洳》:"彼汾一曲,言采其藚。"朱熹集传:"渭水曲流处。"刘禹锡《送李尚书镇滑州》:"黄河一曲当城下,缇骑千重照路旁。"按黄河河道曲折,故俗称"九曲黄河"。《尔雅·释水》:"百里一小曲,千里一曲一直。"曲、直对举,则一曲为一弯曲处。

荆　山

压河连华势屏颜[1]，鸟没云归一望间。
杨仆移关三百里[2]，可能全是为荆山[3]？

荆山，在今河南灵宝县阌乡南。相传黄帝采首山之铜，铸鼎于此。《元和郡县图志》卷六："（湖城县）荆山，在县南，即黄帝铸鼎之处。"又："（阌乡县）本湖城县乡名……隋开皇三年废阌乡郡，十六年移湖城县于今所，改名阌乡县，属陕州。"此借汉杨仆耻为关外民，助家赀东移函谷于新安事，感慨自己由京调外。义山原为秘书省校书郎，不惟居关内，且居帝京，供职朝廷；如今调补弘农尉，不惟居关外，且为一俗吏，相形之下，不如杨仆远矣！

诗不言杨仆耻居关外，而云"可（岂）能全是为荆山"，以疑问出之，反言己之任尉弘农，亦非别故，只是为荆山"压河连华"、"鸟没云归"之形势吸引，亦愤激语。

诗当作于开成四年（839）任职弘农时。

1　"压河"句：言荆山镇黄河连华山，山势险峻。屏颜：即巉岩，山势高峻貌。《别雅》："屏颜，巉岩也。"

2　杨仆移关：见《出关宿盘豆馆对丛芦有感》注3。

3　"可能"句：言如此高峻壮丽之荆山为何置于关外，杨仆移关能否即为荆山？可能，岂能。

任弘农尉献州刺史乞假归京

黄昏封印点刑徒[1]，愧负荆山入座隅[2]。
却羡卞和双刖足[3]，一生无复没阶趋[4]。

———

《旧唐书·文宗纪》："(开成三年二月)丁未,以同州刺史孙简为陕虢观察使,代卢行术。"又:"(开成四年)八月庚戌朔,以给事中姚合为陕虢观察使。"又:"(开成五年)春正月己酉朔……宰臣李德裕、杜悰、李让夷、崔铉,太常卿孙简等率文武百官上徽号。"是孙简陕虢观察任一年有半,开成四年八月入为太常卿。《新唐书》义山本传云"会姚合代简,谕使还官",则诗当作于开成四年(839)八月。

县尉主治安、缉捕盗贼、监管刑徒事。《旧唐书》本传所谓"活狱忤观察使孙简,将罢去",盖指商隐在县尉任上因救活无辜狱囚而开罪于上司孙简;"乞假归京"乃托辞,实拟辞尉返京。按孙简与令狐家为戚属,其小女适令狐绹从弟令狐绚(尹占华《李商隐得罪令狐绹原因新探》),亦牛党中人。意义山自秘省调补弘农为孙简属下,或即牛党有意安排;而所谓"活狱忤孙简",或亦托辞以进一步排笮之。

诗中"愧负荆山"即有愧于卞和。此绾合陕州之荆山与荆州抱玉岩之荆山,亦诗人一时兴会。末句愤激语。

1　封印：旧时官署对册文、簿书封缄并加印记封存。《晋书·陶侃传》："军资、器仗、牛马、舟船，皆有定簿封印。"

2　入座隅：弘农县治在灵宝东北函谷关城，与荆山相对，故云。座隅：座位之侧旁。颜延之《秋胡诗》："岁暮临空房，凉风起座隅。"元结《系谟》："公之所述，真王者之谟；必当篆刻，置之座隅。"

3　卞和：献璞之楚人，先后为厉王、武王以诳骗罪刖去双足，至文王乃使玉人理璞而得玉，命曰"和氏之璧"。事见《韩非子·和氏》。

4　没阶：言下尽台阶，趋行跪接迎送上司官长。《论语·乡党》："没阶，趋进，翼如也。"没，尽。《诗·小雅·渐渐之石》："山川悠远，曷其没也。"毛传："没，尽也。"

宿骆氏亭寄怀崔雍崔衮

竹坞无尘水槛清[1]，相思迢递隔重城[2]。
秋阴不散霜飞晚，留得枯荷听雨声。

崔雍，李商隐从表叔崔戎次子。《新唐书·崔戎传》："子雍字顺中，由起居郎出为和州刺史。"义山《集》中《安平公诗》又云："仲子延岳年十六"，"其弟炳章犹两卯"。炳章当为崔衮字。

诗人宿骆氏亭，入夜听雨打荷声，物动于情，情附于物，情景相生，遂以枯荷自况：荷虽已枯，又遭雨打，而其声仍有可听者，以有枯荷在也。而今己身却连枯荷也不及！按义山开成四年释褐为秘省校书郎，未久即调弘农尉，却又以触怒观察使孙简而离职，盖有人如令狐辈，必欲除之而后快。故"留得"二字极须重看，言下有"留不得"之意。

联系义山行迹，并考其径称二崔之名，则诗当作于辞官弘农"乞假归京"又"还官"之时，其晚或宿京郊骆氏亭，时当秋日。故诗系开成四年（839）秋，义山年二十八，崔雍二十岁，崔衮未冠时。

1　竹坞（wù）：四周竹树环合之处。坞，泛指四面高、中央低之凹地或村落。庾信《杏花》诗：“依稀映村坞，烂熳开山城。”
梁武帝《子夜歌》：“花坞蝶双飞，柳堤鸟百舌。”水槛（jiàn）：
临水亭榭之栏杆。

2　相思：思念二崔兄弟。相，偏指一方，代崔雍、崔衮。迢递：
高远貌。见《月夕》注2。重（chóng）城：见《夕阳楼》注1。
此指长安城。

春日寄怀

世间荣落重逡巡[1]，我独丘园坐四春[2]。
纵使有花兼有月，可堪无酒又无人！
青袍似草年年定[3]，白发如丝日日新。
欲逐风波千万里，未知何路到龙津[4]。

———

　　此仕路阻塞、汲引无人之叹，末联揭示题旨：欲逐风波，而龙门无路。义山会昌二年（842）丁忧，居永乐。据"坐四春"，诗当作于会昌五年。

　　一、二言世间盛衰转化本甚迅捷，而我半生沉沦，今隐于丘园行将四年，言下于前程甚感渺茫。三、四言丘园中虽不乏花月，然家贫无酒可以消忧，又无知音可以相慰藉。义山开成四年（839）释褐秘书省校书郎，调补弘农尉，均为九品。而未久即辞尉幽居，故云"年年定"。五六对仗熨贴，"青袍似草"、"白发如丝"，不惟设色相映，更叹官秩卑微而年华老大；草青、丝白，兼具衰飒之象。"年年定"，一年盼过一年，一点没有升迁迹象。"日日新"，日子一天天过去，头发一天天白了；一"定"一"新"，在动感上相对衬，所谓仕进无路，汲引无门，故末云"未知何路到龙津"。

1　荣落：盛衰。宋之问《太平公主池山赋》："春秋寒暑兮岁
荣落。"重（zhòng）：程度副词，甚也，极也，今之言很、非常。
白居易《渭村归雨》："复兹夕阴起，野思重萧条。"逡（qūn）
巡：顷刻、急速，迅捷貌。张祜《偶作》："遍识青霄路上人，相
逢只是语逡巡。"

2　丘园：家园，乡里。《易·贲》："贲于丘园，束帛戋戋。"王
肃注："失位无应，隐处丘园。"孔颖达疏："丘谓丘墟，园谓园
圃。唯草木所生，是质素之所。"后亦以丘园指隐居之处，如蔡
邕《处士圂叔则铭》："洁耿介于丘园，慕七人之遗风。"《旧唐
书·刘黑闼传》："天下已平，乐在丘园为农夫耳。"坐：渐、行
将。谢朓《冬绪羁怀示萧咨议虞田曹刘江二常侍》："客念坐婵
媛，年华稍菴蔼。"张相《诗词曲语辞汇释》卷四："坐，将然辞，
犹寖也；施也；行也。"

3　"青袍"二句：唐贞观三年定八品、九品官服青色。显庆元
年，规定深青为八品之服，浅青为九品之服，义山释褐秘书省
校书郎，调补弘农尉，皆九品，未有升迁，故云"青袍"云云。

4　龙津：龙门；龙门又名河津，故又称龙津。《艺文类聚》
卷九六引辛氏《三秦记》："河津一名龙门，大鱼集龙门下数
千，……上者为龙。"此喻仕宦升擢之路。《晋书·孙绰传》：
"（绰）尝鄙山涛，而谓人曰：'山涛吾所不解，吏非吏，隐非隐，

若以元礼门为龙津,则当点额暴鳞矣。'"按,龙门、龙津,俗称
禹门口,在今山西河津县西北和陕西韩城市东北,黄河至此,
因两岸峭壁悬崖,陡峻对峙如门阙,故称。

小园独酌

柳带谁能结[1]，花房未肯开[2]。
空馀双蝶舞，竟绝一人来。
半展龙须席[3]，轻斟玛瑙杯。
年年春不定，虚信岁前梅[4]。

———　此会昌五年（845）春永乐闲居有怀柳枝之作。姚培谦笺："所期而不遂之词。柳带花房，将舒未放。对双蝶而长怀，必同心之侣也。五、六伫待之殷。此非春来之不定，乃含意之未申耳。"姚说是。"柳枝为义山第一知己"（冯浩、张采田笺语），"为东诸侯取去"之后，义山每见柳而生怀思，《集》中思柳、怀柳诗即有多首。

首联怀柳，中二联独酌，末联回应篇首，言徒见梅花报"春"而不见"春"来。

或以为此诗乃寄托仕途有所期而不遂，因而抒怀，亦通。

———　1　柳带：柳条，以喻恋人、情人之赠结同心。义山《柳枝五首序》："柳枝手断长带，结让山为赠叔乞诗。"
2　花房：花冠、花蕊，亦总称花瓣。白居易《画木莲花图赠元郎中》："花房腻似红莲朵，艳色鲜如紫牡丹。"

3　龙须席：据《山海经》载："贾超之山……其草多龙须。"郭璞注："龙须也，似莞而细，生石穴中，茎倒垂，可以为席。"李白《白头吟》其一："莫卷龙须席，从他生网丝。"

4　虚信：空信、徒信。

落　花

高阁客竟去[1]，小园花乱飞。
参差连曲陌，迢递送斜晖[2]。
肠断未忍扫，眼穿仍欲稀[3]。
芳心向春尽[4]，所得是沾衣[5]。

　　诗咏落花而极寓身世之感。"花自飘零水自流"，落花本易兴伤逝之感，义山对花落亦自有伤逝迟暮之叹。首联以"客去"衬"花落"，所谓"天下无不散之客，又岂有不落之花？"（姚培谦笺）推而广之，人生在世亦如此花开落耳！浮生劳碌奔走，心为物役，而谛观刹那，逡巡消逝。末联将落花与自己身世绾合为一："芳心向春尽"，也正是己心一生希冀之彻底毁灭。劳碌半生，所得为何？沾衣惹带而已。

　　论者极赏首句。钟惺评云："落花如此起，无谓而有至情。"（《唐诗归》）屈复云："首句如彩云从空而坠，令人茫然不知所为。"（《玉溪生诗意》）写落花而从"客竟去"落笔，凭空宕出，而以"花乱飞"迅即收回，衬贴自然，意象混茫。

1　竟：乐曲终止为竟，引申为尽，终于。《说文》："乐曲尽为竟。"
2　"参差"二句：言落花缤纷，势连小径曲陌；临空飞舞，宛若遥远夕晖。参差,长短不齐貌,此言花之纷纷飘落。

3　眼穿:犹言望眼欲穿,此指花飞之远,而遥望之。韩愈《酒中留上襄阳李相公》:"眼穿常讶双鱼断,耳热何辞数嚼频。"意言见花落而遥望之,怜惜之,而花仍不悟人意乃自凋落飘飞。

4　芳心:花心,花蕊。苏轼《岐亭道上见梅花》:"数枝残绿风吹尽,一点芳心雀啅开",本此。此双关,亦指望花、惜花之心。

5　"所得"句:亦双关,指花蕊零落飘飞而沾惜花者之衣,又绾合惜花人望花之飘零而泪落沾衣。

赠田叟

荷蓧衰翁似有情[1]，相逢携手绕村行。
烧畲晓映远山色[2]，伐树暝传深谷声。
鸥鸟忘机翻浹洽[3]，交亲得路昧平生[4]。
抚躬道直诚感激[5]，在野无贤心自惊[6]。

　　诗有"相逢携手绕村行"，定非桂府归途之作；又二联言"晓映"，言"暝传"，则义山于村落当盘桓不止一日，更非途中之遇田叟，故当作于会昌四、五年（844—845）闲居永乐时。

　　一、二言相逢有情，故尔携手绕村同行。三、四村行所见"烧畲晓映"、"伐树暝传"，非一日中自晓至暮，当闲居时所见所闻乡野景色。五句言田叟淡远，并无机心，为人通和融洽。六句云交亲至友得路则相弃，如昧平生，似指令狐绹辈。七句抚躬自问，己与田叟皆直道之人，今皆遗落乡野，故心中不平。末句一篇之主旨。"在野无贤心自惊"，既指田叟，亦以自寓。

1　荷蓧（diào）：肩负耘田、除草之器具。蓧，古时耘田之竹器。《论语·微子》："子路从而后，遇丈人以杖荷蓧。"

2　烧畲（shē）：焚烧田地中之草木，并以草木灰做肥料之粗放耕作法。杜甫《秋日夔府咏怀奉寄郑监李宾客一百韵》："煮井为盐速,烧畲度地偏。"刘禹锡《竹枝词》之九:"银钏金钗来负水,长刀短笠去烧畲。"《韵会》:"畲,火种田也。"

3　"鸥鸟"句:言人无机心,能使异类如鸥鸟者相与狎近。此指代荷蓧衰翁之高远淡泊。《列子·黄帝》载:海上有人,每旦从鸥鸟游,鸥之从者百数,其父令取来。明日之海上,鸥鸟舞而不下,以其有机心也。浃洽:通和融洽。《汉书·礼乐志》:"教化浃洽,民用和睦。"

4　得路:仕途得意。孟郊《伤时》:"男儿得路即荣名,邂逅失途成不调。"昧平生:不相识。言本为交亲,而仕途得意之后,皆绝无往来,视为不相识之路人。颜延之《秋胡诗》:"虽为五载别,相与昧平生。"李善注:"昧,闇也。"

5　"抚躬"句:言反躬自问,田叟与己皆身怀直道而不为所用,心中感愤不平。抚躬,谓反躬,反躬自问。

6　在野无贤:《尚书·大禹谟》:"野无遗,万邦咸宁。"此感愤语,言己非贤才,故在野而心惊。

北齐二首

一笑相倾国便亡[1]，何劳荆棘始堪伤[2]。
小怜玉体横陈夜[3]，已报周师入晋阳[4]。

巧笑知堪敌万机[5]，倾城最在著戎衣[6]。
晋阳已陷休回顾，更请君王猎一围[7]。

首章一言冯淑妃小怜一笑，齐后主高纬即为她而迷惑，谓其沉溺女色，荒于政事，而致亡国。二言何须国家灭亡、殿生荆棘始为可伤，似此即已堪伤矣！三、四言后主荒淫无时，小怜玉体横陈之夜，即是北周军队攻陷晋阳之时。晋阳为北齐军事重镇，武平七年（576）晋阳陷，北齐根本动摇，次年即亡国。

次章一、二浓缩史事，言在后主眼中，冯淑妃倾城一笑，重于朝廷一日万机；其最为美艳动人，则在穿著戎装之时。三、四则直引史事。《通鉴·齐纪》："齐主方与淑妃猎于天池，晋州告急者，自旦至午，驿马三至……齐主将还，淑妃请更猎一围，齐主从之。"

此二章但述史事，且取事典型，不加断语，不发议论，所谓"有案无断，其旨更深"（朱彝尊评）。林昌彝《射鹰楼诗话》

亦指出其"但述其事,不溢一词,而讽谕蕴藉"的特色。其次
则取象鲜明,于冯淑妃之形貌则"巧笑"、"戎衣";肖其声口则
"更猎一围",形神毕现,不言讽谕而讽谕可于象外得之。纪昀
评云:"含蓄有味,风调欲绝。"

1　"一笑"句:言冯淑妃小怜一笑,齐后主高纬即为她倾倒,
荒于政事,导致亡国。相倾,倾心于她,为她倾倒。《诗·大
雅·瞻卬》:"哲夫成城,哲妇倾城。"郑玄笺:"城,犹国也。"
孔颖达疏:"若为智多谋虑之妇人,则倾败人之城国。"《北
史·后妃传论》:"灵后淫恣,卒亡天下。倾城之诫,其在兹
乎!"按,后以"倾城"为女主、后妃擅权倾亡家国之喻,又以比
女子之艳美。《汉书·外戚传》:"李延年歌曰:北方有佳人,绝
世而独立。一顾倾人城,再顾倾人国。宁不知倾城与倾国,佳
人难再得。"

2　荆棘:山野丛生之多刺杂木,此喻纷乱亡国。《老子》:"师
之所处,荆棘生焉。"《吴越春秋》:"夫差听谗,子胥垂涕曰:
'以曲作直,舍谗攻忠,将灭吴国,城郭丘墟,殿生荆棘。'"《晋
书·索靖传》:"索靖有远量,知天下将乱,指铜驼曰:'会见汝
在荆棘中耳!'"此句言何须国家覆亡、殿生荆棘,始为可伤!

3　小怜:北齐后主高纬宠妃冯小怜。横陈:横列,横卧。

4　"已报"句:晋阳为北齐军事重镇,北周军入晋阳,则亡国可

待,照应首句。《北齐书·齐后主本纪》:"(武平七年十二月)庚戌,战于城南,齐军大败。"又:"辛酉,延宗与周师战于晋阳,大败,为周师所虏。"

5　"巧笑"句:言冯淑妃小怜倾城一笑,堪匹朝廷之万机。巧笑:媚笑。《诗·卫风·硕人》:"巧笑倩兮,美目盼兮。"知:匹,匹比、匹敌。《尔雅·释诂》:知,"匹也"。万机:众多之军国机要大事。柳宗元《礼部为文武百僚请听政表》:"一日万机,不可暂阙。"

6　戎衣:战衣、军服。

7　"晋阳"二句:言晋州告急,而后主、淑妃置国家存亡于不顾,而专注游猎。

寄令狐郎中

嵩云秦树久离居[1]，双鲤迢迢一纸书[2]。
休问梁园旧宾客，茂陵秋雨病相如[3]。

《新唐书·令狐绹传》："绹字子直，举进士，擢累左补阙、右司郎中，出为湖州刺史。"《旧唐书·令狐绹传》："会昌五年（845），出为湖州刺史。大中二年（848），召拜考功郎中，寻知制诰。"令狐寄书义山，当为出湖州前右司郎中任而非考功郎中时。又据《旧唐书·令狐滈传》载：会昌二年（842），绹任户部员外郎。则绹任右司郎中当在会昌三至五年出守湖州之前。然会昌四年义山移家永乐，不得云"嵩云"，惟五年（845）春，应从叔李舍人之招赴郑州，后与家人居洛至十月入秘书省正字。是令狐寄书当在会昌五年（845）秋，故有"茂陵秋雨"云云。

此以书代柬，答令狐绹书问。商隐一生为令狐绹所遏，沉沦使府，均在大中年间牛党得势之时。而会昌五年秋间，正李德裕秉政，故当商隐闲居卧病，令狐始有书问讯。

首言长安、洛阳，两地离居；二感不远千里寄书存问；三句以"梁园旧宾客"隐含往昔与令狐一家之亲密情谊；四句始及自己当前之处境、心情，内涵十分丰厚，直可当一篇言情尺牍。有叙事，抒怀，感激以及对往昔高谊之深沉怀念。

　　会昌年间，李德裕秉政，令狐绹不仅未因牛党之故而被排斥，且两度升迁。此为令狐绹致书存问、与商隐言好之政治基础。诗中流露对令狐之深挚厚谊，是义山不以党见视令狐之明证。

1　嵩云秦树：嵩山之云，秦地之树。"嵩云"自谓，时李商隐卜居东洛，故云；令狐绹任右司郎中，居长安，因比之"秦树"。

2　"双鲤"句：时义山患瘵恙，居洛阳养病，令狐绹有书问讯。双鲤指书信。古诗："客从远方来，遗我双鲤鱼。呼儿烹鲤鱼，中有尺素书。"

3　"休问"二句：梁园，汉梁孝王所建宫苑，司马相如曾客游梁，梁孝王令与诸生同舍，故亦梁园宾客。"梁园旧宾客"，比自己如司马相如之客居梁园，曾为令狐楚幕僚，深受知遇。司马相如晚年卧病，闲居茂陵，而李商隐当时亦正卧病洛阳，故有末句以答。茂陵：汉武帝刘彻陵墓，在今陕西兴平县东北。

华岳下题西王母庙

神仙有分岂关情，八马虚追落日行[1]。
莫恨名姬中夜没[2]，君王犹自不长生。

华岳，西岳华山。西王母，道教传说为长生不老之女仙。

一句言有分于神仙则无恋于情色，二者不可得兼。二言即乘八骏而至于昆仑，亦无缘成仙。《穆天子传》载：穆王游于昆仑，西王母宴于瑶池之上，为歌曰："将子无死，尚能复来。"然穆王终未能复至而"神仙无分"，故曰"虚追"也。三、四言无须遗憾盛姬之没于中夜，君王自身犹且不能长生！终是升仙、美色两皆空也。

诗刺穆王之求仙、恋色，亦假古而讽今。诸说以为托讽武宗、王才人事，可从。《通鉴》引蔡京《王贵妃传》："帝升遐，妃自缢，仆于御座下。"冯浩以为"妃必先帝而卒"，是所谓"名姬中夜没"也。诗虽托讽，却以沉痛出之，曲而婉。当作于会昌六年（846）三月武宗崩后。

1　八马：谓穆王八骏。《穆天子传》："天子之骏：赤骥、盗骊、白义、踰轮、山子、渠黄、骅骝、绿耳。"郭璞注："八骏，皆因其毛色以为名号耳。"

2　莫恨：不须遗憾。恨，悔恨、遗憾。名姬：指穆王妃盛姬。《穆天子传》："天子西征，至玄池之上，乃奏乐三日，终，是日乐池盛姬亡。"

汉宫词

青雀西飞竟未回[1]，君王长在集灵台[2]。
侍臣最有相如渴[3]，不赐金茎露一杯[4]。

　　此诗向有三解，或言讽求仙，或以为自慨，又有以宫人望幸为解。当以前说为优。

　　诗为讽武宗惑仙而作。会昌五年（845），武宗为道士赵归真所惑，于南郊敕建望仙台。唐人习以汉比唐，诗借汉武帝以影射唐武宗，以望仙台比集灵台甚明，当作于武宗驾崩、庙号议定即会昌六年（846）八月之后。

1　青雀：亦称青鸟，神话传说为西王母取食、传言之神鸟。见《无题》（相见时难）注 5。

2　集灵台：汉武时有集灵宫，唐明皇造集灵台于华清宫侧，亦名长生殿。《三辅黄图·甘泉宫》："集灵宫、集仙宫、存仙殿、存神殿……皆武帝宫观名也。"《元和郡县图志》卷一"昭应县华清宫"云："又造长生殿，名为集灵台，以祀神也。"此借汉武事以言武宗溺道，于宫中祀神。

3　"侍臣"句：据《史记·司马相如传》载，"相如口吃而善著书,常有消渴疾"。

4　金茎:即汉武建章宫铜制承露盘仙人。《后汉书·班固传》:"抗仙掌以承露,擢双立之金茎。"

过景陵

武皇精魄久仙升[1]，帐殿凄凉烟雾凝[2]。
俱是苍生留不得，鼎湖何异魏西陵[3]。

　　诗有"武皇"字，则借景陵（宪宗陵墓）而关合端陵（武宗
陵墓）。宪宗谥"章武"，而武宗为庙号，皆可曰"武皇"。《新
唐书·宣宗纪》："（会昌六年八月）壬申，葬至道昭肃孝皇帝
于端陵。"诗或作于会昌六年（846）八月以后；距武宗崩已五
月，故曰"久仙升"。

　　首句点"过景陵"。元和十五年（820）春正月，宪宗驾崩
于中和殿；会昌六年（846）三月二十三，武宗崩，八月葬于端
陵，相距二十六年，亦"久仙升"。二句言过景陵陵门西凶帷
帐殿之下，惟炉香凝雾，身后寂处凄凉。

　　三句乃一篇之警策。"俱是苍生留不得"，言凡是苍生，无
贵无贱，无贤不肖，孔丘盗跖，皆成尘土。故四句拈出轩辕氏
与曹瞒，补足三句之"留不得"，言外升天与葬地皆是死，学仙
何能长生？

　　唐代皇帝佞道惑仙多人，英明如太宗亦不能免。宪宗、
武宗其尤甚者。宪宗重信道士柳泌，命柳为台州刺史，上天台
采药炼丹。及至服柳泌金丹，日增燥渴，终以"服饵过当，暴

成狂疾，以至弃代"（《旧唐书·李道古传》）。武宗即位未久，即召道士赵归真等八十一人入禁中，于三殿修金箓场，并于九天坛亲受法箓。会昌六年三月因服食丹药中毒，药燥，喜怒失常，临终前十余日不能言语，崩时年仅三十三。义山于武宗之死因必有所闻，故过景陵感宪宗惑道而崩，而兼慨武宗英年之重蹈覆辙也。

1　武皇：指宪宗，以其谥曰圣神章武皇帝，故称。精魄：精魂体魄，亦指人之形体。汉徐干《中论·夭寿》："夫形体者，人之精魄也。"仙升：即升仙，道教指人之得道成仙，后借以婉指人之死亡，犹称仙去、仙逝、仙化。韦庄《洛阳吟》："胡骑北来空进主，汉皇西去竟仙升。"

2　帐殿：古时帝王出行时以帐幕为行宫，或大行时假帐幕以供神御，皆称帐殿。

3　鼎湖：即鼎湖龙去，指黄帝升仙。《史记·封禅书》："黄帝采首山铜，铸鼎于荆山下。鼎既成，有龙垂胡须下迎黄帝。"后以指帝王之崩逝。《周书·静帝纪》："先皇晏驾，万国深鼎湖之痛。"杜甫《骊山》诗："鼎湖龙去远，银海雁飞深。"西陵：魏武帝曹操陵墓。曹操逝后葬于邺之西冈，故称。谢朓《铜雀台》："郁郁西陵树，讵闻歌吹声。"

瑶　池

瑶池阿母绮窗开[1]，黄竹歌声动地哀[2]。
八骏日行三万里[3]，穆王何事不重来？

　　诗讽求仙之妄。程梦星以为"追叹武宗之崩"，又曰"武
宗好仙，又好游猎，又宠王才人，此诗镕铸其事而出之，只用
周穆王一事，足概武宗三端"，说为有据，可与《汉宫词》同参。
诗当作于大中初（847）。

　　此诗之妙在不明言求仙之妄，而全从西王母着笔，所谓翻
过一步法。一、二写西王母倚窗瞰临，不见穆王，惟闻下界动
地哀歌：以目瞰（绮窗开）耳闻（动地哀）暗示武宗之崩。三、
四换一角度，以西王母之所思、疑惑自问，倒接第二句：八骏
日行数万里，为何穆王至今不再来？据《穆天子传》载，穆王
曾答应西王母："比及三年，将复而野。"末以问句吞吐出之，
而答案则在第二句，此倒接法也。

　　世上本无神仙，而当有神仙构想，是为"无理"；穆王既见
西王母，按"理"当长生不死，却为何又死了？正破神仙之妄，
实又在理。而破神仙之妄不以人破之，而使神仙自疑自破，
此又"无理之理"！故贺裳评云："无理而妙"者矣。（《载酒园
诗话》）

1　瑶池：道教传为昆仑山上之仙池，西王母所居。《史记·大宛列传》："昆仑，其高二千五百余里"，"其上有醴泉、瑶池"。唐太宗《帝京篇序》："忠良可按，何必海上神仙乎？丰镐可游，何必瑶池之上乎？"阿母：即西王母。绮窗：绘饰如绮之窗户。左思《蜀都赋》："开高轩以临山，列绮窗而瞰江。"吕向注："绮窗，雕画若绮也。"

2　《黄竹歌》："逸诗，亦作《黄竹诗》。《穆天子传》卷五："丙辰，天子游黄台之丘，猎于苹泽，有阴雨，天子乃休。日中大寒，北风雨雪，有冻人。天子作诗三章以哀民。词曰'我徂黄竹，□员閟寒'云云。"按此借《黄竹》哀歌以寓穆王之崩。

3　八骏：见《华岳下西王母庙》注1。

海　客

海客乘槎上紫氛¹，星娥罢织一相闻²。
只应不惮牵牛妒³，聊用支机石赠君⁴。

———

宣宗即位，一反会昌之政，与李德裕相善者概行贬逐。大中元年（847）二月，贬给事中郑亚为桂州刺史、桂管观察使。郑亚辟义山入幕为支使兼掌书记。

诗以海客比郑亚，星娥自比，支机石喻己之文采，牵牛比牛党令狐辈（冯浩笺）。三、四言己不惮牛党中人之妒恨，毅然辞去秘书省正字，随郑亚之桂州，为亚效力。

———

1　海客：航海之人。骆宾王《饯郑安阳入蜀》：“海客乘槎渡，仙童驭竹回。”槎：浮槎，木筏。张华《博物志》卷十：“旧说云，天河与海通。近世有人居海渚者，年年八月乘浮槎，去来不失期。”刘知几《史通·采撰》：“海客乘槎以登汉，姮娥窃药以奔月。”紫氛：紫色云，犹紫霄，借指天空，道教用语。刘桢《赠从弟》：“于心有不厌，奋翅凌紫氛。”

2　星娥：织女。相闻：问候。曹植《与吴季重书》：“往来数相闻。”李善注：“闻，问也。”相，指代副词，相闻即问候海客。

3　只应：只是，只因；应，是。《庄子·寓言》：“与己同则应，不与己同则反。"牵牛：牛郎星：亦指神话牛郎织女中之牛郎。

4　支机石：传为织女用以支撑布机之石块。《太平御览》卷八引刘义庆《集林》："昔有一人寻河源，见妇人浣纱，以问之，曰：'此天河也。'乃与一石而归。问严君平，云：'此支机石也。'"庾信《杨柳歌》："流槎一去上天池，织女支机当见随。"

送崔珏往西川

年少因何有旅愁？欲为东下更西游。
一条雪浪吼巫峡，千里火云烧益州[1]。
卜肆至今多寂寞[2]，酒垆从古擅风流[3]。
浣花笺纸桃花色[4]，好好题诗咏玉钩[5]。

《全唐诗》卷五百九十一："崔珏字梦之，尝寄家荆州，登大中进士第。由幕府拜秘书郎。为淇县令，有惠政，官至侍御。诗一卷。"据首句"年少"字，崔珏当小于义山。其《哭李商隐》有云："词林枝叶三春尽，学海波澜一夜干。""虚负凌云万丈才，一生襟抱未曾开。"可知崔为义山知交。大中元年，义山随郑亚赴桂州，三月七日离京南下经江陵，时崔珏寄家荆州，晤于江陵。

首句以问语跌宕出之，极矫拔之意。言下谓我年华老大，流离依人，有愁固宜，乃汝年少之时，旅愁从何而来耶？二句拟崔答：原欲东下，无奈而须西游入蜀也。以下拟想崔珏入蜀途中及西川胜迹而慰其不必有愁，亦勉之、送之之辞。三、四"一条"、"千里"，"雪浪"、"火云"，"巫峡"、"益州"，皆属对精工。其"吼"字、"烧"字尤为具象活脱。五句衬贴，六句是主，言无须问君平之寂寞，但看相如之风流，是可游乐也。结则进一步慰之：尚有浣花笺纸足供吟咏。

1　火云：夏日之红云，俗称火烧云。萧统《锦带书十二月启·蕤宾五月》："冻雨洗梅树之中，火云烧桂林之上。"杜甫《三川观水涨》："火云洗月露，绝壁上朝暾。"仇兆鳌注："火云，朝霞也。"

2　卜肆：卖卜之铺子。《史记·日者列传》："（宋忠、贾谊）二人即同舆而之市，游于卜肆中。"《汉书·王贡两龚鲍传》："（严）君平卜筮于成都市，以为'卜筮者贱业'而可以惠众人……日阅数人，得百钱足自养，则闭肆下帘而授《老子》。"岑参《严君平卜肆》："君平曾卖卜，卜肆荒已久。"

3　"酒垆"句：用司马相如与卓文君事。此言崔不必因西游而愁，西川如相如文君事，亦擅风流。

4　浣花笺：笺纸名，唐薛涛命工匠取浣花溪水造纸，为深红彩笺，名"薛涛笺"，又名浣花笺。《寰宇记》："浣花溪在成都西郭外，属犀浦县，地名百花潭。大历中，崔宁镇蜀，其夫人任氏本浣花溪人；后薛涛家其旁，以潭水造纸为十色笺。"

5　玉钩：指宴饮中藏钩之戏。玉钩，酒钩。参见《无题二首》其一（昨夜星辰）注4。

荆门西下

一夕南风一叶危，荆门回望夏云时[1]。
人生岂得轻离别，天意何尝忌崄巇[2]？
骨肉书题安绝徼[3]，蕙兰蹊径失佳期[4]。
洞庭湖阔蛟龙恶，却羡杨朱泣路歧[5]。

———

诗约作于大中元年（847）四月，义山自荆门西下、将入洞庭，亦赴桂途中作也。

首言一叶扁舟泛江而下，惟觉其险。二句"荆门"点地，"夏云"点时。三、四倒折，言世路唯艰，崄巇天意，是以人生未得轻易离别！五、六承"离别"，言家人书题，慰我安于绝域，勿因离别思家而徒增忧伤；然远离妻室，蕙兰蹊径，会合无期。结谓歧路不仅在于平陆，无风波之险，且可南可北，惟我入洞庭，湖阔蛟恶，不惟歧路已无，则连"后退之路"亦已断矣，故云"却羡杨朱泣路歧"也。"羡泣路歧"，当有寓意。盖会昌末年，党局反覆，"李党"失势，牛党复炽，与牛、李二党均有瓜葛之诗人，值此党局反覆之际，确有"路歧之慨"；"诗即景寓慨，融旅途风波之险与世路风波之感为一体"。（《李商隐诗歌集解》）情深意远。

1　荆门：在荆州郡西六十里长江南岸。盛弘之《荆州记》："郡西溯江六十里，南岸有山曰荆门。"《水经注》卷三十四："江水又经历荆门、虎牙之间，荆门在南，上合下开，暗彻山南，有门像，虎牙在北，石壁色红，间有白文类牙形，并以物象受名。此二山，楚之西塞也，水势急峻。"

2　崄巇（xiǎn xī）：险峻崎岖，亦以喻世路风波或人心险恶。宋玉《九辩》："何崄巇之嫉妒兮，被以不慈之伪名。"稽康《琴赋》："丹崖崄巇，青壁万寻。"吕良注："崄巇，倾侧貌。"

3　"骨肉"句：言家书嘱己安于远方异域。绝徼（jiào）：极远的边塞之地，此指将赴桂州海隅。韩愈《湘中酬张十一功曹》："休垂绝徼千行泪，共泛清湘一叶舟。"徼，边地、边塞。

4　蕙兰：蕙房、兰室之省称。蕙房、兰室均指代闺门。曹植《妾薄命》："更会兰室洞房。"陈后主《宣圣礼典诏》："蕙房桂栋，咸使维新。"

5　"却羡"句：言前路更险，反不如杨朱临歧而可南可北免此崄巇，言下己之赴辟桂州，后路已断。《淮南子·说林训》："杨子见歧路而哭之。为其可以南、可以北。"

深树见一颗樱桃尚在

高桃留晚实[1]，寻得小庭南。
矮堕绿云髻[2]，欹危红玉簪[3]。
惜堪充凤食，痛已被莺含[4]。
越鸟夸香荔，齐名亦未甘。

　　此托樱桃抒怀。深树绿云中忽见一颗晚实之樱桃，隐在僻处。唐廷以樱桃宴新科进士，为贵重果品，而今遗落深树隐处，显以"官不挂朝籍"而入僻幕自况自叹。王定保《唐摭言·慈恩寺题名游赏赋咏杂记》云："新进士尤重樱桃宴。"义山开成二年（837）进士及第，释褐秘省为郎，旋调补俗尉，丁母忧，入为正字，辞下昭桂，恰十年；当年杏园樱宴，何等荣耀，于今沉沦使府，恰自下苑移落桂岭。又李绰《岁时记》："四月一日，内园荐樱桃，寝庙荐讫，班赐各有差。"王维《敕赐百官樱桃》："芙蓉阙下会千官，紫禁朱樱出上兰。"韩偓《湖南绝少含桃，偶有人以新摘者见惠，感事伤怀，因成四韵》："时节虽同气候殊，不知堪荐寝园无"，"金銮岁岁长宣赐，忍泪看天忆帝都"。是又以樱桃荐寝庙，供君上，宣赐大臣，而我才而见弃，不能为朝廷所用，所谓"充凤食"也。"痛已被莺含"，此"莺"当指令狐，言痛惜早年不自矜持而入令狐之门，致有今日，此所言"痛"也。

诗中有"越鸟"、"香荔"字，或桂岭时作，酌编大中元年（847）夏。

1　晚实：晚熟之果实。谢朓《咏墙北栀子》诗："馀荣未能已，晚实犹见奇。"

2　矮堕髻：一本作"倭堕髻"，古代妇女一种发髻型，此形容深树绿叶。乐府古辞《陌上桑》："头上倭堕髻，耳中明月珠。"

3　欹（qī）危：倾斜高挂欲坠之状。韦应物《始至郡》："高树上迢递，峻堞绕欹危。"

4　"惜堪"二句：喻己本可入仕朝廷，无奈早岁而入令狐之门，以致今日沉沦使府。《礼记·月令》："仲夏，天子羞以含桃，先荐寝庙。"含桃即樱桃，传为莺鸟所含食，故名。"充凤食"，喻仕于朝廷；"被莺含"，言早岁入令狐之门。

晚　晴

深居俯夹城[1]，春去夏犹清。
天意怜幽草[2]，人间重晚晴[3]。
并添高阁迥[4]，微注小窗明。
越鸟巢干后，归飞体更轻。

———

此诗妙在三、四，情、景、理浑融无迹，虽为自解自慰，而"幽草"、"晚晴"之贴切，"天意"、"人间"之感慨，深寓身世之感。七、八自喻，有寄托，似言待桂州事毕归京，境遇或有所改变。纪昀曰："末句结'晚晴'，可谓细意慰贴，即无寓意亦自佳也。"

———

1　夹城：两边高墙所夹之通道，此指城门外之小城墙，遮拥于城门外，俗称瓮城，其圆者称小月城。曾公亮《武经总要·守城》："城外瓮城，或圆或方，视地形为之，高厚与城等。"

2　幽草：幽深僻处之小草丛。《诗·小雅·何草不黄》："有芃者狐，率彼幽草。"韦应物《滁州西涧》："独怜幽草涧边生，上有黄鹂深树鸣。"

3　晚晴：傍晚天色转明。何逊《春暮喜晴酬袁户曹苦雨》："振衣喜初霁，褰裳对晚晴。"高适《同崔员外綦毋拾遗九日宴

京兆府李士曹》："晚晴催翰墨，秋兴引风骚。"此寓晚岁境遇或
有所"转晴"，言外此前皆"苦雨"也。

4　并：更，益。

端　居

远书归梦两悠悠[1]，只有空床敌素秋[2]。
阶下青苔与红树，雨中寥落月中愁[3]。

——

　　端居，平居，闲居，谓平常居止。首句有"远书"字，知非悼亡；次句有"空床"字，知为忆家。诗或桂幕作，或徐幕作，难定；然秋日而阶下结有"青苔"，更似桂州作。

　　家书不至，归梦难成，只有"空床"、"素秋"相伴！阶下之"青苔"、"红树"，不论雨中、月中，所见无非寥落，总为一"愁"字。

——

　　1　远书：寄远或远方来书，此指后者。江淹《伤友人赋》："永远书于江溢（shì，水滨），结深痛于尔魂。"杜牧《秋岸》："曾入相思梦，因凭附远书。"归梦：归家、远乡之梦。谢朓《和沈右率诸君钱谢文学》："遥望荆台下，归梦相思夕。"悠悠：遥远，此言书信久疏，久无。

　　2　敌：对，当。《玉篇》："敌，对也。"《尔雅·释诂》："敌，当也。"素秋：秋日，秋时。按五行，秋属金，其色白，故称素秋。杜甫《秋兴》之六："瞿塘峡口曲江头，万里风烟接素秋。"

　　3　寥落：寂寥冷落。元稹《行宫》："寥落古行宫，宫花寂寞红。"

桂林道中作

地暖无秋色，江晴有暮晖。
空馀蝉嘒嘒[1]，犹向客依依。
村小犬相护，沙平僧独归。
欲成西北望，又见鹧鸪飞[2]。

　　此大中元年（847）秋作于桂幕。

　　前六句写景，景中有情；七、八抒情，而移情入景。暮色苍茫中，蝉声嘒嘒；栖高饮露，向我依依。而犬护僧归，惟我远客，无可归处。七、八"望"、"见"，思妻切至。长安在桂林西北，故云"西北望"。鹧鸪鸣声凄切，如曰"行不得也哥哥"。似寓此行桂幕或当为牛党所憎。诗人移情入景，以景结情；见鹧鸪之飞，兴身世之感：望成西北，而鹧鸪南翔；南下桂管，唤我"行不得也"，自叹留滞炎荒，亦归思之情。

1　嘒嘒（huì）：蝉鸣声。《诗·小雅·小弁》："菀彼柳斯，鸣蜩嘒嘒。"毛传："蜩，蝉也；嘒嘒，声也。"张祜《秋霁》诗："何妨一蝉嘒，自抱木兰丛。"

2　鹧鸪：鸟名，形似雌雉，头如鹑，胸前有圆点如珍珠。《文选·左思〈吴都赋〉》："鹧鸪南翥而中留，孔雀绰羽以翱翔。"

刘逵注："鹧鸪，如鸡，黑色，其名自呼。或言此鸟常南飞不止，豫章以南诸郡处处有之。"《本草纲目》李时珍曰："鹧鸪情畏霜露，早晚稀出，夜栖以木叶蔽身，多对啼，今俗谓其鸣曰：'行不得也哥哥。'"

夜　意

帘垂幕半卷[1]，枕冷被仍香。
如何为相忆[2]，魂梦过潇湘[3]？

此诗当是大中元年（847）冬，居桂幕思家忆内之作。一、二眠中思忆，情切入梦，梦醒而见帘垂幕卷，觉枕冷人单；又似闻妻子在侧而衾被仍散发馀香。二句妙在著一"仍"字，似梦中觉之，梦醒犹在。三、四补叙梦境而以问句出之：尔为何因忆我而渡潇湘至此相会耶？不言自己忆妻，而说妻子忆己，更见诗人思妻之切，此亦翻过一步法。

题为《夜意》，即夜中思妻忆妻之意。

1　幕：帷帐，帐子。《广雅·释器》："幕，帐也。"《谷梁传·定公十年》："舞于鲁君之幕下。"注："幕，帐也。"

2　相忆：忆我。相，此处指代第一人称。

3　魂梦：梦；梦魂，梦中形影。李嘉祐《江湖秋思》："嵩南春遍伤魂梦，壶口云深隔路歧。"

宋　玉

何事荆台百万家[1]，惟教宋玉擅才华？
楚辞已不饶唐勒，风赋何曾让景差[2]！
落日渚宫供观阁，开年云梦送烟花[3]。
可怜庾信寻荒径，犹得三朝托后车[4]。

程梦星笺云："文士失职，今古同情，以古准今，能无慨叹！"所谓"以古准今"，即以宋玉之独擅才华自况，叹己之遇合既不如宋玉，并也不及庾信。上半美宋玉其人，下半美宋玉其宅。首言荆台百万之家，惟宋玉独擅才华；即便同受屈平指授如唐勒、景差辈皆所不及。五、六言南楚宫阁，云梦风烟，无非助宋玉诗思文藻。七、八带出庾信。宋玉虽往矣，其宅犹存，而庾信以避乱居之，竟与宋玉后先辉映千古。是诗以宋玉之君臣相得、庾信承事三朝，反衬自己在文、武、宣三朝之不遇。言下己之才华可追宋、庾，而流落炎荒，依人作幕，其视前人也远矣。

大中元年（847）十月，李商隐奉府主郑亚之命，赴南郡与郑肃联宗，谱叙叔侄（时郑肃节度荆南），明年初春还桂。诗当作于是时。

1　荆台：楚国高台名，故址在今湖北省监利县西北。此处借荆台以指代楚国。

2　"楚辞"二句：言宋玉辞赋之作不让唐勒、景差。饶，亦让，对文互训。张相《诗词曲语辞汇释》卷一："饶，犹让也。李白《上皇西巡南京歌》：'柳色未饶秦地绿，花光不减上阳红。'未饶，未让也。"唐勒、景差与宋玉同时，皆为楚文学侍从之臣。《荆楚故事》："襄王与唐勒、景差、宋玉游云梦之台，王令各赋大言，唐勒、景差赋不如王意。宋玉赋曰：'方地为舆，圆天为盖。弯弓挂扶桑，长剑倚天外。'王于是喜，赐以云梦之田。"

3　"落日"二句：落日，日之始出；落，始也，非用坠落义。《尔雅·释诂》："落，始也。"与下句"开"，对文互训，亦始也。开年，犹言开岁、始春。渚宫，楚别宫。二句意谓日之始出，而渚宫观阁供献；新春伊始，则云梦烟花送呈。言南楚宫阁、云梦风烟日复一日、年复一年以助宋玉之诗思文藻。

4　"可怜"二句：庾信因侯景乱，自建康遁归江陵，居宋玉故宅。《哀江南赋》云："诛茅宋玉之宅，穿径临江之府。"可怜，可羡。三朝，庾信事梁武、简文、元帝三朝。《诗·小雅·绵蛮》："命彼后车，谓之载之。"意谓庾信虽遭乱漂泊，犹得以文学侍从三朝。

赠刘司户蒉

江风扬浪动云根[1]，重碇危樯白日昏[2]。
已断燕鸿初起势[3]，更惊骚客后归魂[4]。
汉廷急诏谁先入[5]？楚路高歌自欲翻[6]。
万里相逢欢复泣，凤巢西隔九重门[7]。

义山越年有《哭刘蒉》诗云："黄陵别后春涛隔。"是义山与刘蒉此回相遇当在黄陵。黄陵，山名，在今湖南湘阴，近湘水入洞庭湖处。据刘学锴、余恕诚考证，刘蒉自柳州放还，而义山自南郡返桂，二人相遇于黄陵，故诗当作于大中二年（848）春正。

上半赋兼比兴。首句就眼前湘水即景写起，兴也；而风浪掀石，又比宦官之势盛。二句取"白日昏"之义，以比朝廷蔽于小人。刘蒉，燕人，故以燕鸿喻之。"燕鸿初起势"，特指大和二年（828）刘蒉应贤良方正科，因对策中猛烈抨击宦官而落选，故云"已断"。"后归魂"，言朝廷急诏，征回者不乏其人，而刘独后归。"燕鸿"初起而未翔，即被断，"归"又独后，见刘之坎坷，亦以示义山对友人之同情与不平。又，"后归"启下句之"急诏"，转入下半之抒慨。言刘蒉因诏入京，故"楚路高歌"，冀有升迁之望，可欢也；然君门万重，凤巢西隔，又可泣也。

纪昀评云："起二句赋而比也。不待次联承明，已觉冤气抑塞，此神到之笔。七句合到本位，只'凤巢西隔九重门'一句竟住，不消更说，绝好收法。"（《玉溪生诗说》）

1　云根：指石。宋孝武帝刘骏《登乐山》诗："屯烟扰风穴，积水溺云根。"

2　重碇（dìng）：系舟之石墩，用指沉入水底以稳定船身之重石，亦作矴。

3　"已断"句：刘蕡燕人，故以燕鸿喻之。断其初起之势，言其对策下第。

4　"更惊"句：言对刘蕡自柳州放还之迟，甚感惊讶。时在楚地，刘又被放逐，故称"骚客"。后归魂，指刘自贬所放归之迟；魂，阳气、精神、精灵，喜其生还，赞其精神气度。

5　"汉廷"句：用汉文帝征贾谊事。言朝廷急诏征回者不乏其人，惟刘蕡后归。

6　翻：摹写，歌唱。《胡笳十八拍》："胡笳本自出胡中，缘琴翻出音律同。"白居易《杨柳枝词》："古诗旧曲君休听，听取新翻杨柳枝。"

7　"凤巢"句：《帝王世纪》载，"黄帝时，凤凰止帝东园，或巢于阿阁"。九重门：宋玉《九辩》："君之门以九重。"

乱　石

虎踞龙蹲纵复横¹，星光渐减雨痕生²。
不须并碍东西路，哭杀厨头阮步兵³。

　　首句言乱石蹲踞纵横，挡路可怖。二云乱石原是陨星，踞路已久，则"星光渐减"；"雨痕生"，暗示黑夜道途，泥泞难行。三句直斥其"并碍东西"，左右不得行走。末有途穷恸哭之悲。

　　此诗咏乱石"并碍"东、西两途，以喻牛、李两党并碍自己前程：东不得行，西亦不得行；牛党恨其所谓"背恩"，李党亦疑其与"牛"有旧谊。东西(牛李)之路皆为阻塞，此义山一生所以沉沦也。

1　虎踞龙蹲：形容乱石峭怪纵横之状。《太平御览》卷一六五引晋张勃《吴录》："钟山龙盘，石头虎踞。"王绩《游北山赋》："石当阶而虎踞，泉度牖而龙吟。"按虎踞龙蹲，犹虎踞龙盘。
2　"星光"句：据《左传·庄公七年》载，一夜"星陨如雨"。如，而，言陨石与雨点齐下，而今踞地已久，故"星光渐减"而"雨痕"仍在。
3　"哭杀"句：用阮籍穷途恸哭事。《三国志》卷二十一注引

《魏氏春秋》曰：阮籍"闻步兵校尉缺，厨多美酒，营人善酿酒，求为校尉"。又曰："时率意独驾，不由径路，车迹所穷，辄恸哭而返。"

关门柳

永定河边一行柳，依依长发故年春。
东来西去人情薄，不为清阴减路尘[1]。

——　　杨柳于人，依依有情；人于杨柳，不减路尘。两相对照，
见无情之物仍自有情，而有情之人反无情也。三句最须重看，
言人情所以薄，正其东来西去，为生计劳碌奔波，今日出关，明
日入关，营营扰扰，又有何闲情雅意报此依依之情！

　　　唐无永定河，此当为永定县之河。唐永定县，武德中置，
治所在今广西横县西北峦城北邕江东岸，邕州东北。义山大
中元年（847）随郑亚在桂管，并摄昭州，地近永定，或有关门。
酌编大中元年。

——　　1　清阴：清凉之树阴，此指柳阴。陶渊明《归鸟诗》："顾俦
相鸣，景庇清阴。"李白《明堂赋》："点翠彩于鸿荒，洞清阴乎
群山。"

三月十日流杯亭

身属中军少得归[1]，木兰花尽失春期[2]。
偷随柳絮到城外，行过水西闻子规[3]。

———

宣宗大中二年（848）二月，府主郑亚贬循州，义山随行，经增城（今广东增城县）约当三月初，至城外游流杯亭，时木兰花已凋尽，故有第二句。义山文宗开成四年（839）婚于王氏，故每离家远行，即与妻子约定二月归家。《对雪》云："龙山万里无多远，留待行人二月归。"《蜂》诗云："青陵粉蝶休离恨，长定相逢二月中。"郑亚桂管罢贬循州，义山本即可归家，因同情府主之遭遇而随行循州，二月未能归家，又至三月十日，故云"失春期"也。末以闻子规"不如归去"，应"少得归"。程梦星云"末句用意最巧"，纪昀云"妙不说破"。

———

1　"身属"句：言依人为幕不得随意归家。中军，古时作战分左、中、右或上、中、下三军，主将居中发号施令，后即称主帅为中军，唐节度、观察权力似主帅，故称，此处指桂管观察使郑亚。

2　木兰花尽：木兰花信在春分第三候（春分一候海棠，二候梨花），即春分后第三个五日。见《书肆说铃》及《东皋杂录》

"二十四番花信风"载。又义山《木兰》诗:"二月二十二,木兰开坼初。"故三月十日至流杯亭,则木兰花已尽矣。此"春期"又寓二月归家,夫妻团聚。

3　子规:杜鹃。其鸣声如曰"不如归去"。

凤

万里峰峦归路迷，未判容彩借山鸡[1]。
新春定有将雏乐[2]，阿阁华池两处栖[3]。

———

　　凤，传说中之神鸟，雄曰凤，雌曰凰，通称凤或凤凰。诗以咏凤为题，兼咏分栖两地之凤与凰，托以雌雄"阿阁华池两处栖"，慨叹夫妻分离，当是思家寄内之作。

　　大中二年（848）二月，府主郑亚贬循州，李商隐随行，约三月初经增城。此诗约此时作。

　　首句言随郑亚至于岭外，遥望京华，峰峦万里，归路已迷。迷，双关，一言归程渺茫，不知何处？一言心中迷茫惑然，归抑不归？二句自负才华，言不甘与"山鸡"辈等价，岂能死困幕府哉！三句慰妻王氏，言正当新春之际，妻子定有将雏、舔犊之乐也。末句叹夫妻长年两处分居。

———

1　"未判"句：谓己之才华如凤鸟，不甘心与山鸡等价。判：张相《诗词曲语辞汇释》云："割舍之辞，亦甘愿之辞。"未判，未甘、不甘。借：给予、授予、让给。《韩非子·难二》："桓公以任管仲之专，借竖刁、易牙。"言以专任管仲之事而授予、让给竖刁、易牙二人。借、授互训，借亦授。山鸡，雉类，容彩似凤而实非凤凰。《水经·浪水注》："自番禺东历增城县,《南越志》曰:'县多鸐鷸。鸐鷸,山鸡也,光彩鲜明,五色炫耀,利距善斗;世以家鸡斗之,则可擒也。'"《史记·司马相如传》:"掩翡翠,射鸐鷸。"集解引《汉书音义》曰:"鸐鷸,鸟似凤也。"

2　将雏:挈领幼子;将,领、带。

3　阿阁:四柱皆有檐霤之楼阁。华池:神话传说中之地名,在昆仑山上。孙绰《游天台山赋》:"挹以玄玉之膏,漱以华池之饮。"

同崔八诣药山访融禅师

共受征南不次恩[1]，报恩唯是有忘言[2]。
岩花涧草西林路[3]，未见高僧且见猿[4]。

———

崔八，未详。药山，约当今湖南常德市北九十里，与龙岩山相近。《湖南掌故备考》："药山在武陵县北，梁以此山名县。唐为僧惟岩道场，刺史李翱尝访之。"按惟岩禅师文宗大和二年（828）入寂，年八十四，融禅师或其后。此大中二年（848）五月桂管归途，同崔八共诣药山访融禅师不遇作。

首句言"共受"，似含崔八并融禅师言之。义山在郑亚幕，初为掌书记，继任支使，且一度摄守昭州（今广西平乐），故言受亚不拘常次之恩。次句言无以为报，惟谨记在心。三、四言不遇禅师，惟满山岩花涧草，林猿哀鸣，令人摧心。末不以感怀结，不以理路结，而以景象结，含不尽之意于言外，所谓象中见意，景外蕴情，而极含蓄婉转之致。

———

1　征南：征南将军，指桂州府主郑亚。不次：不拘常次，不依寻常序次之恩顾、超擢，亦指特殊之恩遇。《汉书·东方朔传》："武帝初即位"，"待以不次之位"。师古注："不拘常次，言超擢也。"

2　忘言：心会，相知于心，不须以言语表达。《晋书·山涛传》："后遇阮籍，便为竹林之交，著忘言之契。"参见"评析"。

3　西林：寺名，在庐山山麓，与东林寺相对，晋太元中僧慧永建。后借以泛指寺院，此代药山融禅师寺院、僧舍。许浑《寄契盈上人》："何处是西林？疏钟复远砧。"

4　且：只，但也。杜甫《送高三十五书记》："崆峒小麦熟，且愿休王师。请公问主将，安用穷荒为！"且愿，犹云"只愿"。

潭　州

潭州官舍暮楼空，今古无端入望中[1]。
湘泪浅深滋竹色[2]，楚歌重叠怨兰丛[3]。
陶公战舰空滩雨[4]，贾傅承尘破庙风[5]。
目断故园人不至，松醪一醉与谁同[6]！

　　大中二年（848）夏，桂管途返经潭州（今长沙）时作。
一、二登楼送目，起极苍莽；无端入望，吊古伤今。中四句写
"望"中所思所感，有寄托。"湘泪"句悼武宗也；"楚歌"句，
怨牛党之排斥异己；"陶公"句，借寓会昌将帅遭遇；"贾傅"句
托寄有功文臣之贬逐。七句承二句"望"，极目故园，而所待
之人不至，忧思莽莽，无可排遣，则惟有松醪一杯矣。诗作于
桂州返京途经潭州之时，故借潭州史事以遣怀感慨，虽以首二
字为题，然非如《锦瑟》、《碧城》之无题诗，当属借史感怀。

1　今古入望：言所望在今，所怀在古，而今古同伤也。杜牧
《题宣州开元寺水阁》："六朝文物草连空，天淡云闲今古同。"
2　"湘泪"句：用舜二妃以泪挥竹事。
3　"楚歌"句：楚歌，楚辞，指《九歌》《离骚》等。重叠，反复，
屡次。兰丛，影射楚令尹子兰等。此借以怨牛党之残害忠正，

排斥异己。

4　"陶公"句：言陶公战舰今已矣，所在惟雨洒空滩而已。《晋书·陶侃传》载：侃为江夏太守，以运船为战舰，进克长沙，封长沙郡公。

5　"贾傅"句：《西京杂记》卷五："贾谊在长沙，鵩鸟集其承尘。长沙俗以鵩鸟至人家，主人死。谊作《鵩鸟赋》，齐死生，等荣辱，以遣忧累焉。"承尘：藻井，犹今之天花板。《寰宇记》："贾谊庙在长沙县南六十里，庙即谊宅。"句言贾谊庙中藻井已破损不堪，惟风入庙中。

6　松醪（láo）：唐代潭州有名酒松醪春。戎昱《送秀才之长沙》："松醪能醉客，慎勿滞湘潭。"薛莹《郑德麟传》："德麟好酒，每挈松醪春过江夏，遇叟无不饮之。"

木兰花

洞庭波冷晓侵云，日日征帆送远人。
几度木兰舟上望[1]，不知元是此花身。

首二言洞庭中，波冷侵云，舟中所望，无非漂泊之远客。三句"几度"云云，补足二句"日日征帆"。四句忽悟己身亦同是天涯羁客，己之望人，亦如人于舟中之望己也。落寞情怀，回环曼引，情味绵远。诗当作于大中二年（848）桂管归途过潭州自湘水入洞庭之时。

----

1 木兰舟：《述异记》载，"七里洲中，鲁班刻木兰舟，至今在洲中。"后世美称舟为"兰舟"。

梦　泽

梦泽悲风动白茅[1]，楚王葬尽满城娇[2]。
未知歌舞能多少，虚减宫厨为细腰[3]。

　　"楚王好细腰，宫中多饿死"，其罪在楚王。此诗则特点
明：满城美女之被"葬尽"，实为争宠而"歌舞"、"减厨"。诗刺
逢迎邀宠者，此咏史翻案法。时白敏中、令狐绹等牛党党人得
势，朝中多有揣摩逢迎之士、溜须钻营之人，乘此而得宠者。
诗人以为党局反复难料，邀宠"歌舞"能有几时！"减厨"亦
终是徒然，最后可能如楚宫美女而被"葬尽"。

　　此诗讽咏含蓄委婉，妙在借史兴怀，亦古亦今。首句梦
泽悲风，白茅于风中摇晃，融入诗人身世之感，境象迷茫，情绪
苍凉。

　　1　梦泽：古楚地之云梦泽。"云（泽）在江之北，梦（泽）在江
之南。"（《汉阳图经》）白茅：俗称丝茅，因花穗密生白色柔毛
如丝故称。《诗·召南·野有死麕》："野有死麕，白茅包之。"
《本草纲目》："白茅短小，三、四月开白花成穗，结细实，其根甚
长，白软如筋而有节，味甘，俗呼丝茅，可以苫盖及供祭祀苞苴
之用。"

2　娇：对美女之称谓。

3　"虚减"句：言减食希求婀娜腰细也是徒然。《墨子·兼爱中》："昔者，楚灵王好士细腰，故灵王之臣皆以一饭为节。"《韩非子·二柄》："楚灵王好细腰，而国中多饿人。"此皆言"国中"，且言"灵王之臣"，不仅宫女也。义山诗言"宫厨"，又称"满城"，则绾合宫女与士人言之，讽咏尤为深婉。

无　题

万里风波一叶舟，忆归初罢更夷犹[1]。
碧江地没元相引[2]，黄鹤沙边亦少留[3]。
益德冤魂终报主[4]，阿童高义镇横秋[5]。
人生岂得长无谓[6]，怀古思乡共白头。

———　义山于大中二年(848)五月离桂州，沿湘水，入洞庭，于黄鹤稍作驻桡。据第四句"黄鹤沙边亦少留"，诗或作于武昌。本拟即刻归家，而犹豫之后，决定溯江夔峡、巴阆(详参《望喜驿别嘉陵江水二绝》"评析")，故诗中有益德、阿童之事。

首句赋而兼比，言自武昌溯江而上，又以比宦途风波险恶。二句言"忆归"之心，愈欲撇去，愈加萦系(姚培谦笺)。"初罢"，非如程梦星言"大中间梓州府罢"，乃忆归之心"初罢"，即"归心"刚刚丢开、撇开；"更夷犹"言却又犹豫而恨未能速速返家！比照后之"何当共剪西窗烛"，则此情可体味之。三、四承"忆归"，申足所以"夷犹"之意，并伏末句"思乡"。五、六承"罢"，申足所以"罢归"之意，并逗下"怀古"：言归思情切，因心所系也，然人生当有所建树，或生如阿童，或死如益德，安可留恋家室！七、八紧接自警：人生不能长此碌碌无为，"思乡"、"怀古"岂不令人速老！

　　义山《无题》，不论有无寄托，多男女相思，凄艳之作。惟此则直抒胸臆，殊多感慨。沉郁之至，可逼老杜。开首即寓寄人生宦海，而以"万里风波"切入，此自高处跌落，继以小舟一叶，见己之无依无助，是无限感慨语也。因宦海风浪，而归思茫茫；因思有以建立，则又犹豫不拟即归。三句"元相引"言归情；四句"亦少留"，道宦情，低回曼引，正心中无奈之表露。五、六陡然振起，实有鉴于古人，归情减，而宦情作，故七、八自警如此。纪昀曰："绝好笔意！"

1　忆归：忆家思归。夷犹：犹豫、迟疑不定；亦作"夷由"。《楚辞·九歌·湘君》："君不行兮夷犹。"王逸注："犹豫也。"

2　地没：地之尽处，指远处水天相接、烟波微茫之处。《说文》段玉裁注："没者，全入于水，故引申之义训'尽'。"

3　黄鹤：黄鹤矶，代指夏口、武昌。《荆州图记》："夏口城西南角，因矶为高，是名黄鹤矶。"唐阎百里《黄鹤楼记》："费祎登仙，尝驾黄鹤返憩于此，遂以名楼。"

4　益德：即三国蜀大将张飞，字翼德，亦作益德。《三国志·蜀书·张飞传》："先主伐吴，飞当率兵万人，自阆中会江州。临发，其帐下将张达、范彊杀飞，持其首，顺流而奔孙权。"按"冤魂报主"事未详；"主"当指先主。

5　"阿童"句：言王濬灭吴之气势，义可薄天。阿童，晋王濬，小字阿童。《晋书·羊祜传》："时吴有童谣曰：'阿童复阿童，衔刀浮渡江。不畏岸上兽，但畏水中龙。'祜闻之曰：'此必水军有功，但当思应其名者耳。'会益州刺史王濬征为大司农，祜知其可任；濬又小字阿童，因表留监益州诸军事。"后王濬率军顺江东下灭吴。镇：常、尽，总是。李世民《咏烛》："镇下千行泪，非是为思人。"镇下，常下。《唐音癸签》卷二十四："'镇'，盖有'常'义，约略用之代'常'字，令声俊耳。"横秋：横亘秋空，借言气势薄于云天。孔稚珪《北山移文》："霜气横秋。"李白《悲清秋赋》："云横秋而蔽天。"此借指王濬灭吴，义薄云天。

6　"人生"句：言人生岂能无所事事。无谓，没有意义，失于事宜，引申为无所作为、无所事事。韩愈《杂诗》之四："蛙黾甚无谓，阁阁只乱人。"

深　宫

金殿销香闭绮栊，玉壶传点咽铜龙[1]。
狂飚不惜萝阴薄，清露偏知桂叶浓[2]。
斑竹岭边无限泪[3]，景阳宫里及时钟[4]。
岂知为雨为云处，只有高唐十二峰[5]。

────

　　据"斑竹岭边"句，诗当作于桂幕返京入楚湘时，拟楚宫恩遇不均，以怨遇合之不平。首联深宫寂寞景况。三、四比赋兼陈，三云萝阴本薄，偏值狂飚，比失宠遭谗；四云桂叶本浓，特加清露，喻分外蒙恩。一废弃，一承恩，比照显然。五句"斑竹岭"在湖湘，切己；六句"景阳宫"在京华，切人。一云"无限泪"，一闻"及时钟"，起而装饰。末云承恩只有高唐神女。陆昆曾云："只五十六字，可当一篇《长门赋》读。"

　　毛泽东七律有"斑竹一枝千滴泪"，盖自"斑竹岭边无限泪"脱化而来，有似其《浣溪沙》词"一唱雄鸡天下白"自李长吉"雄鸡一声天下白"演化而成。

────

1　"玉壶"句：古代用玉壶贮水滴漏以报时刻，壶上为铜龙，口吐水入壶中。铜龙声咽，应出句金殿销香，言深宫寂寞。

2　清露：清霄云表之露，此喻帝王之恩泽。张衡《西京赋》：

"立修茎之仙掌,承云表之清露。"

3　"斑竹"句:用二妃哭舜事。

4　景阳钟:景阳,南朝齐宫殿名。《南齐书·后妃传》:齐武帝以宫深不闻端门鼓漏之声,"置钟于景阳楼上,宫人闻钟声,早起装饰。"后世深宫鸣钟即以景阳钟称之。李贺《画江潭苑》其四:"今朝画眉早,不待景阳钟。"

5　高唐十二峰:用巫山神女事,谓承恩者惟高唐神女,己则失宠无分。《天中记》:"巫山十二峰,曰望霞、翠屏、朝云、松峦、集仙、聚鹤、净坛、上升、起云、飞凤、登龙、圣泉。"

听 鼓

城头叠鼓声，城下暮江清。
欲问渔阳掺[1]，时无祢正平[2]。

祢正平因得罪曹操，被遣送荆州刘表。诗中"城"，指江陵城；"江"指长江。李商隐大中二年（848）自桂州返京，留滞荆楚时作。

何义门云"身似正平"，言李商隐才高而困辱；姚培谦云"借鼓声抒愤懑"，言其宣泄慷慨悲愤之情。二句"暮江清"，心绪寥廓，境象混茫。

1　渔阳掺（càn）：一种鼓曲名，即《渔阳掺挝》的省称，声调十分悲壮。庾信《夜听捣衣》："声烦广陵散，杵急渔阳掺。"江总《横吹曲》："镗鎝渔阳掺，怒折胡笳断。"
2　祢正平：据《后汉书·祢衡传》载，祢衡字正平，平原人，尚气刚傲，好骄时慢物。孔融爱其才，数称述于曹操。操召见，衡称疾不往。曹操怀忿，召衡为鼓史，即任掌鼓之官吏，亦称鼓吏。因大会宾客，传衡着鼓史之服而辱之。祢衡为《渔阳掺挝》，声节悲壮，听者莫不慷慨。衡进至操前，吏呵使之改装。衡乃改衣裸身而立，徐取鼓史衣易之，复掺挝而去，颜色不怍。

操笑曰："本欲辱衡,衡辱孤。"《世说新语·言语》："祢衡被魏武谪为鼓吏,正月半试鼓,衡扬槌为《渔阳掺挝》,渊渊有金石声,四座为之改容。"

过楚宫

巫峡迢迢旧楚宫[1]，至今云雨暗丹枫[2]。
微生尽恋人间乐[3]，只有襄王忆梦中。

———

"云雨丹枫"，点时已入秋，盖大中二年（848）离桂入川，过夔峡，望楚宫故址而赋。

一贴题，二景、时；三、四感怀，妙在反讽。言己之与众生尽恋人间之乐，惟襄王浸淫梦境而不自醒，似刺襄王而实反讽之也。义山英年才俊，当进士及第，始娶王氏，原以为功业、婚姻可两相比耀，不意为牛党中人冤抑排摈，沉沦使府，至郑亚贬循，桂管府罢，东西路碍，穷途恸哭，求一使府而不可得。于此之时，自巴峡望楚宫故址，正为云为雨，丹枫血暗，忽感悟人生营营扰扰，一无可恋。"微生尽恋"，一"尽"字，委婉曲示众生之浑浑懵懵，尔欺我虞，反不如襄王弃现实之扰攘，忆梦境之深静。此所谓反讽、反唤之也，观"尽恋"、"只有"则意旨甚明。

———

1　楚宫：古楚宫殿，唐时已泯灭。《寰宇记》："楚宫在巫山县西北二百步，在阳台古城内，即襄王所游之地。"杜甫《咏怀古迹》其二："最是楚宫俱泯灭，舟人指点到今疑。"此所言楚宫，当是故址遗迹。

2　宋玉《高唐赋序》:"时先王尝游高唐,怠而昼寝,梦见一妇人曰:'妾巫山之女也,为高唐之客。闻君游高唐,愿荐枕席。'王因幸之。去而辞曰:'妾在巫山之阳,高丘之阻;旦为朝云,暮为行雨。朝朝暮暮,阳台之下。'"

3　微生:细弱之生命,卑微之人生,此指众生。骆宾王《萤火赋》:"彼翾飞之弱质,尚矫翼而凌空。何微生之多屯,独宛颈以触笼。"

楚　宫

湘波如泪色潦潦[1]，楚厉迷魂逐恨遥[2]。
枫树夜猿愁自断[3]，女萝山鬼语相邀[4]。
空归腐败犹难复[5]，更因腥臊岂易招[6]！
但使故乡三户在[7]，彩丝谁惜惧长蛟[8]？

　　此咏古凭吊之作，感屈原之沉江，寓千古俊彦才士之冤抑，显有身世沉沦之叹。一、二自巫山楚宫拟想湘江水清而深，屈子之迷魂无所归依而恨逐遥波。三、四云于今惟江上青枫，夜猿声哀；女萝山神，传语相邀，真使人愁魂自断。此义山借楚歌而移情入景。五、六言屈原逝去多年，沉渊腐败已难招复，况葬鱼腹，其魂岂易招哉？《礼记·檀弓》郑玄注：“复谓招魂。”与下句“招”异指同义。七、八言楚虽三户，亦必奠祭屈原而永怀之。大中二年五月，义山自桂返京，似五月端午见乡人凭吊屈子而以《楚宫》为题追悼之。“楚虽三户”，或寄托李党。

1　潦（liáo）：水清彻而深。《庄子·天地》：“夫道，渊乎其居也，潦乎其情也。”

2　楚厉：指屈原。按鬼无依则为厉。《左传·昭公七年》：“子产曰：'鬼有所归，乃不为厉。'"《墨子·明鬼下》："固尝从事于厉。"按亦指无人祭祀之鬼。

3　枫树夜猿：《招魂》："湛湛江水兮上有枫，目极千里兮伤春心。"《九歌·山鬼》："雷填填兮雨冥冥，猿啾啾兮狖夜鸣。"

4　女萝山鬼：女萝，菟丝，一种缘物而生之藤蔓；山鬼，山中之神，或言以其非正神，故称"鬼"。《九歌·山鬼》："若有人兮山之阿，被薜荔兮带女萝。"

5　"空归"句：言即使屈子尸体能归来而其魂魄也难以招复。

6　困腥臊：屈原自沉，葬身鱼腹，故曰"困腥臊"。

7　三户：《史记·项羽本纪》："楚虽三户，亡秦必楚。"

8　"彩丝"句：《续齐谐记》载，"汉建武（光武帝年号，公元25—56年），长沙区回白日忽见一人，自云三闾大夫，谓回曰：'闻君常见祭，甚善。但常年所遗，并为蛟龙所窃。今若有惠，可以楝树叶塞其上，以五色丝转缚之，此物蛟龙所惮。'"

楚　吟

山上离宫宫上楼[1]，楼前宫畔暮江流。
楚天长短黄昏雨[2]，宋玉无愁亦自愁[3]。

此大中二年（848）桂州幕罢归程经荆楚作，诸家咸以作于江陵，然江陵楚都，当有常居之殿。而诗言"离宫"，乃行宫，即正宫之外，帝王出巡暂住之宫室。是"山上离宫"，非江陵故楚宫，亦巫山县西北阳台故城。

一句登楼送目。二句楼前宫畔，惟有暮江东流。子在川上曰："逝者如斯夫，不舍昼夜。"见年华似水，时光不再。义山桂府归程，东西路阻，尽失依傍。胸中牢愁，望渺渺江波而伤怀郁结；潜气内转，复叠吐珠，连环出之："离宫"而"宫上"、"宫畔"，"无愁"而又"自愁"。三句远眺，无非暮雨苍茫，无论暮江逝水，抑楚天梦雨，均足引发愁思。故末句托宋玉悲秋，点破胸愁。冯浩评曰："吐词含珠，妙臻神境，令人知其意而不敢指其事以实之。"

1　离宫：行宫，古时帝王出巡时暂住之宫室。《史记·刘敬叔孙通传》："孝惠帝曾春出游离宫。"《汉书·枚乘传》："修治上林，杂以离宫。"

2　长短：犹总之，反正，横竖、上下、好歹、左右意皆同。《吕氏春秋·明理》："夫乱世之民，长短颉䫲百疾。"崔仲方《夜作巫山》："荆门秋水急，巫峡断云轻。若为数月夜，长短听猿声。"

3　"宋玉"句：用宋玉悲秋"贫士失职而志不平"意。

妓席暗记送同年独孤云之武昌

叠嶂千重叫恨猿[1]，长江万里洗离魂[2]。
武昌若有山头石[3]，为拂苍苔检泪痕[4]。

此诗当作于大中二年(848)秋，义山于夔峡遇独孤于妓席。暗记：暗忆，暗思。独孤云：字公远，开成二年(837)进士，义山同年。大中中期入朝，咸通中官吏部侍郎，乾符二年升太子少傅，从二品。未达时与义山同游甚多，后无过从。此次"妓席"，当是大中二年(848)秋在夔峡相遇，义山饯送其至武昌。

首云同年自峡顺江东下，当经峡底，两岸叠嶂千重，哀猿叫恨。此义山于席间拟想之辞，因"妓席"而忆及柳枝，心有所郁结而外射于物景。二句言长江万里之浪涛，或可洗去离人之怨。此明为饯送独孤，暗则一宣心中情怀。三句点"武昌"。以武昌之柳巧绾柳枝，贴切无痕。刘禹锡《有所嗟》云："庾令楼中初见时，武昌春柳似腰肢。"三、四字面言武昌北山上之望夫石尚然在否？为我拂去脸上苍苔，拾取其泪痕。深一层意云柳枝或沦落武昌，于今尚望我思我欤？若尚然旧情仍在，则托同年独孤为我一传云外之信，以慰其贞情拂郁也。王氏妻外，义山于柳枝最不能忘情。至十余年后之梓幕，尚有"缘忧武昌柳"之句(《病中闻河东公乐营置酒口占寄上》)。然此等事又何可明言之,故云"暗记"。

1　叫恨猿:"猿叫恨"之倒文,亦杜工部"猿啸哀"意。韦应物《送颜司议使蜀》:"秋猿独叫群。"

2　离魂:旅人之思,离人之情。李白《下途归石门旧居》:"将欲辞君挂帆去,离魂不散烟郊树。"

3　山头石:即望夫石,俗传贞妇所化。《初学记》卷五引刘义庆《幽明录》:"武昌北山上有望夫石,状若人立。古传云:昔有贞妇,其夫从役,远赴国难,携弱子饯送北山,立望夫而化为立石,因以为名焉。"王建《望夫石》:"望夫处,江悠悠。化为石,不回头。山头日日风和雨,行人归来石应语。"

4　检:拾取。唐玄应《一切经音义》引《苍颉篇》:"检,亦摄也。"

夜雨寄北

君问归期未有期，巴山夜雨涨秋池[1]。
何当共剪西窗烛[2]，却话巴山夜雨时[3]。

———

　　"寄北"，赵凡夫、黄习远万历刊本《万首唐人绝句》与姜道生《唐三家集》刊本均作"寄内"。此诗作寄友、寄内解皆可通，然仍当以"寄内"为确。按三句云"何当共剪西窗烛"，其"西窗剪烛"当在卧室，若会友人自在厅堂，不合有"西窗"。考义山诗用"窗"字，大多为内室而非厅屋，故西窗剪烛，促膝而谈，自是夫妻相对娓娓，而非友人聚谈之境象。其次，义山大中二年（848）二月二十三随郑亚离桂赴循州，约四月下旬返桂，五月经湖湘至荆、巴，上溯夔峡正夏秋间。诗云"夜雨秋池"，以时令论亦合。或秋间接王氏信笺，或托人问归，而以诗代柬答寄妻子。

　　此诗旧笺极为称美，宋顾乐云："婉转缠绵，荡漾生姿。"屈复且以为"《玉溪集》第一流"。细析其佳处有二：一为多维之时空组合；二为重言衔叠，极往复回环之致。

　　首句七字融一问一答。"君问归期"，四字妻问，时间为"昔"，地（空间）在长安；"未有期"，义山答，时为"今"，地在巴山逆旅。二句以下皆义山答言。"夜雨秋池"，时间在"今"，

而地点仍在巴山。三句"西窗剪烛",冠以问语"何当",是为
"今"思"来日"景况,即姚培谦谓"魂预飞到家里去";地点则
自巴山逆旅直至长安家中。四句"却话"云云,是"今夜"预
思"来日"之回溯"今夜"收信时情景,空间则由巴山至长安
再返巴山。时间有昔日、今日,与今日之思明日,以及今日思
明日之回溯"明日之昨日"。空间则穿梭于巴山旅舍与长安
家中,以及自巴山预飞长安家中,至西窗剪烛而复返巴山,言
说"巴山夜雨"之重言衔叠。此所谓多维之时空组合以结构
全诗。

　　与此相应,首句一问一答,以两"期"字重言,二、四句则
以两次"巴山夜雨"复叠。"君问／归期／／未有／期——",
两"期"字重复在第二顿、第四顿,显示夫妻一问一答之声口
回应之妙。二句"巴山／夜雨"在一、二两顿,而四句"巴山
／／夜雨"则在二、三两顿,极有助时空之往复回环,情感之缠
绵婉转、荡漾生姿,故何义门评曰:"水精如意玉连环!"

1　巴山:泛称巴蜀,此处指夔峡之巴山,如刘禹锡《酬乐天扬
州席上初逢见赠》云"巴山楚水凄凉地",《竹枝词》云"楚水巴
山江雨多",《送鸿举游江西》云"缭绕巴山不得去",《酬元九侍
御赠璧竹鞭长句》云"想见巴山冰雪深",均指夔峡。
2　何当:何日,何时。古绝句:"何当大刀头,破镜飞上天。"

3　却：再、返，回溯。李白《下终南山过斛斯山人宿置酒》："却顾所来径,苍苍横翠微。"刘皂（一云贾岛）《渡桑乾》："无端更渡桑乾水,却望并州是故乡。"

槿　花

风露凄凄秋景繁，可怜荣落在朝昏。
未央宫里三千女[1]，但保红颜莫保恩。

——

　　此诗或言感女色易衰（贺裳）；或言叹生不逢辰（何义
门）；或以君恩难恃（程梦星）；或坐实为郑亚遽贬寄慨（冯浩、
张采田）。槿花夏荣秋陨，朝开夕落，是凡言"荣"仅一瞬者，
皆可以同物为比，此义山诗朦胧多义之一例。

　　就题而言之，则一、二兴起，言槿花于风露凄凄之中，犹
花开繁艳；然其可怜在朝荣昏落，瞬息即陨。三、四以"未央
宫女"比槿花，言其红颜易消、青春易逝，如木槿之朝开暮落。
红颜尚且不保，又如何保其君恩？

　　然此诗重彩设色，且情感沉挚，当有寄托而非寻常状物，
徒感木槿之开落也。其状风露则"凄凄"，言其荣落则曰"可
怜"；末句"但保"、"莫保"云云，皆悯之、劝慰之、深警之，沉
挚之至！是此槿花之寄托，呼之欲出矣。

　　诗当作于卫公贬潮，义山有感于大势已去因劝慰、深警会
昌旧臣"但保红颜莫保恩"也。约大中二年（848）秋作。

1　未央宫：汉宫殿名，此借指唐宫。《汉武故事》："发燕、赵美女三千人充之，率取十五以上、二十以下，年满四十者出嫁。建章、未央、长乐三宫皆辇道相属，不由径路。"

旧将军

云台高议正纷纷[1]，谁定当年荡寇勋[2]？
日暮灞陵原上猎，李将军是故将军[3]。

　　此为李德裕等会昌有功将相而发。《新唐书·李憕传》后："武德功臣十六人，贞观功臣五十三人，至德功臣二百六十五人"；"大中初，又诏求李岘、王珪、戴胄、马周、褚遂良……李憕三十七人画像，续图凌烟阁云"。时为大中二年（848）七月，而九月，却再贬李德裕崖州司户。义山时正留滞江湘、夔峡，当有邸报及此。诗或有感于德裕之叠贬，且将置之死地，为所深慨，故借史事映发以讽，兼及石雄、郑亚，为抒不平。

　　一言朝议纷然，牛党皆论功超擢，"李"则一贬之不足，而再贬、三贬之，无人为卫公讼言论功。二以问句出之，"谁定"二字最须重看。此借光武帝对勋臣之苛刻，影射宣宗于李德裕之寡恩，且置之死地。一问"谁定"，直指宣宗。三、四又牵合李广事，为石雄、郑亚等抒慨。石雄求一镇以终老而不得，郑亚贬桂管而再贬循州。"故将军"至为灞陵一尉所呵辱，非止讥弃功不录，而乃深痛党祸之烈，为功臣遭贬难而愤叹也。

1　"云台"句：言朝廷正高议纷然，为牛党中人论功超擢。云台，后汉光武帝召集群臣议事之所。后世用以借指朝堂。汉明帝因追念前世功臣，图画邓禹等二十八将于南宫云台，后亦用以泛指纪念功臣名将之所。

2　"谁定"句：言光武帝对功高将相，委而勿用，以影射宣宗弃会昌有功之臣。《后汉书·朱佑传论》："虽寇、邓之高勋，耿、贾之鸿烈，分土不过大县数四，所加特进、朝请而已。"

3　"日暮"二句：《史记·李将军列传》："(李)广家与故颍阴侯孙屏野居蓝田南山中射猎。尝夜从一骑出，从人田间饮，还至灞陵亭。灞陵尉醉，呵止广。广骑曰：'故李将军。'尉曰：'今将军尚不得夜行，何乃故也？'止广宿亭下。"

汉南书事

西师万众几时回[1]，哀痛天书近已裁[2]。
文吏何曾重刀笔[3]，将军犹自舞轮台[4]。
几时拓土成王道[5]？从古穷兵是祸胎[6]。
陛下好生千万寿，玉楼长御白云杯。

　　自会昌五年（845）挥师讨党项，至宣宗大中二年（848），历时四秋。刘学锴、余恕诚《集解》曰："此必当时宣宗有暂罢征讨党项之诏，义山桂管归途，适于汉南见之，故题作《汉南书事》。"

　　一、二言天子近下诏书暂罢征讨，而率军之将竟阳奉阴违，未曾回师。三、四言内无如萧何之名宰，则将在外犹能玩兵轮台，回应首句。此直言朝廷无良相辅佐。五、六为此诗秀句，进一步揭示拓土穷兵，不惟霸道（非王道），亦是自埋祸胎，言外有责宣宗拓土开疆之意。七、八照应二句，就"哀痛天书"作收，归美宣宗，而实责其徒为文具而已。纪昀评曰："极直极曲，可谓之婉而章矣。"

　　1　西师：指讨党项军。
　　2　"哀痛"句：言天子之诏已作，已下。《汉书·西域传赞》：

"孝武末年,弃轮台之地,而下哀痛之诏。"裁,犹作也。

3　"文吏"句:萧何、曹参皆起秦之刀笔吏,而为汉之良相;不重文吏刀笔,言朝廷未有贤相。

4　舞轮台:轮台,西域国名,在车师西千余里,此代边事。舞,玩寇。此句意谓哀痛之诏已下,而边将玩寇未息,边事未休,言下将在外而不听调遣。

5　拓土:开边而拓展疆土。左思《吴都赋》:"拓土画疆,卓荦兼并。"

6　祸胎:犹言祸根。汉枚乘《上书谏吴王》:"福生有基,祸生有胎,纳其基,绝其胎,祸何自来?"

过郑广文旧居

宋玉平生恨有馀，远循三楚吊三闾[1]。
可怜留著临江宅，异代应教庾信居[2]。

郑广文，郑虔，荥阳人。玄宗爱其才，置广文馆用为博士，世称郑广文。《新唐书·郑虔传》："（玄宗）置广文馆，以为博士"；"虔善图山水，好书，常苦无纸，于是慈恩寺贮柿叶数屋，遂往，日取叶肄书，岁久殆遍。尝自写其诗并画以献，帝大署其尾曰：'郑虔三绝'"。"安禄山反，遣张通儒劫百官置东都，伪授虔水部郎中……贬台州司户参军。"旧居：郑广文旧宅在郑庄，近曲江。《长安志》："韩庄在韦曲之东，退之与东野赋诗，又送其子读书处。郑庄又在其东南，郑十八虔之居也。"

宋玉远循三楚凭吊屈原，犹义山之凭吊广文。宋玉江陵故宅，异代为庾信所居，言下广文之旧宅，亦应为我义山所居。纪昀云："纯乎比体。"盖宋玉比郑广文；庾信、义山自比。宋玉、庾信、广文、义山，皆千古沦落之士，故义山过广文旧居，引为同调。庾信居宋玉宅而恋宋玉；义山过广文旧宅而恋广文。田兰芳曰："即后人复哀后人意，那转婉曲，遂令人迷。"屈复曰："异代同心之悲。"所笺极是。

张采田以为诗为大中二年（848）桂幕罢归后，携家入京，暂居旧居，"故结以庾信临江宅为喻"，可备一说。

———

1　远循：远履，远行。《说文》："循，行也。"三楚：泛指长江中游、两湖地区。秦汉时以西楚、东楚、南楚合称三楚。三闾：指屈原。屈原仕于楚怀王，为三闾大夫。

2　"可怜"二句：《渚宫故事》载，"庾信因侯景之乱，自建康遁归江陵，居宋玉故宅。宅在城北三里，故其赋曰：'诛茅宋玉之宅，穿径临江之府。'"可怜，可叹。

明　神

明神司过岂能冤，暗室由来有祸门[1]。
莫为无人欺一物，他时须虑石能言[2]。

　　明神，明察之神。一、二言明神之察人间之过，公正无欺，暗室亏心之事，勿谓人不知晓便胡作非为，他时终将败露。宣宗利用牛党打击贬逐李德裕，尽反会昌之政，实晚唐一大冤案。此诗刺宣宗，酌编大中二年（848）冬。

1　"暗室"句：言人或以为幽暗之处无人能窥，故欺人妄为，然明神皆能察之终降祸以惩。暗室：幽暗之室，即隐密不为他人所窥见之处。《南史·阮长之传》："一生不侮暗室。"即暗中不敢为非作歹。祸门：召祸之门。《史记·赵世家》："同类相推，俱入祸门。"
2　石能言：《左传·昭公八年》："今宫室崇侈，民力凋尽，怨讟并作，莫保其性，石言，不亦宜乎？"

人　欲

人欲天从竟不疑¹，莫言圆盖便无私²。
秦中久已乌头白，却是君王未备知³。

———

　　一、二言"人欲天从"久已不疑，然天未必从人愿，是圆盖亦有偏私。三、四自怨天之有私，转而怨君主之有私。"秦中乌头"早已变白，君王当知之甚详，岂有不备知实情乎？

　　此诗当亦有为而发。徐龙友曰："诗似为赞皇（李德裕）贬崖州时作。"张采田曰："末二句盖言天意皆知其冤，而无如吾君为群小所蒙，至死不悟也。"徐、张之说似之。义山于牛、李无所谓"党籍"，亦未受李德裕任何恩惠，一以正义出之。此诗抨击宣宗，胆识过人。酌编大中二年（848）冬。

———

1　人欲天从：《左传·襄公三十一年》："《泰誓》云：民之所欲，天必从之。"
2　圆盖：指天。宋玉《大言赋》："方地为车，圆天为盖。"
3　"秦中"二句：《史记·荆轲传赞》索隐曰："燕丹求归，秦王曰：'乌头白，马生角，乃许耳。'丹乃仰天叹，乌头尽白，马亦生角。"二句意谓秦中乌头早已白，而燕丹仍质秦不得归，非君王不详知，乃知而不令归。秦王影射宣宗，燕丹似喻指李德裕。

杜司勋

高楼风雨感斯文[1]，短翼差池不及群[2]。
刻意伤春复伤别[3]，人间惟有杜司勋。

——

杜司勋，即晚唐著名诗人杜牧，大中二年三月任司勋员外郎。

首句云当此"高楼风雨"之时，吟诵牧之伤怀不遇、羁宦飘泊之诗，极为所感。感斯文，为斯文所感，应下"伤春伤别"。小杜"伤别"诗自明，"伤春"则旨义多歧。当为感宦海浮沉，伤慨不遇。

二句"短翼"、"不及群"，乃自慨之辞。时大中三年（849）春，牛党执政，令狐绹知制诰，充翰林学士，杜牧入为司勋员外郎兼史馆修撰，且受诏撰《韦丹遗爱碑》。而义山桂府罢幕，仅选周至尉，谒京兆尹，留假参军事，掌章奏。同为沦落，而升沉若判，似言之："尔我昔同为沦落，今则我远不及也"，所谓"短翼差池不及群"也。三、四颂杜，亦以自伤，而颂杜之意少，伤己之意多。

杜牧曾在淮南牛僧孺幕，属牛党。大中三年（849）五月，其所作《牛僧孺墓志》，力诋李德裕，至诬德裕"志必杀僧孺"，而义山于德裕贬谪之时，为德裕《会昌一品集》作序，代郑亚

《上李太尉状》,称颂德裕之功业、文章,为"万古一良相"。(参阅傅璇琮《李德裕年谱》)世态炎凉,人情冷暖,于此可见。

1　风雨:喻指环境险恶和所处之危难,兼寓对杜牧的思念。《诗·郑风·风雨》:"风雨如晦,鸡鸣不已。"《序》云:"《风雨》,思君子也。"

2　差(cī)池:不齐貌。《诗·邶风·燕燕》:"燕燕于飞,差池其羽。"燕飞而羽尾参差,喻己之翅短力微,不及侪辈。

3　刻意:着意,潜心致志,用尽心力。伤春:因春临或春暮将逝而伤怀。此当感杜牧伤怀不遇。

赠司勋杜十三员外

杜牧司勋字牧之，清秋一首杜秋诗[1]。
前身应是梁江总[2]，名总还应字总持。
心铁已从干镆利[3]，鬓丝休叹雪霜垂。
汉江远吊西江水，羊祜韦丹尽有碑[4]。

此诗之主旨在劝慰并赞美杜牧之才华。五、六言杜牧胸有甲兵，心铁坚利，非一般文士可比，虽年已老大，亦不必叹老嗟卑。七、八回应一、二，赞其诗文定当传世。诗则《杜秋》一篇，文则有韦丹碑足与杜预《堕泪碑》同辉千古。时杜牧出刺江乡，或有失意之叹。而义山桂管归京，始选周至俗尉，转留假京兆参军，其沦落甚于杜牧；不计一己之穷愁，反慰他人，亦可嘉也。

诗以复辞重言出之，往复回环，风调情味殊殷切恳诚，一似胸中缓缓之流出。金圣叹曰："二'牧'字，二'杜'字，二'秋'字，三'总'字，二'字'字……出奇无穷也。"（《贯华堂选批唐诗》卷五）细析之，一、二、四、七句皆叠在第二、第六字；三、四句"总"字三叠又勾连，末又回应，则颔联三"总"，四句"字"字与一句照应，又均在第五字，真"水精如意玉连环"。纪昀评："嵚崎历落，奇趣横生，笔墨姿逸之甚，所谓不可无一,不可有二。"

1　杜秋诗:杜秋即杜仲阳。杜牧《杜秋》诗序云:杜秋十五为李锜姜,锜叛灭,入宫,有宠于景陵。穆宗即位,命为皇子傅姆。皇子壮,封漳王,后被诬废削,秋因赐还故里金陵。

2　江总:历仕梁、陈、隋,以总得名于梁,故称"梁江总"。

3　"心铁"句:言心似铁坚,指杜牧胸中有甲兵。牧善筹画用兵,并注《孙子》十三篇。从,同、共。干镆:干将、镆铘,宝剑名,见《吴越春秋》。

4　"汉江"二句:义山自注云:"时杜奉诏撰韦碑。"韦丹,元和循吏第一,文宗诏牧撰韦丹碑以记之。晋羊祜都督荆州,甚得民心;卒时,百姓为立碑岘山,望其碑者莫不流泪,杜预名之曰"堕泪碑"。

李卫公

绛纱弟子音尘绝[1]，鸾镜佳人旧会稀[2]。
今日致身歌舞地[3]，木棉花暖鹧鸪飞[4]。

　　李卫公，李德裕，武宗时宰相。会昌四年（844）八月，以平刘稹功，进封卫国公。宣宗大中元年（847）十二月贬潮州司马，次年九月再贬崖州司户，大中四年（850）初卒。

　　此诗伤李德裕。义山《李卫公会昌一品集序》称李德裕为"万古之良相"。然宣宗登基，尽反会昌之政，李德裕叠贬至崖州（今海南岛）司户，门下之士，音信皆绝；同朝旧好，或贬谪，或避嫌，诗故言"音尘绝"，"旧会稀"。结言卫公身赴南荒，眼前所见，惟木棉花发，鹧鸪乱飞，亦以景结情而深伤之。纪昀评曰："格意殊高，亦有神韵。"

　　1　"绛纱"句：言门下之士因避嫌而音信断绝。《后汉书·马融传》："融才高博洽，为世通儒，教养诸生，常有千数……常坐高堂，施绛纱帐；前授生徒，后列女乐。弟子以次相传，鲜有入其室者。"绛纱弟子，即门下之士。
　　2　鸾镜佳人：本指后房妻妾，此喻卫公执政时同朝旧好，亦皆贬谪而难相聚，故云"旧会稀"。《太平御览》卷九一六引南朝宋范泰《鸾鸟诗序》："昔罽（jì）宾王结罝峻祁之山，获一鸾鸟，王甚爱之，欲其鸣而不致也。乃饰以金樊，飨以珍羞。对之逾戚，三年不鸣。夫人曰：'闻鸟见其类而后鸣，何不悬镜以映之！'王从言。鸾睹影感契，慨焉悲鸣，哀响中宵，一奋而绝。"后即以鸾镜指妆镜。此处妆镜之佳人，喻指同朝旧好。

3　歌舞地：即歌舞冈，在今广州市越秀山上，南越王赵佗曾在此歌舞，因得名。此以代卫公贬斥之岭南地区。

4　"木棉"句：《升庵诗话》："南中木棉树，大如抱，花红似山茶而蕊黄，花片极厚，非江南所艺者。"《禽经》："子规啼必北向，鹧鸪飞必南翥。"

柳

为有桥边拂面香[1]，何曾自敢占流光[2]？
后庭玉树承恩泽[3]，不信年华有断肠。

柳，自况，玉树，比令狐绹。一、二言柳栽道旁桥边，虽有拂面之柳香，却不曾占得丝毫春光，自喻才而不遇。三、四云玉树栽于后庭，不仅占尽恩泽，且不信柳树之芳华而摧肝断肠也。屈复云：此二句"得意之人不知失意之悲"。何义门笺："亦为令狐而作，一荣一悴，两面对看。"大中三年（849）二月，令狐绹已拜中书舍人，五月迁御史中丞。据首句，诗当作于大中三年春日。

1　拂面香：拂面，掠面而过。《楚辞·大招》："长袂拂面。"李白《金陵酒肆留别》："风吹柳花满店香。"

2　流光：光彩照耀辉映，此处指春光。曹植《七哀》："明月照高楼，流光正徘徊。"《南史·宋元凶劭传》："时主夕卧，见流光相随，状若萤火。"

3　后庭玉树：《三辅黄图》："甘泉宫北岸有槐树，今谓玉树。"陈后主有《玉树后庭花》曲。刘𫗧《隋唐嘉话》卷下："云阳县界多汉离宫故地，有树似槐而叶细，土人谓之玉树。"

九　日

曾共山翁把酒卮¹，霜天白菊绕阶墀²。
十年泉下无消息，九日樽前有所思。
不学汉臣栽苜蓿³，空教楚客咏江蓠⁴。
郎君官贵施行马⁵，东阁无因再得窥⁶。

"山翁"，晋山简，比令狐楚。言"十年泉下"，则诗当作于大中三年（849）重阳日。按文宗开成二年（837）十一月，令狐楚逝于兴元任上，举成数言，至此十年。义山大中二年（848）冬自桂返京，选为周至尉，后留京兆假参军事。此"重阳日"当为明年（849）十月入卢弘正幕之前，拜谒令狐绹遭拒时作。或以为作于大中二年（848）重阳日，则义山尚在桂管归途，有《九月於东逢雪》诗可证。

一、二追忆之辞兼切重阳，陶渊明《九日闲居序》："秋菊盈园。"此言曾与令狐楚共把酒卮，赏阶墀之霜天白菊，触景思人，怀楚之情溢于言表。"霜天白菊"，自况最为精切。此白菊绕于阶墀，令狐楚又最爱白菊，读"将军身旁，一人衣白"，则可悟此。三、四言十年泉下，恍如隔世，今日重阳，独自把酒，有所思之耳，怀楚而兼自伤。五、六言绹之不肯栽培苜蓿，取移种上苑之义，喻绹不肯援手，使己沉沦使府，官不挂朝籍。

七、八怨之之辞,寓悲凉于蕴藉,言绚今官贵,门施行马,门禁难通也。

　　计有功《唐诗纪事》卷五十三载:"商隐为彭阳公从事,彭阳之子绚,继有韦、平之拜,恶商隐从郑亚之辟,以为忘家恩,疏之。重阳日,商隐留诗于其厅事曰(诗略)。绚乃补太学博士,寻为东川柳仲郢判官。府罢,客荥阳卒。"可以酌参。

1　山翁:晋山简,耽酒,以比令狐楚;"把酒卮",当指在楚幕。《晋书·山简传》载:山简镇襄阳,诸习氏、荆土豪族有佳园池,简每出游嬉,多之池上,置酒辄醉,名之曰高阳池。

2　"霜天"句:令狐楚喜爱白菊。刘禹锡《和令狐相公玩白菊》:"家家菊尽黄,梁国独如霜。"

3　"不学"句:苜蓿,原出大宛,张骞携归中原,离宫别馆尽皆种之。纪昀曰:"苜蓿,外国草也,汉使者乃采归,种之于离宫;令狐绚以义山异己之故而排摈不用,故曰'不学汉臣栽苜蓿'。"冯浩曰:"以树物比树人,叹其不承父志。"

4　"空教"句:楚客,指屈原,兼隐指己乃令狐之幕客。《说文》:"江蓠,蘼芜。"一种香草。《离骚》"扈江蓠与薛芷兮,纫秋兰以为佩。"

5　行马:阻拦人马通行之木架。程大昌《演繁露》:"晋、魏以后,官至贵品,其门得施行马。行马者,一木横中,两木互穿以成四角,施之于门以为约禁也。"周祈《名义考》:"本以禁马,曰行马者,反言之也。"

6　"东阁"句:东阁,东向小门。《汉书·公孙弘传》:"弘自见为举首,起徒步,数年至宰相封侯。于是起客馆,开东阁以延贤人。"颜师古注:"阁者,小门也;东向开之,避当庭门而引宾客,以别于掾吏官属也。"

白云夫旧居

平生误识白云夫，再到仙檐忆酒垆[1]。
墙外万株人绝迹，夕阳唯照欲栖乌。

白云夫旧居：白云夫隐指令狐楚，以楚曾自号白云孺子故云。令狐楚旧居东长安开化坊，后令狐绹移居晋昌坊，重开新第。此诗乃桂管归后，令狐绹拒不援手，义山凭吊令狐楚旧居之作。

首句言早年为令狐楚赏识奖拔，于今为其子所排摈，虽有感旧之情，而亦何补于一生之沉沦！故云"误识"。二句"仙檐"，点其仙迹，言其已逝。"忆酒垆"，即"曾共山翁把酒卮"，"清樽相伴省他年"意。言再到令狐楚旧居，令人忆当年恩师之奖拔眷顾。三句"墙外"云，意旧居闭关无人，未曾进入；墙外万株，未有人迹，荒凉静寂，恍如隔世。末以景结情，残照栖乌，寓己之漂泊而无归处。

1　"再到"句：《世说新语·伤逝》载：王戎"经黄公酒垆下，顾谓后车客：'吾昔与嵇叔夜、阮嗣宗共酣饮此垆，竹林之游，亦预其末。自嵇生夭、阮公亡以来，便为时所羁绁。今日视此虽近，邈若山河。'"

过伊仆射旧宅

朱邸方酬力战功[1]，华筵俄叹逝波穷[2]。
回廊檐断燕飞出，小阁尘凝人语空。
幽泪欲干残菊露，馀香犹入败荷风。
何能更涉泷江去[3]，独立寒流吊楚宫。

———

伊仆射，伊慎，兖州人，大历间以军功封南充郡王，检校尚书右仆射，元和六年（811）卒。伊慎旧宅在长安光福坊，诗有"残菊"、"败荷"，当作于秋暮九月，大中三年或四年（850）。

首二"方酬"、"俄叹"，言百年瞬息，即便战功赫赫，终是逝波东去；今古兴亡，不过如此，极尽感慨。中四回应"逝波"，就"旧宅"生发。言伊慎旧宅，惟见回廊檐断，秋燕乱飞；小阁凝尘，人语空寂；残菊幽泪，露泠欲干；败荷馀香，随风入宅，一片衰亡破败景象。结二句就"过"字浮想，挽过一步。言何能更涉江水而独立寒流至楚宫凭吊？按伊仆射慎之战功多在荆楚、岭南，故有末句。

此诗纯属怀古，感慨人生易逝，荣华转瞬。或谓借伊慎而凭吊李德裕，亦可备一说。

———

1　朱邸：侯王第宅以朱红漆门，故称其官舍曰朱邸。邸，高门望族之住宅。谢朓《拜中军记室辞随王笺》："朱邸方开,效蓬心于秋实。"李善注引《史记》："诸侯朝天子,于天子之所立舍曰邸;诸侯朱户,故曰朱邸。"

2　逝波:逝水,比喻伊慎之逝世。《论语·子罕》:"逝者如斯夫,不舍昼夜。"梁萧子范《夏夜独坐》:"一年伤志罢,长嗟逝波速。"贾岛《送玄岩上人归西蜀》:"去腊催今夏,流光等逝波。"

3　"何能"句:何能,何堪,岂能。怎能。泷江,即泷水,出湖南临武县,南流入广东北江。此处泛指江水。

哭刘蕡

上帝深宫闭九阍[1]，巫咸不下问衔冤[2]。
黄陵别后春涛隔[3]，湓浦书来秋雨翻[4]。
只有安仁能作诔[5]，何曾宋玉解招魂[6]？
平生风义兼师友，不敢同君哭寝门[7]。

———

刘蕡事详见《赠刘司户蕡》"评析"。义山于大中二年（848）与刘于湘水入洞庭处之黄陵相遇，时隔一年有馀，即闻知刘蕡下世。此诗当作于大中三年（849）秋。

一、二反用宋玉《招魂》事，言屈平虽冤死，有天帝命巫咸为之招魂。于刘蕡之冤逝，上帝则高居深宫，不致一问；而巫咸亦不至下界为刘伸冤。起处即指明为冤死，朝廷应为刘申雪。三句推开，转言客春在黄陵与刘匆匆暗别，自此春涛远隔；四句点明刘蕡逝于湓浦（今江西九江市西），讣告"书来"正值长安秋雨飘飞；则刘之逝世当更在前。五、六深一层写"哭"，用潘岳作诔、宋玉招魂事。言我只能如安仁作哀悼之文字，即使如宋玉为屈平招魂，又如何使你魂魄复返？七、八结至平生情谊，不惟益友亦是良师，言刘蕡一生品德节操，可以为师；"兼师友"，偏指为师。孔子云：死者是师，当于内寝哭吊；死者是友，则于寝门外哭吊。义山言己不能与刘蕡等同为友，不敢于寝门外哭，而应哭于内寝。

管世铭曰："观义山《哭刘蕡》诗，知非仅工词赋者。"（《读雪山房唐诗序例》）可谓知义山者。纪昀评曰："悲壮淋漓，一气鼓荡。"

1　九阍（hūn）：九天之门。《离骚》："吾令帝阍开关兮，倚阊阖而望予。"此亦借指朝廷之宫门，用同"九关"。

2　巫咸：古神巫，当作巫阳。《楚辞·招魂》王逸注："巫阳受天帝之命，因下招屈原之魂。"何义门曰："以文义论之，当作巫阳。然六朝人及老杜已有作'巫咸'者，此沿其误。"

3　黄陵：在岳州湘阴（今湖南湘阴县），即二妃葬处。

4　湓（pén）浦：湓浦口在湓水与长江之交合处，今九江市西。

5　安仁：晋潘岳字安仁，善于诔奠之文。《晋书·潘岳传》：岳为文词藻绝丽，尤长于哀诔；有《悼亡》诗三首，为世传诵。

6　"何曾"句：言己即如宋玉为屈子作《招魂》，亦难招复刘蕡之魂魄而起其九原之下。

7　哭寝门：《礼记·檀弓》："孔子曰：'师，吾哭之寝；朋友，吾哭诸寝门之外。'"

蝉

本以高难饱，徒劳恨费声[1]。
五更疏欲断，一树碧无情。
薄宦梗犹泛[2]，故园芜已平[3]。
烦君最相警[4]，我亦举家清[5]。

———　诗以寒蝉的栖息高枝只能饮露，凄切悲鸣而食不果腹来象征自己的贫困和高洁。

此诗当作于大中三年（949）秋间，令狐绹拒绝援手之后，义山听蝉自哀自警之辞。

———　1　"本以"二句：《吴越春秋》："秋蝉登高树，饮清露，随风扬挠，长吟悲鸣。"高，指其栖息高枝，又自寓品格之高洁。

2　"薄宦"句：《战国策·齐策》："土梗与木梗斗，曰：'汝不如我……汝逢疾风淋雨，漂入漳河，东流至海，泛滥无所止。'"梗，桃木所制木偶。意言为此薄宦，而如木偶人四处漂泊。

3　"故园"句：陶渊明《归去来辞》曰"田园将芜胡不归"？此自薄宦梗泛而思故园。

4　君：指蝉。

5　举家清：一贫如洗。清，双关，兼清贫、清廉义。

板桥晓别

回望高城落晓河[1]，长亭窗户压微波。
水仙欲上鲤鱼去[2]，一夜芙蓉红泪多[3]。

———　板桥：在梁苑城西三十里，今开封西。此大中四年（850）春夏间，义山自徐州卢弘正幕使返长安，路经汴城，赠别歌妓之作。

一、二长亭晓别，言于亭中回望汴城，晓空银河已渐渐隐去，而俯视窗外，正临近汴水。"微波"逗下，妙在三句引入水仙乘鲤，不仅喻事妥贴，且使寻常别离蒙上一层仙道情韵。"水仙"自喻，"鲤鱼"言舟。"欲上"，云我今去也，一平常语，经神话仙话点染，即具朦胧之致。末句透过一层，不言己之怅怅，而言"芙蓉女"之恋恋落泪，正以反衬汴城伤别之使人黯然销魂也。冶游留别，唐人故事，而写得如许风韵含蕴，更无一点脂粉气，此义山之大手笔，亦性情之所在。

白居易《板桥路》云："梁苑城西二十里，一渠春水柳千条。若为此路今重过，十五年前旧板桥。曾共玉颜桥上别，恨无消息到今朝。"言情过于浅露俚俗。刘禹锡《杨柳枝》云："春江一曲柳千条，二十年前旧板桥。曾与美人桥上别，恨无消息到今朝。"点窜白诗，且过于流荡。二首皆不及义山之含蓄蕴藉而富情致。

1　高城：言汴城城墙之高。

2　"水仙"句：《列仙传》载，赵人琴高"入涿水中取龙子，与诸弟子期曰：'明日皆洁斋候于水旁。'果乘赤鲤来。留月馀，复入水去"。水仙，自喻；鲤鱼，比舟。

3　"一夜"句：言女子临别流泪。《拾遗记》："魏文帝美人薛灵芸，常山人也……别父母，升车就路，以玉唾壶承泪，壶则红色"；"及至京师，壶中泪凝如血"。此"红泪"出处。芙蓉，以比女子之容颜。

咸　阳

咸阳宫阙郁嵯峨¹，六国楼台艳绮罗²。
自是当时天地醉³，不关秦地有山河。

此诗咏史，或有所寄托。言秦并六国，实因天帝醉酒而昏然懵然，乃为金策，赐用其土，非关秦地本有山河也。诗言事之成败，人之遇合、得失，常因偶然。秦行“霸道”而有山河，皆因天帝一时酒醉糊涂，昏昏然不辨是非。世间事亦如此，凡昏庸之主，不辨贤愚，则平庸之辈，亦可得而升迁；高官厚禄，权倾朝野者，恐多因君上之昏昏也。大中四年（850）十一月，令狐绹同平章事，诗人则远辟徐幕；诗殊愤愤，或感令狐之窃据高位而发，而批判之锋芒则在宣宗。

一、二以宫阙丛聚高峻、六国之美女尽入阿房，见秦之并天下，拥山河；以象尽事，故蕴藉。三、四“醉”字妙，实典活用：天帝昏醉，误以金策赐秦；君王当亦能如天帝，沉醉昏懵而误下诏命，使庸碌之才而窃踞高位，同构对应，比况真切。“自是”、“不关”，沉著出之，与一、二返照，极进退抑扬之妙。

1　郁：丛聚，繁多。李白《明堂赋》：“广厦郁以云布，掩日道，遏风路。”

2　艳绮罗：言六国宫殿之美女尽入咸阳阿房之宫。艳，色美。绮罗，原指华美艳丽之丝绸锦缎，此借指穿著绮罗之美人。《史记·秦始皇本纪》："殿屋复道周阁相属，所得诸侯美人钟鼓，以充入之。"

3　自是：本是、原是。王建《宫词》："自是桃花贪结子，错教人恨五更风。"天帝醉：天帝，天上之帝，上帝。虞喜《志林》："谚曰：'天帝醉暴秦，金误陨石坠。'"张衡《西京赋》："昔者天帝悦秦穆公而觐之，飨以《钧天广乐》。帝有醉焉，乃为金策，赐用此土……四海同宅而秦。"此句言秦并六国而尽有其地，乃适逢天帝之醉而赐用其土。

宫　妓

珠箔轻明拂玉墀[1]，披香新殿斗腰肢[2]。
不须看尽鱼龙戏，终遣君王怒偃师[3]。

──

宫妓：唐代置内教坊于宫中，宫妓即教坊女乐、百戏艺人等。

真歌可于披香新殿载歌载舞，假戏则终使君王盛怒。此当有寓意，或讽托无真才实学而惟逞机变，于君前弄虚作假如令狐绹者。言此辈终将出丑。《唐诗纪事》卷五四："宣宗爱唱《菩萨蛮》词，令狐相国绹假其（温庭筠）新撰密进之，戒令勿他泄，而（温）遽言于人，由是疏之。温亦有言云：'中书堂内坐将军。'讥相国无学也。"又《北梦琐言》卷二："（令狐绹）曾以故事访于温岐，对以其事出《南华》，且曰：'非僻书也，或冀相公燮理之暇，时宜览古。'绹益怒之，乃奏岐有才无行，不宜与第。"义山或感令狐腹中"皆草木胶漆"，不学无术。酌编大中四年（850）末。

──

1　珠箔：以珠玑串成之帘箔。《汉武故事》："武帝起神室，以白珠织为箔。"玉墀：玉石铺设之阶及阶上空台。

2　披香：殿名。程大昌《雍录》卷四"庆善宫"条："在武功县渭水北……有披香殿。"斗腰支：指舞蹈。

3　"终遣"句：《列子·汤问》载，周穆王西巡，道遇偃师。偃师献所造能倡者，歌合律，舞应节，千变万化，惟意所适。穆王以为实人，与盛姬内御观之。技将尽，倡者瞬其目而招王左右侍妾。王大怒，欲诛偃师。偃师立剖散倡者以示王，皆傅会草木胶漆黑白丹青之所为，而内外肝胆支节，皆假物也。合，会复如初。

官　词

君恩如水向东流，得宠忧移失宠愁。
莫向樽前奏花落[1]，凉风只在殿西头[2]。

———

一言君恩如水，岂能长在。二言邀宠者失宠固忧，得宠亦忧。三、四警诫莫恃恩骄纵，凉风近且至矣；秋扇见捐，则所谓"恩情"者，亦"中道绝"矣。

吴乔云："有警（令狐）绹之意。"（《西昆发微》）张采田曰："唐自中叶，渐开朋党倾轧之风，而义山实身受其害。此等诗或为若辈效忠告欤？"吴、张说可从。诗当作于大中四、五年，令狐绹入相后。

———

1　花落：即汉横吹曲《梅花落》。乐府"解题"云：《梅花落》，本笛中曲。唐时有《大梅花》、《小梅花》等曲。此言其君前一边清歌，一边进谗，惟望"花落"，诗句绾合曲名及落花凋谢，自然无痕。

2　凉风：秋风。《礼记·月令》："（孟秋之月）凉风至，白露降，寒蝉鸣。"江淹《班婕妤咏扇》："窃悲凉风至，吹我玉阶树。君子恩未毕，零落在中路。"

二月二日

二月二日江上行[1]，东风日暖闻吹笙。
花须柳眼各无赖[2]，紫蝶黄蜂俱有情。
万里忆归元亮井[3]，三年从事亚夫营[4]。
新滩莫悟游人意，更作风檐夜雨声。

前半乐景写哀情。何义门云："前半逼出'忆归'，如此浓
至，却使人不觉。"花红、柳绿，各各无赖；紫蝶、黄蜂亦皆有
情。然"无赖者自无赖，有情者自有情，于我总无与也"（姚培
谦笺）。后半忆归而怨新滩不体人之意，更作风檐夜雨之声，
动我思归之情也。语痴情浓，"悟"字入微。

此诗诸家咸以东川梓幕作，然彼时妻子亡逝，恐无此"温
雅清逸"（何义门评）之思。疑大中五年（851）二月作于徐
幕。"东风日暖闻吹笙"、"花须柳眼"云云，与徐幕《偶成转
韵》"沛国东风吹大泽，蒲青柳碧春一色"，同一景色，同一意
绪。且自大中三年至五年，亦恰为三年（与赴东川自五年至七
年同）。故此系大中五年（851）二月，妻子亡逝前。

1　二月二日：古以为二月春阳动，唐德宗时定二月初一为中
和节，后与二月初二土地真君（土地公）诞辰合而为一，遂以二

月二日为春龙节,以为春阳动,"龙抬头",此农事起始之节日,士大夫亦趋俗出游,故义山有"江上行"之举。

2　"花须"句:花须,花之雄蕊;柳眼,柳叶初展。无赖,爱极而骂之。段成式《杨柳词》:"长恨早梅无赖极,先将春色出前林。"此言花红柳绿皆逗人爱煞。

3　元亮井:陶潜字元亮,《归田园居》云:"井灶有遗处,桑竹残朽株。"

4　亚夫营:即汉周亚夫细柳营,此处指代卢弘正徐州幕。

相　思

相思树上合欢枝，紫凤青鸾并羽仪[1]。
肠断秦台吹管客，日西春尽到来迟[2]。

———

此悼亡之诗。一、二言昔者夫妻共栖，相濡以沫。崔豹《古今注》："合欢树似梧桐，枝叶繁互相交结。"又，其小叶对生，夜昏之时，成对相合，故又称合昏、夜合。"相思树"、"合欢枝"，以喻夫妻甚明。二句紫凤、青鸾并相辅翼，雄鸾雌凤，亦相濡以沫之意。三句"秦台吹管客"，以萧史自比；"肠断"者，以其"弄玉"（喻妻）之已逝也。四句"到来迟"，言徐幕罢归而王氏已逝。

———

1　羽仪：犹翼翅，引申为辅翼。左思《吴都赋》："湛淡羽仪，随波参差。"江淹《杂体诗·效嵇康〈言志〉》："灵凤振羽仪，戢景西海滨。"

2　"肠断"二句：用萧史、弄玉事以自比、比妻。"日西春尽"不必托指时令，盖言日暮春去。此"春"，寄寓夫妻情分。义山诗"春"常有多种含义，除时令之春外，又有人生之春、情爱之春、家国之春等等。此言情爱之春已尽，喻指妻子之亡逝。"到来迟"，即《房中曲》"归来已不见"意。

房中曲

蔷薇泣幽素[1]，翠带花钱小[2]。

娇郎痴若云，抱日西帘晓。

枕是龙宫石，割得秋波色[3]。

玉簟失柔肤[4]，但见蒙罗碧[5]。

忆得前年春[6]，未语含悲辛。

归来已不见，锦瑟长于人[7]。

今日涧底松，明日山头蘖[8]。

愁到天地翻，相看不相识。

—— 此借"房中"字以言悼亡甚明。义山约于大中三年（849）十一月赴徐州卢弘正幕，诗云"忆得前年春，未语含悲辛"。前年，去年；与今所言"去年之前一年"有异。是义山大中四年（850）春曾因事赴京，当在家略作盘桓。则诗为大中五年（851）秋间王氏妻逝后归家时作。

首二起兴，而以蔷薇幽寂中泫叶如泣，点明时当秋日。三、四言娇郎年幼，不知母逝之悲，而痴若浮云无所依托；因若浮云，故以"抱日"喻其日晓照帘，犹拥日而眠。五、六言王氏生前所用玉枕，明亮如其眼波，恐是分了妻子之秋水波光。此与七、八惟见簟席、蒙罗而不见柔肤，均有物在人亡之慨。

"忆得"二句言去年春时归家,王氏已罹病,愁己又将远行,故未语而含悲。"归来"二句睹锦瑟而兴悲,言归来时妻子已逝,而其生前所弹之锦瑟仍在,重兴物是人非之痛。

　　"今日"二句言妻逝留己孤苦无伴。末二句钱良择笺云:"天地俱翻,或有相见之日,又恐相见之时已不相识。设必无之想,作必无之虑,哀悼之情,于此为极。"东坡《江城子》悼亡云:"纵使相逢应不识,尘满面,鬓如霜。"意与境皆本此。

1　幽素:幽寂、静寂。李贺《伤心行》:"咽咽学楚吟,病骨伤幽素。"句言蔷薇在幽寂中滴露泫泣。

2　翠带:指蔷薇青绿细长如带之枝蔓。杜甫《曲江对雨》:"林花著雨胭脂落,水荇牵风翠带长。"

3　"枕是"二句:龙宫石,泛言宝石。此言玉枕。割,裁、分也。《广雅·释诂》:"割,裁也。"《战国策·秦策》"割河东",高诱注:"割,分也。"秋波,形容女子瞳光如秋水之明亮。《楚辞·招魂》"目曾波些",王逸注:"若水波而重华也。"李贺《唐儿歌》:"一双瞳人剪秋水。"二句言玉枕明亮如留得妻子生前之目光瞳神。

4　玉簟:竹席、簟席之美称。李白《题金陵王处士水亭》:"拂拭青玉簟,为余置金尊。"韦应物《马明生遇神女歌》:"石壁千寻启双检,中有玉床铺玉簟。"

5　蒙罗：覆盖床上被褥之罗罩。《方言》卷十二：“蒙，覆也。”

6　前年春：即去年春。前，先，先一年，即去年。《正字通》：“前，先也。”《周礼·天官·太宰》“前期十日”，陆德明《释文》：“前，本或作‘先’。”

7　“锦瑟”句：言妻子已逝，其生前所弹之锦瑟仍在，是言锦瑟比人更长久。长，长久，永久之谓，非言长短之“长”。锦瑟：瑟漆绘如织锦之纹饰称锦瑟。杜甫《曲江对雨》“暂醉佳人锦瑟旁”，仇兆鳌注引《周礼·乐器图》云：“饰以宝玉者曰宝瑟，绘文如锦者曰锦瑟。”

8　“今日”二句：涧底松，喻己之孤独；山头蘗，比己之苦痛。蘗（bò）：俗称黄蘗，亦作黄柏。《说文》：“蘗，黄木也，味苦。”古乐府：“黄蘗向春生，苦心随日长。”

锦 瑟

锦瑟无端五十弦[1]，一弦一柱思华年。
庄生晓梦迷蝴蝶[2]，望帝春心托杜鹃[3]。
沧海月明珠有泪[4]，蓝田日暖玉生烟[5]。
此情可待成追忆[6]，只是当时已惘然[7]。

此诗解人最多，亦聚讼最繁，自宋人至于清末，笺释《锦瑟》者不下百家，大别有十四种解读：以锦瑟为令狐楚家青衣，义山爱恋之而未遂，是为"令狐青衣"说；以中二联分咏瑟曲之适、怨、清、和，是为"咏瑟"说；以为锦瑟乃亡妻王氏生前喜弹之物，诗以锦瑟起兴，睹瑟思人，是为"悼亡"说；以为诗"忆华年"，回叙一生沉沦苦痛，是为"自伤身世"说，又有"诗序"说，"伤唐祚"说，"令狐恩怨"说，"情场忏悔"说，"寄托君臣朋友"说，"无解"说，以及数种调和、折衷，合二、三说为一说之说，等等。

入清以来，异说纷呈，至近代则渐趋为二，即"自伤身世"与"悼亡"二说。然言"自伤"者，以为兼有"悼亡"之情在，言"悼亡"者，亦以为兼有"自伤身世"之感。余意《锦瑟》当为"悼亡"之作，然身世之感在焉。

"锦瑟无端五十弦"，乃一篇关捩所在。锦瑟五十弦，兴而兼比。

先言"兴",所谓睹物兴情也。大凡诗人心中积郁,不论喜怒哀乐,常因周遭之物而触动心中之情。然诗人所触之物,必有可以引发其情者在。若外物与诗人(心中之情)了无关缘,便不能触动其情。因此,诗以锦瑟起兴而不以他物兴起,则此锦瑟必定与诗人密切相关,并触动诗人之隐情,因而兴而悲之。窃以为义山夫妇房中有锦瑟,或为王氏日常所弹。《西溪》云:"凤女弹瑶瑟,龙孙撼玉珂。"《寓目》云:"新知他日好,锦瑟傍朱栊。"大中五年(851)秋间,王氏亡逝,义山尚滞徐幕,归家时妻逝瑟在,而作《房中曲》云:"归来已不见,锦瑟长于人。"朱鹤龄、朱彝尊即以《锦瑟》为"睹物思人,因而托物起兴"之作。

次言"比",即诗以锦瑟比妻,而以弦断比妻之亡逝。古琴、瑟相对,琴为阳,为君,为夫;瑟为阴,为臣,为妻妾。故锦瑟不可言义山自况,当以比王氏。《风俗通》:"琴者,君子所常御不离于身者。"嵇康《琴赋》:"众器(乐)之中,琴德最优。"陈旸《乐书·乐论》:"众乐,琴之臣妾也。"《宋史·乐志》:"古者圣人作五等之琴,琴主阳……昔人作三弦之琴,盖阳之数成于三。"上引可证琴主阳,主君,主夫,故相如弹琴以挑文君,谓之"琴心";丈夫亡逝,谓之"琴断朱弦"。再证瑟主阴,主臣,主妻妾。《吕氏春秋·古乐》:"昔古朱襄氏之治天下也，多风而阳气蓄积，万物散解，果实不成，故士达作为五弦瑟，以来阴气，以定群生。"又罗泌《路史》云：朱襄氏立，于是多风，群阴闷遏，诸阳不成，百物散解，而果蓏草木，不遂迟春而黄落。乃令士达作五弦之瑟，以来阴气，以定群生，今曰"来阴"。是五弦之瑟亦名"来阴"，亦以为乐曲名，与阴康氏之《来和》、伏羲氏之《立基》、轩辕氏之《云门》、尧之《章》、舜之《招》、禹之《夏》同列。故《路史》断曰："琴、瑟者，乐之本和者也。琴统阳，瑟统阴，以阴佐阳不可易也。"后即以阴、阳之说而以琴瑟和鸣喻夫妇和谐，琴瑟不调比夫妇不谐。赵璘《因话录》即言："郭暧与升平公主琴、瑟不调。"唐诗中凡言鼓瑟者，多为伤女、怨女，如钱起《湘灵鼓瑟》、李益《古瑟怨》、杜牧《瑶瑟》皆是。故锦瑟不可以比义山，而应是义山以锦瑟比王氏。

　　再说"无端"。学者均以无端为平白无故、无来由解之，其实此处"无端"当以"不料"，"无奈"，"无可奈何"为解。杨巨源《大堤曲》："无端嫁与五陵少，离别烟波伤玉颜。"李嘉祐《过乌公山寄钱起员外》："无端王事还相系，肠断蒹葭君不知。"张籍《使行望悟真寺》："无端来去骑官马，寸步教身不得游。"刘皂（一说贾岛）《渡桑乾》："无端更渡桑乾水，却望并州是故乡。"罗邺《早行》："无端戍鼓催前去，别却青山向晓时。"而义山又有《为有》云："无端嫁得金龟婿，辜负香衾事早朝。"宋人诗词则更多,不烦征引。

综上所言,此句应释为:无奈锦瑟本二十五弦,为何一齐断成五十根弦,此取"断弦"义甚明。

锦瑟断弦既比妻亡,则中四句自当就"悼亡"解之。三句言夫妻因恩爱相处之时日何其短暂,如庄生晓梦,虚幻无常,迅即消逝,而又寓"物化"之义。《庄子·齐物论》言庄周梦蝶后有一言常为学者所忽略,即"此之谓'物化'"。按此"物化"正是义山用意之所在。郭庆藩引《义疏》云:"生死往来,物理之变化也。"今之言"事物向相反方向转化",于人则由生而死,向死而生。《庄子·刻意》云:"圣人之生也天行,其死也物化。"《古诗十九首·回车驾言迈》:"人生非金石,岂能长寿考。奄息随物化,荣名以为宝。"李善注:"化,谓变化而死也。"沈佺期《伤王学士诗序》:"他日,余至来,知君物化。"义山取蝶梦、物化,正取妻迅即逝去之义。四句取义"杜鹃啼血",言己之思忆亡妻,化为杜鹃,将日夜哀鸣,此亦"春蚕到死丝方尽"之意。

五、六言王氏妻之亡逝如沧海沉珠,无可回还;如蓝田埋玉,日照生烟,魂魄已散也。《杨华墓志铭》曰:"东流之水,终无倒返之期;南浦沉珠,岂有回还之望?"又《张夫人端墓志铭》曰:"金波落箭,漂轻舟而不留;玉岫摧峰,掩蓝田而埋照。"(详见《唐代墓志汇编》)似皆可作"沧海"、"蓝田"二句之注脚。故余疑义山妻王氏或曾权瘗京郊之蓝田玉山，而后始归葬荥阳檀山李氏大茔，虽未可定，亦有可证者。古传伏羲氏母华胥氏墓即在蓝田山，今山下即有华胥镇。又汉末魏初蔡文姬亦葬蓝田。是"蓝田"句又可解读为蓝田山上王氏亡魂于日下如吴王小女紫玉之化烟而去，再无处寻觅也。唐人于女眷之墓铭，常以珠玉为喻，《唐人墓志汇编》中《伤大妃墓志》云："长埋玉体，永坠花红。"《齐夫人铭》云："随珠隐曜，郢玉韫辉。"《卢贞顺墓志铭》："□□玉之□沉，□掌珠之永碎。"或可参解。是以"珠泪玉烟"、"珠沉玉碎"，当以喻王氏之逝去。

末联"此情"即悼亡之情。言"此情"岂待今日追忆之时始伤怀哀感，即在初婚欢会之时，已拟想夫妇二人终有一个先期亡逝而觉人生若梦，惘然若失也。元稹《遣悲怀》悼亡妻韦丛云："昔日戏言身后事，今朝都到眼前来"；"同穴窅冥何所望，他生缘会更难期。"殆与此联相近。

《锦瑟》虽为悼亡而发，然亦寓身世沦落之叹，所谓"悼亡之痛，身世之感，外斥之哀，触绪纷来"也。

1　锦瑟：古代弦乐器。见《房中曲》注7。无端：不料，无奈、无可奈何。五十弦：据传上古曾有五十弦瑟，然至今未见文物出土。瑟以二十五弦为最多，唐代即是二十五弦瑟。按《史记·封禅书》:"太帝使素女鼓五十弦瑟,悲,帝禁不止,故破其瑟为二十五弦。"此为神话,恐非真实。且既言"破"则二十五弦瑟之出现与五十弦几为同时。《庄子》《淮南子》均言瑟为"二十五弦"。《庄子·徐无鬼》:"鼓之,二十五弦皆动。"《淮南子·泰族训》:"琴不鸣,而二十五弦(按直称瑟为二十五弦)各以其声应。"《四库全书总目提要·瑟谱》云:"李商隐所云'锦瑟无端五十弦'者,特诗人寄兴之词,不必真有其事。"故此"五十弦"当取"断弦"之义。

2 "庄生"句:《庄子·齐物论》:"昔者庄生梦为蝴蝶,栩栩然蝴蝶也,自喻适志欤,不知周也。俄然觉,则蘧蘧然周也。不知周之梦为蝴蝶,蝴蝶之梦为周欤?周与蝴蝶,则必有分矣。此之谓物化。"

3 "望帝"句:《华阳国志·蜀志》:"杜宇称帝,号曰望帝……会有水灾,其相开明决玉垒山以除水害,帝遂委以政事,法尧舜禅让之义,遂禅位于开明,帝升西山隐焉。时适二月,子鹃鸟鸣,故蜀人见鹃鸟而悲望帝。"《荆楚岁时记》:"杜鹃初鸣,先闻者主别离;学其声,令人吐血。"此句仅取杜鹃哀鸣意,以比己之悲悼伤念。

4 "沧海"句:沧海,大海,似指产珠之南海。张华《博物志》卷九:"南海外有鲛人,水居如鱼,不废织绩,其眼能泣珠。从水出,寓人家,积日卖绡。将去,从主人索一器,泣而成珠满盘,以与主人。"此句仅取珠沉海底以喻王氏之逝。

5　"蓝田"句:蓝田出产玉,亦称玉山。《元和郡县图志》卷一:
"蓝田山,一名玉山,一名覆车山,在(蓝田)县东二十八里。"
《搜神记·吴王小女》:吴王夫差小女玉,悦童子韩重,王怒不
许,玉结气而死。后韩返吴至玉坟吊唁,墓门忽开,入墓室成
婚。玉赠韩大珠使其见夫差,夫差以韩重为发冢盗墓者,此时
玉至。夫差"忽见玉,惊愕悲喜,问曰:'尔缘何生?'玉跪而言
曰:'昔诸生韩重来求玉,大王不许。玉名毁义绝,自致身亡。
重以远还,闻玉已死,故赍牲币诣冢吊唁。感其笃终,辄与相
见,因以珠遗之,不为发冢,愿勿推治。'夫人闻之,出而抱之,
玉如烟然。"

6　可待:岂待,何待。可,犹岂也。白居易《蝦蟆》诗:"岂
惟玉池上,污君清冷波;可独瑶瑟前,乱君鹿鸣歌。""可"与
"岂"互文。又"可"、"何"古今字。《离骚》"岂余心之可惩",
《文选》"可"作"何"。是"可待",即"何须待"也。

7　只是:即在。只,即、就。贾岛《寻隐者不遇》:"松下问童
子,言师采药去。只在此山中,云深不知处。"只,就、即也。

七月二十八日夜

与王郑二秀才听雨后梦作

初梦龙宫宝焰然，瑞霞明丽满晴天[1]。

旋成醉倚蓬莱树，有个仙人拍我肩[2]。

少顷远闻吹细管，闻声不见隔飞烟。

逡巡又过潇湘雨[3]，雨打湘灵五十弦[4]。

瞥见冯夷殊怅望[5]，鲛绡休卖海为田[6]。

亦逢毛女无憀极[7]，龙伯擎将华岳莲[8]。

恍惚无倪明又暗，低迷不已断还连[9]。

觉来正是平阶雨，独背寒灯枕手眠。

此为义山诗难索之一首。或云："追忆王茂元以归于悼亡"（程梦星），或云"得见意中人而终不可攀"（冯浩），均属牵强。试循"蓬山"意象之破译，按"初梦"、"旋成"、"少顷"、"逡巡"几个层次，联系义山生平遭遇，可知此为悼亡后回顾一生遭际之作。

"初梦"二句，言最初（年少）之梦想，抱负。言其年少之时，切望一举成名，君上赏拔而位居朝廷；光焰烛照，瑞霞满天，前景灿烂。三、四从"初梦"到"旋成"。言未久释褐，兴致酣然而入于秘书省为校书郎。"有个仙人拍我肩","仙人"疑朝中时有相携、援手之人。然好景不长,故下接"少顷"。"吹细管"者亦所谓"仙人"。然"闻声不见",为"飞烟"所隔,则可悟为宏博已中选(闻声),却"被一中书长者抹去"(不见)。"仙人"疏离,闻声不见,是以斥外,调补弘农尉。"逡巡"与"少顷"互文,亦顷刻、未久之意。七句言不久而过潇湘,辟昭桂;八句"雨打湘灵",亦"锦瑟惊弦破梦频"之意。两句言自秘省而至桂幕,则"初梦龙宫"之梦想、抱负、至此完全破灭,一生沉沦使府。以上八句以形象之梦境叙半生之历程。

九至十二,又借梦境申足"破梦"之由,抒发心中之积郁。"瞥见冯夷殊怅望,鲛绡休卖海为田",言时局变迁,冯夷吸枯海水,沧海变为桑田,再无须卖绡泣珠以谢"主人"。冯夷以比牛党之执权柄者如令狐绹辈,故云瞥见之"殊怅望"也。"亦逢毛女无悁极,龙伯擎将华岳莲",此又以龙伯喻朝廷,或即指宣宗;宣宗为皇太叔(武宗之叔),故以"龙伯"称之。龙伯将华岳之莲花峰而去,则玉姜毛女从此无栖身之所矣。华岳莲即莲华宝座,喻指宣宗夺走御座即位。以上两联以鲛人、毛女自喻显然。何义门云:"瞥见"句,深谷为陵;"亦逢"句,高岸为谷。要之,极写武宗崩后,党局反复,时事变迁,无可奈何矣。十三、十四描摹梦态,而寓前程暗淡迷离。末二写梦觉,宕出远神:半生梦幻,一觉醒来,身世之感,沉沦之痛,尽在"独背寒灯枕手眠"之中,而"独"字寓寄"悼亡"之痛。

1　瑞霞:吉祥、祥瑞之彩霞。

2　"旋成"二句:蓬莱树,蓬山,仙境。此指代朝廷秘书省。郭璞《游仙诗》:"左挹浮丘袖,右拍洪崖肩。"

3　逡(qūn)巡:顷刻。张相《诗词曲语辞汇释》卷五:"逡巡与少顷为对举之互文,逡巡犹少顷也。"张祜《偶作》:"遍识青霄路上人,相逢只是语逡巡。"

4　"雨打"句:言过潇湘而闻湘灵弹瑟之声。《楚辞·远游》:"使湘灵鼓瑟兮,令海若舞冯夷。"湘灵,一说为古代传说中湘水之神。洪兴祖《楚辞补注》:"此湘灵乃湘水之神,非湘夫人也。"

5　冯夷:古代传说为黄河之神,俗称河伯。《庄子·大宗师》:"冯夷得之,以游大川。"成玄英疏:"姓冯名夷,弘农华阴潼乡堤首里人也,服八石,得水仙。大川,黄河也。天帝赐冯夷为河伯,故游处盟津大川之中也。"

6　"鲛绡"句:用鲛人泣珠及麻姑见沧海三为桑田事。冯浩曰:"此暗寓悲泣之情。"

7　"毛女"句:《列仙传》:"毛女字玉姜,在华阴山中,形体生毛。自言始皇宫人,秦亡入山;道士教食松叶,遂不饥寒。"项斯《送华阴隐者》:"近来移住处,毛女旧峰前。"无憀(liáo):

无所依赖，或心有悲恨而情怀错漠失意。《新唐书·崔胤传》：
"宦者或相泣无憀，不自安。"

8　"龙伯"句：《列子·汤问》："龙伯之国有大人……至伏羲、
神农时，其国人犹数十丈。"意谓华岳上莲花峰为龙伯擎将
而去。

9　"恍惚"二句：无倪，无边无际。李白《古风》四十一："飘飘
入无倪，稽首祈上皇。"王琦注："倪，际也。"低迷，迷离恍惚。
嵇康《养生论》："低迷思寝。"冯浩曰："二句摹梦态极精。"亦
寓前程暗淡迷离。

王十二兄与畏之员外相访见招小饮

余以悼亡日近不去因寄

谢傅门庭旧末行[1]，今朝歌管属檀郎[2]。
更无人处帘垂地[3]，欲拂尘时簟竟床[4]。
嵇氏幼男犹可悯，左家娇女岂能忘[5]？
秋霖腹疾俱难遣[6]，万里西风夜正长。

　　此悼亡也，作于大中五年（851）秋暮。茂元子王十二，连襟韩畏之瞻于秋深时走访义山，招其小饮；义山因王氏逝未久，谢绝之，故有此作。

　　首二言己为茂元诸婿末行，忝为畏之连襟，而今歌管寻乐之事当属畏之，我则无此心绪矣。中四云新丧家室，垂帘无人，堆尘满簟；有男可怜，有女堪念。七云更兼秋霖腹疾，诸端俱各难遣。末照应第二句，言歌管之事非我所属；长夜无人，茫茫无绪；幼男哀啼，娇女牵衣，我何忍歌饮作乐！此生惟惊风冷雨，独抚遗孤矣。钱良择云：“平平写去，凄断欲绝。”张谦宜评：“真乃血泪如珠！”（《絸斋诗谈》卷五）

　　1　“谢傅”句：谢安薨，赠太傅。谢傅指王茂元。末行，言己居诸婿行末后列。义山娶茂元继妻李氏小女,故云。《晋书·王羲之传》:"厕大臣末行,岂可默而不言哉!"

2　檀郎:潘岳小字檀奴,后人因号曰檀郎。此指代韩畏之。按《晋书·潘岳传》及《世说新语》载:潘岳美姿容,每乘车出洛阳道,妇女慕其风仪,连手围之,一睹丰采,且掷果盈车。潘岳字檀奴,后因以"檀郎"为夫婿或所恋男子之代称。温庭筠《苏小小歌》:"一自檀郎逐便风,门前春水年年绿。"

3　更:绝。

4　"欲拂"句:潘岳《悼亡诗》:"展转眄枕席,长簟竟床空。"竟床,满床;竟,满、遍、全。

5　"嵇氏"二句:言妻逝留下一女一男,儿可怜而女犹可念。《晋书·嵇绍传》:"嵇绍,字延祖,康之子,十岁而孤。"义山妻逝,子衮师年仅四龄。左思《娇女诗》:"左家有娇女,皎皎颇白皙。小字为织素,口齿自清历。"王氏逝时,遗女六岁。

6　秋霖腹疾:秋霖,秋雨绵绵不尽。《管子·度地》:"冬作土动,发地藏,则夏多暴雨,秋霖不止。"《左传·昭公元年》:"雨淫腹疾。"按此"腹疾"亦指内心痛悼之苦。

临发崇让宅紫薇

一树浓姿独看来[1]，秋亭暮雨类轻埃[2]。

不先摇落应为有[3]，已欲别离休更开。

桃绶含情依露井，柳绵相忆隔章台[4]。

天涯地角同荣谢，岂要移根上苑栽[5]？

一句点紫薇满树秾艳："独看"，见其孤寂，无人观赏。二言紫薇开于秋庭暮雨、为独开之紫薇更染上一层茫茫孤寂之色彩。此二句"点染"法也：以情语点之，然后以景语渲染，则紫薇之时、地、背景凸现，亦更其具象化。三句言时令已届深秋，紫薇本应凋谢，今更不先摇落，或因我而开，回应首句。四言已将远适，则去后又何须更开乎？五、六言桃树、柳树，桃尚相依，而柳今忆我却远隔章台。末联由忧伤而强作排解，言到处同一开落，同是荣谢，又何须托根京华上苑！言外己已应辟东川，又将远行矣。

此诗当作于大中五年（851）秋暮赴东川辟前夕。按柳仲郢七月任东川节度使，约八、九月辟商隐入幕，时王氏逝未久，故义山居岳家洛阳崇让宅。

1　来：句末助词，表示情况已经发生；独看来，犹言独看着。

2　轻埃：轻尘、微尘。谢朓《观朝雨诗》："空濛如薄雾，散漫似轻埃。"

3　"不先"句：宋玉《九辩》："悲哉！秋之为气也。萧瑟兮，草木摇落而变衰。"应为有，应为有我在，言紫薇为我而开，为我之观赏而不先凋落也。

4　"桃绶"二句：桃绶，桃色丝带，以系官印，此只指桃。古乐府："桃生露井上。"柳绵相忆，谓柳。前句云朝夕相依，后句云彼此相隔。

5　"岂要"句：言四处荣谢皆同，无须托根京华。岂要，岂必、何必。上苑，古宫苑名，此指代京师长安。《三辅黄图·苑囿》："汉上林苑，即秦之旧苑也。《汉书》云：'武帝建元三年，开上林苑，东南至蓝田、宜春、鼎湖、御宿、昆吾，傍南山而西，至长杨、五柞，北绕黄山，濒渭水而东，周袤三百里。'离宫七十所，皆容千乘万骑。"刘禹锡《和令狐相公郡斋对紫薇花》："有人移上苑，犹足占年华。"按《西京杂记》卷一称"初修上林苑，群臣远方，各献名花异树……得朝臣所上草木名二千余种"，然无紫薇，义山以紫薇未得入上林苑而兴官不挂朝籍。

宿晋昌亭闻惊禽

羁绪鳏鳏夜景侵[1]，高窗不掩见惊禽。
飞来曲渚烟方合，过尽南塘树更深[2]。
胡马嘶和榆塞笛[3]，楚猿吟杂橘村砧。
失群挂木知何限[4]，远隔天涯共此心。

此诗当为赴职梓幕前至长安晋昌坊随访令狐绹或拜奠令狐楚家庙作，时大中五年（851）暮秋。

首句"羁绪"言远行之恨，"鳏鳏"则寓悼亡之痛，均于此夜袭来。二句点题："惊禽"哀鸣，是所闻，亦以自况。三、四形惊禽不择佳境而乱飞，寓己原无枝可栖。五、六言闻禽之哀鸣如榆塞戍笛之和胡马悲嘶，又如楚猿啼啸夹杂着思妇之砧声。此义山赴东川、远行前孤苦思妻之外化。七、八收束，进一层以惊禽之孤飞（失群）无栖（挂木），喻己之丧偶孤独，无依远遁。然此"失群挂木"者何止晋昌亭畔人耶！天下丧偶、依人之士闻此惊禽之悲声，虽远隔天涯，亦当同此悲心，宕开收转，人禽浑一。赵臣瑗曰："以晋昌亭上一鳏夫之心，体贴天下无数鳏夫并一切征人思妇之心也。"

1 鳏鳏（guān）：丧妻曰鳏。

2　曲渚南塘：曲渚，曲江池，与晋昌地近；渚，水中小陆地。南塘，慈恩寺南池，在晋昌坊。

3　榆塞：北方边塞，古时边徼植榆故称榆塞。《汉书·韩安国传》："累石为城，树榆为塞。"骆宾王《送郑少府入辽共赋侠客远从戎》诗："边烽警榆塞，侠客渡桑乾。"

4　失群挂木：苏武《诗四首》之二："胡马失其群，思心常依依。"《本草》："猿居多大林木。"失群，指丧妻；挂木，言无可栖处。

暮秋独游曲江

荷叶生时春恨生[1]，荷叶枯时秋恨成[2]。
深知身在情长在，怅望江头江水声。

———

此当为悼伤后，赴梓幕前于暮秋至曲江凭吊旧迹之作。可与《曲池》、《病中早访李十将军遇挈家游曲江》等同参。言春来当荷叶已生，则春思、愁怨也生，盖其时正索李十将军为作合，故云。"荷叶枯时"，亦已当秋，正王氏逝时，所谓"柿叶翻时独悼亡"、"秋蝶无端丽，寒花更不香"也。此即"秋恨成"之谓。

三句"最为凄惋，盖谓此身一日不死，则此情一日不断也"（程梦星笺），见义山与王氏夫妻之情至厚。四句"怅望"与妻初见旧游处；景物依旧，人事全非。悼伤之"我"，情意惆惆。

———

1　春恨：春愁，春怨。杨炯《梅花落》："行人断消息，春恨几徘徊。"此指伤春、相思之恨。

2　秋恨：秋日之愁怨。梁简文帝《汉高庙》："欲祛九秋恨，聊举十千怀。"此指伤逝之恨。

赴职梓潼留别畏之员外

佳兆联翩遇凤凰[1]，雕文羽帐紫金床[2]。
桂花香处同高第，柿叶翻时独悼亡[3]。
乌鹊失栖常不定，鸳鸯何事自相将？
京华庸蜀三千里[4]，送到咸阳见夕阳。

　　大中五年（851）十一月，义山离京赴职梓潼，畏之送至咸阳，已是黄昏。此义山咸阳留别畏之作。

　　一、二言与畏之佳兆联翩，相继婚娶，先后为茂元僚婿。三句云开成二年（837）同登进士第；四句言秋间正柿叶翻飞，我独悼亡，言下而羡畏之家室完聚。五句自比乌鹊，栖无定所，六言畏之夫妻相携，琴瑟和鸣。七、八收束，言京华至梓州路途遥远，送到咸阳已是夕昏之时，终有一别。一去一留，刻意伤别。陆昆曾曰："送到咸阳，客路初程也。而举头不见长安矣。夕阳万里，能无怆然！"（《李义山诗解》）

　　1　"佳兆"句：指与畏之相继娶茂元女事。《诗·大雅·卷阿》："凤凰于飞，翙翙其羽。"雄凤雌凰，比翼而飞也。联翩，相继、连续。张衡《思玄赋》："缤联翩兮纷暗暧。"
　　2　羽帐：饰以翠羽之帷帐。鲍照《拟行路难》："七彩芙蓉之羽帐,九华蒲萄之锦衾。"江总《新人姬人应令诗》:"新人羽帐挂流苏。"又《宛转歌》:"争开羽帐奉华茵。"

3　柿叶翻时:柿叶翻飞,约在阴历七月。《南史·刘歆传》:"歆未死之春,有人为其庭中栽柿,歆为兄子弇曰:'吾不见及此实,尔其勿言。'及秋而亡。"是义山妻王氏当逝于大中五年秋日,约当阴历七月。

4　庸蜀:《华阳国志》:"巴、汉、庸、蜀,属益州。"此泛指东川。

十一月中旬至扶风界见梅花

匝路亭亭艳，非时裛裛香[1]。
素娥唯与月，青女不饶霜[2]。
赠远虚盈手，伤离适断肠[3]。
为谁成早秀，不待作年芳[4]。

————　此诗大中五年(851)赴东川梓幕途中作。按唐扶风
在今陕西扶风县，出长安二百一十里，西南经宝鸡至散关
二百四十二里(《元和郡县图志》)。此未至散关，于扶风界见
路旁梅花感怀而赋。义山时年四十，妻逝仅三、四个月。

首联描摹梅花之颜色艳异，姿态玉立；韵味清雅，幽香馥
郁。然色态虽美，无奈近路而开；不开在宫苑、贵显之家，而
开在扶风界之路边，此开非其地。不仅开非其地，并亦开非其
时。二句"非时"即点"十一月"。梅花一般须腊月后始见，今
十一月中旬即秀，故云"非时"。此联以早梅吐艳之非地非时
领起，而以亭亭艳和裛裛幽香反照，对比强烈。

纪昀云："三、四爱之者无益，妒之者实而有损。"(《瀛奎
律髓刊误》)言素娥虽爱之，惟给一片清冷之月光；青女则妒
其浩白，不稍减霜威之肆虐。

"折花逢驿使，寄与陇头人。江南无所有，聊寄一枝春。"

是所谓"赠远"。然梅今所开非时,徒然满握在手,又如何聊赠报春呢?此联铺衍之或有三层之意:一妻逝而无从赠与;二此行赴东川,何时再得归见(扶风近在京畿);三伤花早开当遭行人摧折,早秀早凋,故云"伤离适断肠"也。

末联总收,以问语出之,沉痛之至。"为谁"二字特重,无因之问,无从作答。"年芳",美好之春色,亦指春花之美艳者;"不待"云云,言梅花为何不迟至春日与百花共春光而偏偏早秀早开?所咏为梅,所叹在己。早梅即诗人自身之写照。

1　匝路:满路,犹遍处、遍地。布满,遍及。沈约《三月三日率尔成篇》:"花开已匝树,流嘤复满枝。"唐来鹄《卖花谣》:"紫艳红苞价不同,匝街罗列起香风。"裛裛(yì):香气馥郁,熏染袭人。

2　素娥:嫦娥,亦指代月。青女:神话传说以为主管霜雪之女神。《淮南子·天文训》:"至秋三月","青女乃出,以降霜雪"。高诱注:"青女,天神,青霄玉女,主霜雪也。"不饶霜:言青女不少减霜雪之肆虐。饶,让、减少。

3　"赠远"二句:梅为东风第一枝,故古有折梅赠远报春之俗。此云开放非时,故徒然盈手满握,未能报春,适足伤离断肠也。

4　"为谁"二句：问梅花为谁过早地开放，而不得春日来临而
为美艳之春花？秀，草木开花。年芳：美好之春色，亦言春花
之美艳者。

悼伤后赴东蜀辟至散关遇雪

剑外从军远¹，无家与寄衣²。
散关三尺雪，回梦旧鸳机³。

——

　　散关，即大散关，亦称崤谷，在今陕西宝鸡市西南大散岭上，为秦蜀要道。此悼亡妻王氏兼以自伤。义山十一月离京赴东川辟，娇女、幼子寄养连襟韩瞻家，所谓"寄人龙种瘦，失母凤雏痴"也（《杨本胜说于长安见小男阿衮》）。韩瞻送至咸阳，义山又经扶风，至大散关头，正大雪纷飞，积地三尺。旅况之苦辛，前程之茫茫，颓唐悲苦，因积雪念及再无妻子与寄征衣。末句著一"旧"字，见妻亡逝，鸳机无主，而犹回梦鸳机作有家之想。纪昀评：末句"犹作有家之想，缩退一步，正是加一倍法"。

——

　　1　剑外：剑阁之外。此处指东川梓幕。从军，指赴东川节度使幕府任职。唐代文士入军幕，习以言"从军"，实为文职僚佐。

　　2　无家：家，家室，指妻子。义山妻王氏夏秋间卒，十一月赴东蜀辟，故云"无家"。

　　3　鸳机：即鸳鸯机，织机之美称。

望喜驿别嘉陵江水二绝

嘉陵江水此东流，望喜楼中忆阆州[1]。
若到阆州还赴海[2]，阆州应更有高楼。

千里嘉陵江水色，含烟带月碧于蓝[3]。
今朝相送东流后，犹自驱车更向南[4]。

———此义山大中五年（851）十一月赴东川梓幕，途次望喜驿（今四川广元县西南）作。

诗云"望喜楼中忆阆州"，是义山曾至阆州，有可"忆"者。而自注云："此情别寄。"则所忆或有本事。据大中二年桂府罢后至北归诗，可知义山离桂后自湘水入洞庭，于潭州、荆楚少留，然后溯江入蜀。其间留滞巴蜀，意当自渝溯嘉陵而至于阆州。

首章一、二句重"此"、"忆"二字。言自此地即与嘉陵江水别矣，今夜惟于望喜楼中回忆当年阆州之事。忆念不迭，思之深矣。三、四转呼江水，似告江水：若远赴海，则我之思忆当随汝而东，再登阆州高城而遥望目送汝也。短幅中五入地名，而"阆州"三见，重言宛转以出，绝似嘉陵水之沿途逶迤，滔滔汩汩，极回环宛曲之美。

次章首句直取元稹"千里嘉陵江水声",改"声"为"色",而逗下碧江之"含烟带月",既点夜眺,又以烟水迷离染之。三、四又转告江水:今宵送汝东流之后,我将又风樯雨栈、颠沛而南,而心绪则预飞至阆中,情思惘惘,极悲念之致。义山情种,或大中二年阆州心有所属,非止恋念江水也。

纪昀云:"曲折有味。"其曲在复辞重言,回环往复,一咏而三叹也。上首五地名连环,而"阆州"三叠。下首又以"嘉陵江水"与上首之"嘉陵江水"重言之,故有反复咏叹之妙。

1　阆(làng)州:隋巴西郡,唐武德元年改为隆州。《旧唐书·地理志四》:"先天元年,改为阆州,天宝元年,改为阆中郡;乾元元年,复为阆州。"按阆州治所阆中县,因江水迂曲,经郡三南,故曰阆中。

2　赴海:嘉陵水东南流经阆州,至渝州,汇入长江出海,故云。

3　"含烟"句:言江南雾茫,月下江水宛如碧玉。

4　"犹自"句:义山至望喜驿转陆路南行,取道剑州,经梓潼、绵州而至梓州,故云。

杜工部蜀中离席

人生何处不离群，世路干戈惜暂分[1]。
雪岭未归天外使，松州犹驻殿前军[2]。
座中醉客延醒客[3]，江上晴云杂雨云。
美酒成都堪送老，当垆仍是卓文君[4]。

　　杜工部，杜甫。此言诗拟杜工部体，而以"蜀中离席"为题。诗为大中六年（852）初赴西川推狱毕将归东川时作。

　　一、二言人生聚散无常，所可惜者干戈未平而须暂分手，起即蕴忧国忧边之情。一递一进，大开大合。三、四回应"世路干戈"，"未归"、"犹驻"，正边事不息之可忧也。五、六正写离席，"醉客"，不忧边事而安于逸乐者；"醒客"自谓，言"众人皆醉而我独醒"。"晴云雨云"，喻边地形势变幻不定。七、八应"醉客"，反讽彼等不务边事，却逗留成都，耽于逸乐。管世铭曰："善学少陵七言律者，终唐一世，唯李义山一人。胎息在神骨之间，不在形貌。"（《读雪山房唐诗抄序例》）

1　世路：犹世道、时势。杜甫《春归》："世路虽多梗，吾生亦有涯。"

2　"雪岭"二句：雪岭在松州嘉城县（今四川松潘），唐时与吐蕃、党项接壤,战云常罩,故赴天外之使未归而朝廷军队犹驻。

天外使:派处域外极远之使者。天外,天之外,此处指域外极

边之地。

3　"座中"句:客已醉本可离席,无奈"醉客"又延留也。"醉

客"比阍于时局者。

4　"美酒"二句:反讽"醉客"之安于逸乐,不忧国事;大敌当

前,尚灯红酒绿。

井　络

井络天彭一掌中，漫夸天设剑为峰[1]。
阵图东聚烟江石[2]，边析西悬雪岭松[3]。
堪叹故君成杜宇[4]，可能先主是真龙[5]？
将来为报奸雄辈[6]，莫向金牛访旧踪[7]。

此告诫蜀地之窃据者，言东川西蜀，虽地势险要，然皆不足为恃。太白诗"一夫当关，万夫莫开；所守或匪亲，化为狼与豺"，义山诗与此同意而多严切、预诫之辞。

上半言蜀地山川之险不足恃也：山有井络、天彭，阁有大小剑门；东有烟江阵图，西有雪岭传析，形势险峻，然"漫夸"之，亦不过朝廷"一掌"之中。五、六以史事申足"漫夸"，言古之巴国君望帝，早化为杜鹃哀鸣；刘备据蜀，有诸葛以辅，终未能成大事。唱叹指点，用事精切，而以议论感慨出之。七、八"为报"云云，警诫妄图据蜀自固者，莫蹈金牛旧踪之辙！纪昀评曰："立论正确，诗格自高。"

1 "井络"二句：言蜀中虽有岷山、天彭，大小剑阁，虽地势险峻，然皆不足恃。井络，原指井宿巴域，此处指井宿之分野为岷山。左思《蜀都赋》："岷山之精，上为井络。"刘逵注："《河图括地象》曰：'岷山之地，上为井络。"天彭：天彭山，亦名天彭阙、天彭门，在今四川灌县山西岭。《水经注》卷三十三："秦昭王以李冰为蜀守，冰见氐道县有天彭山，两山相对，其形如阙，谓之天彭门，亦曰天彭阙。"剑峰：大小剑门山，由秦入蜀之门户。《旧唐书·地理志》："(剑州) 剑门县界大剑山，即梁山也。其北三十里有小剑山。"

2　"阵图"句：言诸葛孔明所造八阵图，累石高广，纵横棋布，仍聚于江边。《三国志·蜀书·诸葛亮传》："推演兵法，作八阵图。"《晋书·桓温传》："初，诸葛亮造八阵图于鱼腹平沙之下，累石为八行，行相去二丈。"按据《水经注》载，八阵图在今四川奉节县南江也。

3　"边柝 (tuò)"句：边柝，巡边军士打更之梆子声，亦指边兵打更用之刁斗。孙逖《为宰相贺破吐蕃并庆云见表》："永罢边柝，遂清房庭。"雪岭，在今四川松潘县，唐时与吐蕃、党项接壤。

4　"堪叹"句：言古之巴国国君望帝早已化成杜鹃，悲鸣而去。杜宇，望帝名，此指代杜鹃鸟。据《太平御览》引扬雄《蜀王本纪》、《成都记》载：杜宇禅位于开明帝，自隐于山中，死后魂化为杜鹃鸟，每二月即哀鸣。

5　"可能"句：可能，岂能。此句应读为"先主岂能是真龙"。先主，指刘备；真龙，所谓"真命天子"，此言刘备虽王室之后，也不能据蜀为帝。

6　"将来"句：将来，持来。奸雄，弄权欺诈，窃取高位之人，此处指企图窃据蜀中之藩镇节使。

7　"莫向"句：金牛，古川陕间栈道名。据传秦惠王之时，蜀王贪婪愚蠢，妄图据蜀，终为秦灭。此诚贪愚之蜀地节帅，莫与朝廷对抗而重蹈金牛覆辙也。《华阳国志·蜀志》载：秦惠王作石牛五头，朝泻金其后，曰牛便金。蜀人悦之，使使请石牛，乃遣五丁迎石牛。既不便金，怒遣还之，乃嘲秦人曰："东方牧犊儿。"秦人笑曰："吾虽牧犊，当得蜀也。"按蜀道南栈，旧名金牛峡，自陕西勉县而西，至四川剑阁县之剑门关口称金牛道。李白《上皇西巡南京歌》云"秦开蜀道置金牛"即指此。

杨本胜说于长安见小男阿衮

闻君来日下[1]，见我最娇儿。
渐大啼应数[2]，长贫学恐迟。
寄人龙种瘦，失母凤雏痴[3]。
语罢休边角[4]，青灯两鬓丝。

杨筹字本胜，官监察御史。《樊南乙集序》："大中七年
（853）十月，弘农杨本胜始来军中，恳索所有四六。"阿衮：名
衮师，义山子，大中二年（848）春生。义山《骄儿诗》云："衮
师我骄儿，美秀乃无匹。"蔡居厚《蔡宽夫诗话》云："白乐天
晚极喜李义山诗文，尝谓我死得为尔子足矣。义山生子，遂以
'白老'字之。"义山仅一子，其小名或即"白老"。

此诗最感人之处在末联，义山思儿之苦情、青灯白发之
态亦尽出矣。杨本胜"语罢"静默；义山听罢，思"龙种"、"凤
雏"，悼怀亡妻，触绪纷至，亦静默；此时军营中号角停吹，恰
也静默。言者无语，而闻者有所思也。

1　日下：指京师。见《曲池》注1。
2　数（shuò）：频、多；屡。《孙子·行军》："屡赏者窘也，数罚
者困也。"韩愈《送孟东野序》："其声清以浮，其节数以急。"

3　龙种凤雏：龙种，指阿衮；凤雏，当指娇女，因言龙种，兼而及之。或云均指阿衮，亦通。《晋书·陆云传》："陆云幼时，闵鸿见而奇之，曰：'此儿若非龙驹，当是凤雏。'"

4　边角：边地军中的画角或画角之声，白居易《赋得边城角》："边角两三支，霜天陇上儿。"

筹笔驿

猿鸟犹疑畏简书，风云长为护储胥[1]。
徒令上将挥神笔[2]，终见降王走传车[3]。
管乐有才真不忝[4]，关张无命欲何如？
他年锦里经祠庙[5]，梁甫吟成恨有馀[6]。

———

此大中九年（855）十一月义山梓州罢幕，途归经绵州绵谷筹笔驿（在今四川广元县北）所作。《全蜀艺文志·利州碑目》云："旧有李义山碑，在筹笔驿，因兵火不存。"义山碑即此诗碑。

首二句言猿鸟至筹笔驿，犹然疑畏诸葛军令之森严，风云亦长为护卫如藩篱壁垒。咏筹笔驿却自"猿鸟"、"风云"写起，真陡然而起，劈空而至者，此大放大开之笔。三、四收转，"徒令"、"终见"，一声喝倒！言汉祚衰败，阿斗终走传车而降魏，令人怅然若失，嗒焉欲丧。五、六属对精切，议论深沉感慨。言汉祚衰败，非孔明之力所可挽回，乃蜀汉命如此。此一篇之主旨。义山每作"有才无命"之叹，"关张无命"，亦"古来才命两相妨"（《有感》）之意。此二可比老杜"出师未捷身先死，常使英雄泪满襟"！七、八又宕开作结，忆往年至成都拜武侯祠庙，虽有凭吊之作，然至今仍有馀憾也。陆昆曾评："直是一篇史论,而于'筹笔驿'又未尝抛荒。从来作此题者,摹写风景,多涉游移,铺叙事功,若无生气,惟此最称杰出。"纪昀于此诗顶礼膜拜,其评曰:"此真杀活在手之本领,笔笔有龙跳虎卧之势!"

1　"猿鸟"二句:简书,用于告诫、策命、征调之文书,此指军中告示文书。《诗·小雅·出车》:"岂不怀归,畏此简书。"朱熹《集传》:"简书,戎命也。"钱起《送李评事赴潭州使幕》:"谩说简书催物役,遥知心赏缓王程。"储胥:栅栏藩落之类。扬雄《长杨赋》:"木拥枪累,以为储胥。"李善注引苏林曰:"木拥栅其外,又以竹枪累为外储胥也。"

2　"徒令"句:言空令诸葛起草军书、筹划军事。上将,主将统帅,指诸葛亮。神笔,神妙之笔,此指诸葛亮挥笔成文,料敌如神。《世说新语·文学》:"(阮籍)乃写付使,时人以为神笔。"

3　"终见"句:言阿斗终于乘传车而降魏。降王,指蜀后主刘禅,小名阿斗。传车,古代驿路传送之车辆。《史记·游侠列传》:"传车将至河南。"

4　"管乐"句:言诸葛亮才能盖世,实不辱蜀相之使命。管乐,春秋时名相管仲、战国燕大将乐毅,比诸葛亮文能安邦,武能定国。《三国志·蜀书·诸葛亮传》:"每自比于管仲、乐毅。"忝,辱。

5　"他年"句：指大中五年（851）冬至西川推狱，于成都谒武
侯庙事。他年，往年。锦里，成都地名，武侯庙在焉。

6　"梁甫"句：《三国志·蜀书·诸葛亮传》："亮躬耕陇亩，好
为《梁甫吟》。"此指当年谒武侯庙所作《武侯庙古柏》诗，诗有
云："玉垒经纶远，金刀历数终。谁将出师表，一为问昭融？"言
诸葛经营全蜀，规划宏远，然刘氏（金刀合为"刘"）历数已尽。
谁人能捧《出师表》，问天何以不助其成？此义山所谓"梁甫
吟成恨有馀"也。

柳

曾逐东风拂舞筵[1]，乐游春苑断肠天[2]。
如何肯到清秋日，已带斜阳又带蝉[3]。

———

此咏柳，以柳自况。一、二言植之乐游苑，则逐东风，拂舞筵，与日相映，极令人销魂。三、四巴江之柳，味首句"曾"字，则此柳乃自乐游春苑而移栽巴蜀，非两地各无相涉之柳。言自移巴江，非当年春日可比：已是秋风衰飒，残照暮蝉矣。末句寓迟暮沉沦、晚境颓唐。身世之感，沉沦之痛，悼亡之悲，儿女之念尽在此斜阳残声之中。张采田曰"悽惋入神"，"含思宛转"。诸家定梓幕作，说是。

———

1　逐：随，从也。《楚辞·九歌·河伯》："乘白鼋兮逐文鱼。"王逸注："逐，从也。"逐波，随波。舞筵：古代舞蹈时用作铺地的席子、地毯，或用以观舞时作坐垫，非今言饮宴之筵席。《旧唐书·波斯国传》："九年四月，献火毛绣舞筵，长毛绣舞筵。"杜甫《城西陂泛舟》："鱼吹细浪摇歌扇，燕蹴飞花落舞筵。"
2　乐游苑：即乐游原，亦称乐游园。为唐代长安士女游赏之胜地。故址在今西安市南郊。《长安志》："乐游原居城之最高，四望宽敞，京城之内，俯视指掌。"断肠：犹云断魂，销魂神

往。张相《诗词曲语辞汇释》卷二："断肠,犹销魂。"宋之问
《江亭晚望》："望水知柔情,看山欲断魂。"

3　"如何"二句:肯到,如何会到、如何会至于。张相《诗词曲
语辞汇释》卷二:"(肯),如何肯,犹云如何会也;意言春日如许
风流,奈何会到秋天,便斜阳暮蝉,如许萧条也。"

柳

柳映江潭底有情¹，望中频遣客心惊²。
巴雷隐隐千山外³，更作章台走马声⁴。

———　义山《柳》诗，有以自况者，如"曾逐东风"等，而此"柳"
当喻指柳枝。

　　一、二言望柳映江潭，而觉江柳于我仍何其有情！此因江
柳而念及柳枝；因柳枝而复移情于柳。柳于我何其有情，实
我于柳枝不能忘情之翻过一步说。柳枝之钟情于义山，详参
《柳枝五首·序》自明。"柳枝为义山第一知己"，而今望江柳
生情，念及柳枝"为东诸侯取去"，且沦落风尘，故云"望中频
遣客心惊"也。

　　三句言忽闻雷声隐隐自千里之外。"雷声隐隐"，喻柳枝
之思我，闻雷声而以为我之"车音"也；"千山外"，极言天南海
北，相距之遥远。拟想柳枝虽沦落而定当思我，有情于我也。

　　四句言细听巴雷殷殷，又似章台街里走马之声，则寓柳枝
之沦落风尘，苦于为他人攀折，极沉挚、悔疚之情。

———　1　柳映江潭：暗用庾信《枯树赋》句，隐言今日柳之摇落。
《枯树赋》："昔年种柳，依依汉南；今看摇落，凄怆江潭。树犹

如此，人何以堪！"底：犹何、何其；底有情，何其有情。

2　遣：使、会。《齐民要术·杂说》："务遣深细。"言务必使其深细。

3　隐隐：即殷殷，雷声也。司马相如《长门赋》："雷殷殷而响起兮，声象君之车音。"

4　作：似，如也，更作，更似。庚信《登州中新阁》："石作芙蓉影，池如照镜光。"韩愈《送桂州严大夫》："江作青罗带，山如碧玉簪。"二诗均"作"、"如"对文互训。章台：汉长安街名。章台街多妓院，后因以"章台走马"为涉足娼妓，追欢买笑。崔颢《渭城少年行》："斗鸡下杜尘初合，走马章台日半斜。"

天　涯

春日在天涯，天涯日又斜。
莺啼如有泪，为湿最高花[1]。

此以残花自况。诗中"天涯"当指梓幕。

一、二言花不开在京华，而开在天涯，更兼斜阳残照，莺啼花阑。我之应辟梓幕，远离京华，更兼妻逝子幼，迟暮之身如残花将谢，何以为怀！三、四忽发为痴语，问莺啼可否有泪，则倩汝啼莺为我一洒残花也。杨智轩评："意极愁，语极艳，不可多得。"屈复曰："不必有所指，不必无所指，言外只觉有一种深情。"

1　最高花：暮春高枝之残花。姚培谦曰："最高花，花之绝顶枝也，花开至此尽矣。"

梓州罢吟寄同舍

不拣花朝与雪朝[1]，五年从事霍嫖姚[2]。
君缘接座交珠履，我为分行近翠翘[3]。
楚雨含情皆有托[4]，漳滨多病竟无憀[5]。
长吟远下燕台去[6]，唯有衣香染未销。

————　此梓州府罢，吟赠同舍之作，约大中九年（855）十一月。

一、二言我自春经冬，五年从事梓幕。按义山大中五年冬
离京，到此首尾五年。实则四整年。三、四互文，言不论上客
（珠履）或营妓（翠翘），我与君等皆曾交往而近之。言外非仅
我特近"翠翘"也。似同舍中有人以义山诗多言艳情而讥之。
故五句紧接"楚雨含情皆有托"，言我虽有艳情之作，然多有
所寄托。"楚雨含情"，借神女巫山事以喻艳情。六句进一层，
言五年梓幕，亦因多病无憀，未尝多宴饮，交接乐妓。七、八就
"梓州罢"作结，言从此皆别梓幕而去，然府主之恩义犹未能
忘怀也。

————　1　"不拣"句：言不论春天或冬天，即终年之意。不拣，不择，
　　　引申言不论。无可拣，无不论。花朝，花事繁盛之春日。《琵
　　　琶行》："春江花朝秋月夜。"雪朝，雪天，指冬日。

2　霍嫖姚：霍去病，汉武帝时大将。此借指东川节度使柳仲郢。

3　"君缘"二句：汝等因座席相接而多交上客，我亦缘分行接席而多近乐妓。接座，犹接席，座席相邻、相接。曹丕《与吴质书》："行则连舆，止则接席。"

4　楚雨：即巫山云雨。

5　"漳滨"句：以刘桢婴沉痼疾自比。言己在幕府多病，无所依托。刘桢《赠五官中郎将》："余婴沉痼疾，窜身清漳滨。"

6　燕台：用燕昭王筑黄金台招贤事，借指东川幕。

韩冬郎即席为诗相送一座尽惊他日余方追吟
　连宵侍座徘徊久之句有老成之风因成二绝
　寄酬兼呈畏之员外

十岁裁诗走马成[1]，冷灰残烛动离情。
桐花万里丹山路[2]，雏凤清于老凤声。

剑栈风樯各苦辛[3]，别时冰雪到时春。
为凭何逊休联句[4]，瘦尽东阳姓沈人[5]。

　　韩偓字致尧，小字冬郎，义山同年韩畏之瞻子，官至兵部
侍郎，翰林学士承旨。韩偓生于会昌二年（842），大中五年
（851）义山赴梓幕，偓为诗相送，已年十岁，故首句云云。按
"连宵侍坐徘徊久"之句，不见《韩翰林集》，当佚。据"剑栈"、
"风樯"及"别时冰雪到时春"，诗为梓幕罢归还京后，大中十
年（856）春正作。
　　首章赠冬郎。一句追忆之辞。冬郎会昌二年（842）生，
言"十岁"，则为大中五年（851）。题云"即席为诗相送，一座
尽惊"，又"连宵侍座"云云，则王、韩两家当于义山赴辟东川
前夜为其饯别。二句言冬郎虽只十岁，其所作送别诗，已动人
离情，极具老成之态，亦"郎君下笔惊鹦鹉"意（《留赠畏之》）。

丹穴之山，万里桐花，有几多凤鸣！而"雏凤"之声为最清新也。古时称人子弟之才俊者为"雏凤"，此以"雏凤清于老凤声"比冬郎才气之胜于乃父，甚切。此语因其独拔秀出，而逸出其本体，合于生生不息、青胜于蓝之喻，故而成诗文中之警策。

次章呈畏之。首句言赴梓及归程，沿途不论陆路（剑栈）、水程（风樯）皆十分辛苦；"各苦辛"，言"皆苦辛"。二句言大中五年冬别时正冰天雪地，今日归来，到京却是九年的春日。按义山抵京在初春，《金牛驿》时有"楼上春云"句可证。三、四何逊比冬郎，沈约自比，转请畏之，言冬郎已年一十有五，诗才当更大进，我即"瘦尽"亦难和也，故云"休联句"。

————

1　裁诗：作诗，以诗篇当须裁剪，故云。杜甫《江亭》："故林归未得，排闷共裁诗。"走马成：极言冬郎作诗之迅捷。

2　"桐花"句：丹山，丹穴之山，有鸟如鸡，五采而文，名曰凤凰，见《山海经·南山经》。相传凤凰非梧桐不栖，故桐花、凤凰常连而及之，此喻言丹山"雏凤"正桐花万里，前途无量。

3　"剑栈"句：言不论陆行剑阁栈道，或嘉陵江水程风樯，此行东川往返皆异常辛苦。"各"，"皆"，一声之转，"各"亦"皆"也；非"异之"之辞。

4　"为凭"句：言转请畏之告之冬郎，余当让出一头地，非敢

联句应和也。凭,烦、请,烦请。张相《诗词曲语辞汇释》卷五:
"凭,犹烦也,请也。"杜牧《赠猎骑》:"凭君莫射南来雁,恐有
家书寄远人。"何逊(约480—520)字仲言,东海郯(今山东郯
城县)人,南朝梁诗人,此以比韩冬郎。《何逊集》载于范云宅
联句事。范云诗:"洛阳城东西,却作经年别。昔去雪如花,今
来花似雪。"何逊联云:"濛濛夕烟起,奄奄残晖灭。非君爱满
堂,宁我安车辙。"

5　东阳姓沈人:沈约,义山自此。义山自注云:"沈东阳约尝
谓何逊曰:'吾每读卿诗,一日三复,终未能。'余虽无东阳之
才,而有东阳之瘦矣。"

过招国李家南园二首

潘岳无妻客为愁[1]，新人来坐旧妆楼[2]。
春风犹自疑联句，雪絮相和飞不休[3]。

长亭岁尽雪如波[4]，此去秦关路几多[5]？
惟有梦中相近分，卧来无睡欲如何！

————

招国：招国坊，在长安朱雀街东第三街永崇坊南、晋昌坊北。李家，李十将军家，见《病中早访招国李十将军遇挈家游曲江》诗"评析"。此诗当作于大中十年（856）春正。诸家笺皆悟出义山"昔携妻寓此"，冯浩更推论"义山成婚，必借居南园"。据《病中早访招国李十将军》及此"招国李家南园"，冯解可备一说。按义山大中九年（855）十一月离梓州返程，至京当在越年春正，诗中"春风"、"岁尽"字可证。其至京会儿女后，当即过招国坊感悼与王氏新婚借居之南园，故有此作。

首章一、二言昔年"客"（或即李十将军）为作合，而有"新人来坐旧妆楼"也。新人，茂元女王氏；因系借居李家南园，故曰"旧妆楼"。按据"潘岳无妻"及"新人"字，则义山与王氏成婚前"故妻"似已亡故（潘岳妻逝，有悼亡诗三首）。三、四则触景生忆，因见春风吹雪，而遥忆当年夫妻新婚联句情景,既切"不如柳絮因风起",又暗寓王氏自有谢道韫咏絮之才。

次章就眼前景进一层推出,感叹暮年飘泊及对亡妻的无穷思念。一、二眺望十里长亭,正岁尽春来,大雪如波。时柳仲郢当告之奏充盐铁推官事,商隐面临又一次抛儿别女,离家远行,故感叹此去秦关,路程万里!大约过李家当日即宿南园,故三、四云惟梦中可与亡妻相见,奈何卧来无睡,连梦也不来做一个。

1 "潘岳"句:言我前妻亡逝,友人担心我孤身一人。潘岳,义山自比。《晋书·潘岳传》载:岳妻逝,作悼亡三首。其一有云:"之子归穷泉,重壤永幽隔。"则义山明示前妻已经亡逝。客,疑为李十将军,其家即在招国坊。冯浩以为李十为义山与茂元女说合并借南园为其成婚,可从。

2 新人:新娶之妇,别于故妻(故人、旧人)而言。此指茂元女王氏。古乐府:"新人工织缣,故人工织素。"《玉台新咏·古诗》:"新人虽言好,未若故人姝。"杜甫《佳人》诗:"但见新人笑,那闻旧人哭。"白居易《母别子》:"新人迎来旧人弃。"皆以"新人"与"故人"、"旧人"对举,可知新人为新娶之妻。

3 "春风"二句:言王氏有谢道韫咏絮之才,当年借李家南园成婚,正春雪纷飞,夫妻间咏雪联句。

4　长亭：古时驿路供过往行人停息之所，近城者常为送别之处；或十里一设，或五里一设。庾信《哀江南赋》："十里五里，长亭短亭。"杜牧《题齐安城楼》："不用凭栏苦回首，故乡七十五长亭。"

5　秦关：秦地关塞，泛指关中地区，此处指长安。李白《登敬亭北二小山》："回鞭指长安，西日落秦关。"

隋　堤

乘兴南游不戒严¹，九重谁省谏书函²？
春风举国裁宫锦³，半作障泥半作帆⁴。

隋堤：炀帝自通济渠、邗沟至江都所筑御道，后人称为"隋堤"，亦称"隋岸"。考"谏书函"云云，崔民象谏炀帝南游虽在京师，而王爱仁谏则车驾已至氾水，炀帝"怒，斩之而行"，是已至隋堤矣。又四句云"半作障泥半作帆"，亦切沿堤走马，河中帆游，水陆并发，此诗题甚切"隋堤"，或作《隋宫》，误。

一、二言其游乐无度，且一意妄行，不听劝谏，致群臣上下相蒙，莫肯念乱。《隋书·炀帝纪》云"（文帝）山陵始就，即事巡游"，"东西游幸，靡有定居"；"又猜忌臣下，无所专任，朝臣有不合意者，必构其罪而族灭之"。兼又不戒备臣下之乱（不戒严），故有宇文化及之弑。此二句言"失臣之心"也。又《隋书·食货志》载："大业元年造龙舟、凤䑛、黄龙、赤舰、楼船、篾船幸江都，舳舻相接二百里。"诗之妙在三、四借"裁宫锦"而点化之：特点"举国"，则民之劳碌驱驰，拉纤供役，奔走隋堤之状，皆可于象外得之。此三、四所以言"失民之心"也。"臣心"、"民心"而两失之，则炀帝不死、隋朝不亡，何可得也!

1　不戒严：言炀帝肆意游览，不加防范。《晋书·舆服志》：
"近世凡车驾亲戎，中外戒严服之。"

2　九重：指天或天门，引申指代天子或朝廷。宋玉《九辩》：
"君之门以九重。"谏书，大臣谏皇帝之奏章。省，省察。

3　宫锦：宫中织造或民间仿宫样所制之锦缎。

4　障泥：垂于马腹两侧，用以遮挡尘泥之具。《世说新语·术
解》："王武子善解马性，尝乘一马，著连钱障泥。前有水，终日
不肯渡。王云：'此必是惜障泥。'"

隋　宫

紫泉宫殿锁烟霞[1]，欲取芜城作帝家[2]。
玉玺不缘归日角[3]，锦帆应是到天涯。
于今腐草无萤火[4]，终古垂杨有暮鸦。
地下若逢陈后主，岂宜重问后庭花[5]？

────

　　诸家于此诗，俱极口称赏，至言"无句不佳"（何义门），"令人惊心动魄，怵然知戒也"（陆昆曾）。至于技法，则"纯用衬贴活变之法，一气流走，无复排偶之迹"（纪昀）。

　　首言隋宫掩闭，南游江都；言为烟霞所锁，具象；言取江都以为帝家，亦委婉之辞。三、四言如果不因传国玉玺已归唐高祖李渊，则炀帝之锦帆龙舟当可巡幸游览至天涯海角。言下则责隋炀帝因游幸无度、大失国力、大失民心，故失玉玺而天下归唐。五、六言萤火当年被炀帝搜尽，至今腐草已不复生此；自古及今，隋堤杨柳亦只有暮鸦噪聒，无复锦帆南幸踪迹。七、八紧切史事，最为警策：炀帝终不以陈后主荒淫败亡为鉴，地下何颜与后主相见，又岂能重问《玉树后庭花》耶？推而广之，唐若不以亡隋为鉴，地下又何颜与炀帝相见！

────

　　1　紫泉：紫渊，水名，唐人避高祖李渊讳改。《史记·司马相如传》："独不闻天子之上林乎？左苍梧，右西极，丹水更其南，紫渊径其北。终始灞、浐，出入泾、渭。"张守节《正义》引文颖曰："西河谷罗县有紫泽，在县北，于长安为北。"此借指长安隋宫。

2　芜城：广陵别称，即隋之江都，今扬州市。

3　"玉玺"句：言传国玉玺终归于唐高祖李渊。玉玺，皇帝传国玉印。日角：古代《相书》称人额骨中央隆起如日者为日角；隆准日角者可以王天下。《新唐书·唐俭传》：俭说高祖曰："公日角龙廷，姓协图谶，系天下望久矣。"

4　"于今"句：史载炀帝于景华宫征求萤火数斛，夜出游山放之，光照山谷。《礼记·月令》："腐草为萤。"

5　"地下"二句：据《隋遗录》载，炀帝在江都梦与陈后主遇，因请后主宠妃张丽华舞《玉树后庭花》。

咏　史

北湖南埭水漫漫[1]，一片降旗百尺竿。
三百年间同晓梦[2]，钟山何处有龙盘[3]？

此江东咏古之作。一句身临其境，道眼前所见惟北湖南
埭，汪洋漫淼，六代繁华，茫如流水，隐寓历史沧桑之叹。二句
拟想，逆溯孙皓之降晋，亦刘梦得"一片降幡出石头"意。三
句言自东吴之亡灭，连下东晋、南朝之宋、齐、梁、陈：三百年
间，如庄生晓梦之虚幻无常，迅即消逝。韦庄云"六朝如梦鸟
空啼"，荆公云"六朝旧事随流水"，同此感慨。末以反问逼出
"钟山何处有龙盘"，点明题旨：虽钟山龙盘，石城虎踞，然山川
险阻又何足恃！何来真"龙"？义山《行次西郊作一百韵》云：
"吾闻理与乱，系人不系天。"六朝所以亡不旋踵，相继而灭，
皆为帝王之荒淫无度，不理国政，与"龙盘虎踞"无涉。此末
句最为警策，屈复云："国之存亡，在人杰，不在地灵，足破堪
舆之说。"

1　北湖：即玄武湖。宋文帝元嘉二十三年（446）筑北堤，立
　　玄武湖，古神话以北方之神曰玄武，故名。《读史方舆纪要》
　　卷二十："（玄武湖）三国吴谓之后湖，后废。晋元帝太兴二年

（319）创为北湖。"而《丹阳郡图经》云："乐游苑，晋时药园。元嘉中筑堤壅水，名为北湖。"未知孰是。南埭（dài）：即鸡鸣埭。据《建康志》载：孙权凿东渠，名青溪，通潮沟以泄玄武湖水，南入秦淮。溪口有埭即南埭，也称青溪闸口。按埭，堵水之土坝。

2　三百年间：六朝得年之数。南朝自宋至陈（420—589）合169年；东晋（317—419），得102年；三国吴（222—280），得58年，共计329年。庾信《哀江南赋》："将非江表王气终于三百年乎？"

3　龙盘：形容山势如盘龙，雄峻绵亘，亦作"龙蟠"。张勃《吴录》："刘备曾使诸葛亮至京，因睹秣陵山阜，乃叹曰：'钟山龙盘，石头虎踞，帝王之宅也。'"

览　古

莫恃金汤忽太平[1]，草间霜露古今情[2]。
空糊赪壤真何益[3]，欲举黄旗竟不成[4]。
长乐瓦飞随水逝[5]，景阳钟堕失天明[6]。
回头一吊箕山客，始信逃尧不为名[7]。

——　　此义山慨古鉴今，咏史之名篇。首二句一篇之主旨，言金城汤池，不可恃也；如草间霜露，日出而晞。"鉴古而知今"，今人若恃金汤之固而忽治国之道，则古今情事如一，此所谓"古今情"也。中四句分咏隋、吴、宋、齐之灭亡，应"古"字。末联以旷语写感愤，回思古贤以鉴今日之乱世，才信隐遁非为窃名，乃不得不然，实叹今世无尧舜，有者惟荒淫之君。此伤唐祚之衰也。陆昆曾引岞岚评曰："满目兴亡，凄然生感。"

——　1　金汤：金城汤池之省称，言金属所造之城，沸水奔流之护城河，古代形容城池之险固，后引申为国家边城无隙可击，故言固若金汤。《汉书·蒯通传》："必将婴城固守，皆为金城汤池，不可攻也。"师古注："金以喻坚，汤喻沸热不可近。"

2　草间霜露：日出则霜露晞，喻瞬息消亡。

3　"空糊"句：言炀帝糊赪壤，欲以芜城（扬州）为都，终于在芜城被弒而国亡。糊,粘,涂;赭垩,赤土,粘和之以饰壁曰"飞文"。胡以梅曰:"建芜城者,空糊赭垩,归于屠灭。"(《唐诗贯珠事释》卷二十三)

4　"欲举"句:言孙吴欲顺应"天命"称帝,亦终归无能实现。《三国志·吴书·孙权传》:"旧说黄旗紫盖,运在江南。"

5　长乐瓦飞:南朝宋废帝以石头城为长乐宫。"瓦飞"喻兵败国亡。《后汉书·光武纪》:"(王)莽兵大溃,会大雷风,屋瓦皆飞。"

6　景阳钟堕:南朝齐武帝置钟景阳楼上,五鼓,则宫人早起梳妆。此言钟堕则五鼓未应,天明不至,亦喻指统治之崩溃。

7　"回头"二句:箕山有许由庙,故称其为"箕山客"。《庄子·逍遥游》载:尧让天下于许由,许由曰:"天下既已治矣,而我犹代子,吾将为名乎?"又《徐无鬼》云:"啮缺遇许由,曰:'子将奚之?'曰:'将逃尧。'"

齐宫词

永寿兵来夜不扃[1]，金莲无复印中庭[2]。
梁台歌管三更罢[3]，犹自风摇九子铃[4]。

此亦刺荒淫误国，不以前朝为鉴，则亡灭旋踵，亦游江东
时作。

一句言南齐废帝东昏侯沉迷潘妃，萧衍兵至而毫无戒备。
据《南齐书·东昏侯纪》载：萧衍兵至金陵城下，东昏侯始议
兵固守，然又拜蒋侯神，使巫朱光尚祷祀祈福退敌，故众皆怨
怨，不为效力；至募兵迎战，出城门数十步，则皆弃甲而归。
是所谓"永寿兵来夜不扃"也。潘妃名玉儿，东昏侯宠妃，凿
金为莲花，令行其上，曰"此步步生莲花也"。萧衍兵入城，见
妃色美，欲纳之，长史王茂谏曰："亡齐者，此物也，不可留。"
萧衍将以赐田安启，潘妃不从，遂自缢死。一代美人，玉殒香
消，此"金莲无复印中庭"也。

三、四自齐而梁，言梁台之于齐宫，不取鉴戒，犹自歌管三
更，风摇九子，其荒淫亡国，有以过之。"无复"者，虽无潘妃
之步步生莲，"犹自"者，一仍玉儿殿饰，风摇九子之铃也。是
梁革齐命，犹蹈其辙。此"齐人不遇自哀而梁人哀之，梁人哀
之而不鉴之"之谓。

　　屈复云："就微物点出，令人思而得之。"纪昀曰："妙从小物寄慨，倍觉唱叹有情。"所谓"微物"、"小物"者，即此"步步生莲"及"风摇九子"之以小见大也。

1　永寿：南齐废帝东昏侯为潘妃所起殿名。《南史·齐本纪下》："(东昏侯)又别为潘妃起神仙、永寿、玉寿三殿，皆饰以金璧。"不扃(jiōng)不关闭。扃，从外关闭门户之门闩，此用作动词，关闭。按在内者谓之楗。

2　"金莲"句：言废帝为潘妃凿金莲花，令行其上曰"步步生莲花"，据《南史·齐本纪下》，详见"评析"。

3　梁台：南朝梁之禁城。晋、宋以后以朝廷禁省为"台"，称禁省为"台城"；此梁之禁省，故称"梁台"。宋洪迈《容斋续笔·台城少城》："晋、宋间谓朝廷禁省为台，故称禁城为台城。"

4　九子铃：古代宫殿、寺观檐前或帐上妆饰有龙凤，而皆衔九子风铃，一般以金银玉石制成；金声玉振。《南史·东昏侯纪》："庄严寺有玉九子铃，外国寺佛面有光相，禅灵寺塔诸宝珥，皆剥取以施潘妃殿饰。"梁元帝《金楼子·箴戒》："齐武帝内殿则张杂色锦旗帷帐，帐之四角为金凤凰，衔九子铃。"此言齐亡梁建，九子铃仍旧，故云"犹自"。

南　朝

地险悠悠天险长[1]，金陵王气应瑶光[2]。
休夸此地分天下，只得徐妃半面妆[3]。

———

　　南朝，东晋后据有江南之宋、齐、梁、陈之合称。按前此三国之东吴、东晋及此四朝均都于金陵（今南京），又总称六朝。故诗中六朝、南朝每借指南都。大中十一年（857）充盐铁推官游江东时作。

　　南朝有"钟阜龙盘，石城虎踞"，而长江天险亦可与北方抗衡；且"金陵王气应瑶光"之祥瑞，何不思振作奋起而坐视神州陆沉！

　　诗之妙在三、四，将徐妃"半面妆"与江左之"分天下"相绾合，谑语中寓史家之冷峻，绝妙之比况！

———

1　"地险"句：言金陵山川地势险要，而长江天堑，长亘围护。
2　王气：旧时指象征帝王的祥瑞之气。《东观汉记·光武帝纪》："美哉王气，郁郁葱葱。"许浑《金陵怀古》："玉树歌残王气终，景陵兵合画楼空。"瑶光：北斗七星之第七星，古时以为象征祥瑞。此云金陵分野正应北斗第七星，为祥瑞，有天子之气。

3　"只得"句：此言南朝所谓金陵王气，才分江南一隅，有如梁元帝之徐妃半面之妆饰。《梁书·世祖徐妃传》载：世祖徐妃讳昭佩，无容质，(梁元)帝二、三年一入房室。妃以帝眇一目，每知帝将至，必为半面妆以俟，帝见则大怒而出。

景阳井

景阳宫井剩堪悲[1]，不尽龙鸾誓死期[2]。
肠断吴王宫外水，浊泥犹得葬西施[3]。

——

　　此亦江东怀古之作。一言张丽华避入井中求生，终是身首分离，抛尸青溪，甚可悲叹。二句"龙"喻陈后主，鸾指张丽华。此句可读为"龙鸾誓死不尽期"，言张丽华与后主虽发誓同生同死，终未能尽其期约。三、四言吴王夫差之宫外，西施沉江，犹免身首异处、抛尸露丑之辱。

　　"犹得"二字，借西施反衬张丽华。可悟义山江东怀古，感六朝兴亡，寄同情于末世后妃横死之惨烈尤过于前朝。

——

1　景阳宫井：又名胭脂井、辱井，为南朝陈景阳殿之井，故址在今南京市玄武湖侧。史载：陈后主祯明三年（589），隋师过江，攻占台城，陈后主与贵妃张丽华、孔贵人三人入避井中，至夜为隋兵以绳引出，后人因称为辱井。剩，甚辞，真也，尽也；亦作"賸"，义通。岑参《送张秘书》："鲈脍剩堪忆，莼羹殊可餐。"剩堪，犹云真堪、尽堪。

2　"不尽"句：言陈后主（龙）与张丽华（鸾）誓同生死，终未能尽其期约。

3　"肠断"二句：言吴灭后，西施虽被沉江，然犹得浊水葬之，不像张丽华身首异处，抛尸青溪露丑受辱。关于西施之死，诸书记载有异。

吴　宫

龙槛沉沉水殿清[1]，禁门深掩断人声[2]。
吴王宴罢满宫醉，日暮水漂花出城。

　　此当为大中末至姑苏，游吴郡城，咏吴宫之作。《读史方舆纪要》卷二十四："(吴郡城子城)亦子胥所筑，周十二里。汉、唐、宋皆以子城为郡治。"此吴故宫也。

　　一、二云水殿轩亭，一片沉寂；宫门深掩，寂无人声，正以反衬"吴王宴罢满宫醉"之醉生梦死也。夫差荒淫无度，长饮至夜尽。宫中宴之不足，则上姑苏台。史称"夫差于台上作长夜饮，子胥谏不听，曰：'吾见麋鹿游于姑苏之台也。'"四句妙在以景结情。沈义父《乐府指迷》云："结句须要放开，含有余不尽之意，以景结情最好。"日暮，水流，花落而漂出宫城之外，寓意显然。纪昀评："含多少荒淫在内，而浑然不觉，此之谓蕴藉。"

1　龙槛(jiàn)：帝王宫中水殿或水榭之栏杆。龙，古为皇帝或宫禁之喻称。槛，栏杆，栏板。《楚辞·九歌·东君》："暾将出兮东方，照吾槛兮扶桑。"洪兴祖补注："槛，栏也。"王勃《滕王阁诗》："槛外长江空自流。"沉沉：沉寂无声。

2　禁门：宫门。

七　夕

鸾扇斜分凤幄开[1]，星桥横过鹊飞回[2]。
争将世上无期别[3]，换得一年一度来[4]？

———

一句拟想织女以鸾扇斜分帷帐，走出凤幄，近于星桥。二言乌鹊翔集，河桥横搭，牛、女桥上相会。三句"争将"，极叹与亡妻人天阻隔，阴阳渺茫；见人间死别，反不如天上一年一度之相会。当为晚年作。

———

1　鸾扇：羽扇之美称。温庭筠《雍台歌》："盘纡栏楯临高台，帐殿临流鸾扇开。"凤幄，绘有凤凰图饰之幔帐。《说文》："幄，大帐也。"

2　星桥：即神话传说之鹊桥。

3　争：犹怎。白居易《题峡中石上》："诚知老去风情少，见此争无一句诗。"争无，怎无，怎能无。无期别：言阴阳两隔之死别。

4　一年一度：指牛、女七夕相会一次。《洛神赋》："咏牵牛之独处。"李善注："牵牛为夫，织女为妇。织女、牵牛之星，各处河鼓之旁，七月七日，乃得一会。"按，牵牛即河鼓，星座名，俗称牛郎星。

七月二十九日崇让宅宴作

露如微霰下前池¹，风过回塘万竹悲²。
浮世本来多聚散，红蕖何事亦离披³？
悠扬归梦唯灯见⁴，濩落生涯独酒知⁵。
岂到白头长只尔？嵩阳松雪有心期⁶。

———　　崇让宅，即洛阳崇让坊王茂元宅。一、二言华筵既散，夜深塘前，触景伤情，故万竹摇晃而如闻悲声。三、四言浮世聚散，固所难免，而红蕖何事亦离披？崇让宅塘中有丛荷，商隐常以比妻子。《夜冷》云："西亭翠被馀香薄，一夜将愁向败荷。"《暮秋独游曲江》云："荷叶生时春恨生，荷叶枯时秋恨成。深知身在情长在，怅望江头江水声。"此红蕖离披，亦寓王氏之亡逝。赵臣瑗云："以聚散为固然，离披为意外，何为者乎？此盖先生托喻以悼王夫人耳。"五、六承"聚散"，言前此归梦，妻已故去，所见者惟灯；今则濩落，无人相慰，惟酒可消愁。七、八言不甘仕途已尽，然万般无奈，惟有空山长住，为岩栖谷隐矣。

　　此诗悼亡。当为梓幕罢归任盐铁推官，逝前所作。

———　　1　霰（xiàn）：雪珠，俗称雪子。《诗·小雅·頍弁》："如彼雨雪,先集维霰。"朱熹《集传》:"雪之始凝者也。"

2　"风过"句:回塘,曲折回绕之池塘。万竹悲,风吹丛竹之萧瑟悲声。崇让宅多大竹。姚宽《西溪丛语》引《韦氏述征记》云:"此坊出大竹及桃。"

3　离披:凋零而分披下落貌。宋玉《九辩》:"白露既下百草兮,奄离披此梧楸。"朱熹《集注》:"离披,分散貌。"

4　悠扬:飘忽不定。王勃《春思赋》:"澹荡春色,悠扬怀抱。"

5　濩(huò)落:即瓠落、廓落,引申为沦落失意。濩落生涯,言一生沦落无用。《庄子·逍遥游》:"以盛水浆,其坚不能自举;剖之以为瓢,则瓠落无所容。"

6　"岂到"二句:言岂能终老永远如此沦落,然嵩山之岩栖谷隐本亦所望。只尔:只么、这么。清徐灏《说文解字注笺》:"(只),今俗用'这'字,亦'只'之转声。这犹是也。"《敦煌变文集·无常经讲经文》:"只磨贪婪没尽期,也须支准前程道。"心期:心之所望,期望。《南齐书·豫章王嶷传》:"居今之地,非心期所及。"

幽居冬暮

羽翼摧残日[1]，郊园寂寞时。

晓鸡惊树雪，寒鹜守冰池[2]。

急景倏云暮[3]，颓年寝已衰[4]。

如何匡国分[5]，不与夙心期[6]。

程梦星云："此乃大中末废罢居郑州时，起句曰'羽翼摧残日'，又曰'颓年寝已衰'，情语显然。"程说以为晚年作，是。柳仲郢大中十二年（858）二月入为刑部尚书，义山罢盐铁推官。《旧唐书》本传称"还郑州，未几病卒"，《新唐书》云"府罢，客荥阳卒"。据"幽居冬暮"，是义山当至本年冬日病逝。

首联言盐铁废罢，郊园寂寞，点"幽居"。二联郊园所见，"冰"、"雪"点"冬"。三联"急景"，言时光急驰，点"冬暮"，亦言"颓年"、"暮年"。结应起句，然匡国之心犹未尝忘也。纪昀评："浑圆有味"，"无句可摘，而自然深至。此火候纯熟之后，非可以力强也"。

1　"羽翼"句：言己之颓年衰暮如禽鸟之羽翅摧折，再不能高飞。汉严忌《哀时命》："势不能凌波以径度兮，又无羽翼而高翔。"

2　鹜(wù)：古人以凫指野鸭，以鹜为家鸭，晋以后野鸭亦称鹜。《左传·襄公二十八年》："公膳日双鸡，饔人窃更之以鹜。"孔颖达疏："凫，野名也；鹜，家名也。"此寒鹜守于冰池，当为家鸭。

3　急景：急驰之时光。鲍照《舞鹤赋》："于是穷阴杀节，急景凋年。"

4　寖(jìn)衰：日渐衰颓、衰落。

5　匡国：匡正国家，辅佐理政。蔡邕《上封事陈政要七事》："夫书画辞赋，才之小者；匡国理政，未有其能。"匡，辅佐、辅助。《诗·小雅·六月》："王于出征，以匡王国。"马瑞辰通释："匡者，助也。'以匡王国'，犹云'以佐天子'也。"

6　夙(sù)心：平素之心愿。《后汉书·赵壹传》："惟君明睿，平其夙心。"《周书·齐炀王宪传》："吾之夙心，公宁不悉，但当尽忠竭节耳。""不与"云云，言与平素之志相违。

向　晚

当风横去幰[1]，临水卷空帷。
北土秋千罢，南朝祓禊归[2]。
花情羞脉脉，柳意怅微微。
莫叹佳期晚，佳期自古稀。

——　　向晚，傍晚、黄昏。向，犹临也；向晚，临近晚上。首言张盖之车将去，当风横阻，水边相遇则卷起车帷于我一瞥。三、四揣度车中女子当是秋千既罢，濯水湔裙而归。五、六“花情”、“柳意”对举，“意”亦情也，言其见我脉脉含羞，而车将远去，故微微怅意。七、八有“佳期”之想，亦车声远去，聊以自慰之辞：虽后会未必，然有此邂逅，亦足令人牵系之。

——　　1　幰（xiàn）：车幔。《广韵》引《苍颉篇》：“帛张车上为幰。”《释名·释车》：“所以御热也。”
　　2　祓禊（fúxì）：古代一种祭祀的名称，源于先民洗濯除恶之俗。《事物纪原》卷八：“《韩诗》曰：‘三月桃花水下之时，郑国之俗，以上巳于溱、洧之上，执兰招魂续魄，祓除不祥。’《宋书》曰：‘魏以后，但用（三月）三日，不复用（上）巳也。’”张志和《上巳日忆江南禊事》：“黄河西绕郡城流，上巳应无祓禊游。”

莫 愁

雪中梅下与谁期，梅雪相兼一万枝[1]。
若是石城无艇子，莫愁还自有愁时[2]。

—— 此怀所思女子"莫愁"，于雪中梅下期其来也。然久待未至。拟想其或无艇子可乘正自愁思，从对面写来，亦翻过一步法。

按此莫愁女，石城（今湖北钟祥县）人，与洛阳卢莫愁无涉。

—— 1 相兼：相同，相似。此言梅花与白雪，漫天皆白。《后汉书·王符传》："故四友虽美，能不相兼。"李贤注：不相兼，言"其能各不同也"。

2 "若是"二句：拟想之辞，言"莫愁"所以未来，恐因无艇子也。乐府古词："莫愁在何处？莫愁石城西。艇子打两桨，催送莫愁来。"

离亭赋得折杨柳二首

暂凭樽酒送无憀[1]，莫损愁眉与细腰。
人世死前惟有别[2]，春风争拟惜长条[3]？

含烟惹雾每依依，万绪千条拂落晖。
为报行人休尽折[4]，半留相送半迎归。

———

　　赋得，沿用古题或摘取古人成句为诗题，题中多冠以"赋得"二字，如梁元帝《赋得兰泽多芳草》。此沿用乐府古题《折杨柳》，故用"赋得"，非试贴、应制或集会分题。离亭，古时于城郊道旁筑亭，供往来旅人歇息之亭，因常于中送别，故称"离亭"。《折杨柳》：乐府曲辞。此离亭留别，借柳寄慨之作。

　　"暂凭"一首。一、二自题中"折"字生出，自行者言之，云樽酒可送无憀，似无须再损折柳枝。"愁眉"、"细腰"喻指柳叶、柳条；"莫损"云云，亦劝慰其莫因分别而伤怀也，见柳枝之依依情态。三、四陡转，似伤别女子之答言，云人世死前，惟别而已！为诉离情正苦，亦何惜春风长条？写柳之不惜哀损以寄伤别之情。

　　"含烟"一首，自柳之角度言之。一、二云含烟惹雾，依依赠别，正我柳之本意；落日离亭，万绪千条，亦何惜为情损折！

三、四又陡转，言今日依依，折柳送行，正为行人速速归来，须当留下一半，以待他时为汝迎归一洗风尘也。

　　两首"言答体"。一首行者言，送者答。二首则以柳之口吻，先言折"我"送行，乃我本意，行者毋虑损我；而后转盼行人速归，言为一半可迎汝也。诗言"愁眉"、"细腰"，送者当为一女子。何义门评曰："惊心动魄，一字千金！"张采田曰："真千古之名篇。"疑此送者或即柳枝也。

1　无憀：无所凭依，无聊赖。《玉篇》："憀，赖也。"

2　"人世"句：言人死以前，惟离别最令人伤痛。江淹《别赋》："黯然销魂者，惟别而已矣。"

3　争：怎。张相《诗词曲语辞汇释》卷二："争，犹怎也。自来谓宋人用'怎'字，唐人只用'争'字。唐玄宗《题梅妃画真》诗：'霜绡虽似当时态，争奈娇波不顾人。'"

4　报：白也，今之言告、告知。《战国策·齐策》："庙成，还报孟尝君。"高诱注："报，白也。"

代　赠

杨柳路尽处，芙蓉湖上头。
虽同锦步障[1]，独映钿箜篌[2]。
鸳鸯可羡头俱白，飞来飞去烟雨秋。

　　此代人赠所思。所思或贵家姬妾之独身者，抑歌妓者流。一、二所居之地，在柳路尽处，荷池边上。三、四言其居止虽如同富豪之家，然孤单寂寞，唯独对金花箜篌而已。结叹其不如鸳鸯可以白头相守，自由来去。以鸳鸯之双飞，反衬其空房独守。末句拟其倚栏独望鸳禽双飞，宕出远神，纪昀所谓"波峭"也。

　　此"代言体"，代友人赠其所思，唐人固有此体，或戏笔，或为人所倩，或诗人心有所系而有意隐去本事而云"代赠"。

1　锦步障：遮蔽风尘或视线之锦制屏幕。《世说新语·汰侈》："君夫作紫丝布步障碧绫里四十里，石崇作锦步障五十里以敌之。"

2　钿箜篌：以金花嵌饰之箜篌。钿，金花。箜篌，一种乐器，《宋书·乐志》谓初名"坎侯"；《隋书·音乐志》谓出西域，有卧式和竖式两种；《旧唐书·音乐志》谓依琴而制，似瑟而较瑟为小，七弦，用拨弹奏。

槿花二首

其　二

珠馆重燃久，玉房梳扫馀[1]。

烧兰才作烛，襞锦不成书[2]。

本以亭亭远，翻嫌脉脉疏。

回头问残照，残照更空虚。

————

《槿花》其一有"三清"、"仙岛"，此首言"珠馆"、"玉房"，自是咏女冠诗，所谓"以花喻人"也。

一句花香，二句花艳，喻其昨夜燃香，晨起妆梳而淡扫蛾眉。三"烧兰作烛"承一、二，重写其香艳，然已是兰膏蜡泪矣，四言其萎落如皱锦。五句"亭亭远"，言其仙品自高。六句"脉脉疏"则花已稀落，言其寂寞自处。张采田云："五、六二句空际传神。"七、八则残照暮落，青春已逝。

诗以槿花之朝荣暮落，叹女冠之苦度青春，寂寞自处。末联融入身世之感。

————

1　"珠馆"二句：珠馆、玉房，以珠、玉为饰之屋，此似指道观。重燃久，言其朝开时之香浓红艳；梳扫，梳蝉髻而扫蛾眉。白居易《美女》云："蝉髻加意梳，蛾眉用心扫。"二句兼咏其红、白二色。

2　"烧兰"二句:《楚辞·招魂》:"兰膏明烛。"王逸注:"以兰香炼膏也。"襞锦,锦皱褶,状槿花之憔悴萎落。不成书,用苏氏织锦回文之事。

重过圣女祠

白石岩扉碧藓滋[1]，上清沦谪得归迟[2]。
一春梦雨常飘瓦[3]，尽日灵风不满旗[4]。
萼绿华来无定所[5]，杜兰香去未移时[6]。
玉郎会此通仙籍[7]，忆向天阶问紫芝[8]。

　　义山借"圣女祠"以比灵都观，"圣女"亦隐指女冠宋华阳。此诗义山借"圣女"而托言年轻时与女仙（女冠）的一段感情经历。

　　首言圣女祠白石岩扉，碧藓青苔，荒凉阒寂，久无人迹。与"松篁台殿"一首相较，对照鲜明。可知此"重过"，当在多年之后；令人有"人去祠空"之感。二云虽事隔多年，而"圣女"仍在此荒山野观，实因有罪而"沦谪"，故未能即归"天阶"。比照"松篁台殿蕙香帏，龙护瑶窗凤掩扉。"似宋氏女冠因犯道规戒律而为贵主所弃，未能随返长安。

　　三、四"梦雨"、"灵风"，即目所见，又绾合云雨巫山，风怀春梦，其于往昔恋情之消逝，情思茫茫。此濛濛细雨（梦雨），微微春飔（灵风），正是诗人旧地重游，抚今追昔，一腔旧情之表露。心中情与祠中境谐合衬贴，亦隐亦秀，实千古名句。贺裳曰："似可亲而不可望，如曹植所云'神光离合，乍阴乍阳'

也。"(《载酒园诗话》又编)

五、六萼绿华、杜兰香,皆以比"圣女"宋华阳。其曾降羊权、张硕,正隐指宋当年之羁恋俗情。萼"隐影化形",故云"来无定所";杜因"年命未合"而离去,故云"去未移时"。用此二事,一暗示其"女仙"(女冠)身份;二暗示当年之情,实属道、俗相恋,其情多有阻隔。

七、八"玉郎",绾合多义。既是天官,又以自指。"玉郎"可美称男子,亦可自况。"会此通仙籍",言自己当年到此玉阳山学道,亦已登"仙籍",今"重过",忆其时曾向"天阶"而问道。"问紫芝",喻求仙学道。

1　碧藓:青绿之苔藓。刘兼《郡斋寓兴》诗:"秋庭碧藓铺云锦,晚阁红蕖簇水仙。"

2　上清:道教三清境之第二境,此指代天官。《云笈七签》卷三:"其三清境者,玉清、上清、太清是也。"卢纶《赋得彭祖楼》:"四户八窗明,玲珑逼上清。"

3　梦雨:迷濛之雨,即绵绵细雨。梦,读如"蒙"。王若虚《滹南诗话》:"萧闲云:'风头梦,吹无迹。'盖雨之至细、若有若无者谓之'梦'。"韦庄《长安清明》"早是伤春梦雨天",皆本此。按"梦雨"双关,言迷濛之细雨飘瓦,亦射神女巫山之梦。《九歌·山鬼》:"杳冥冥兮羌昼晦,东风飘兮神灵雨。"

4　"灵风"句：言春风吹拂，灵幡微动。据"一春"句，则灵风自是春风，而以神灵之仙风称之。

5　萼绿华：女仙，以升平三年（359）十一月十日夜降羊权家，自此往来，一月辄六过，"隐影化形"，故云"来无定所"。见《真诰》。

6　杜兰香：亦仙女，以建兴四年（226）春数诣张硕家，以其"年命未合"而去，故云"去未移时"。见《晋书·曹毗传》，《集仙录》卷五，《搜神记》卷一。移时：比片时略长，即经历一段时间。

7　玉郎：道教传天宫小官名，俗世常以借称年轻男子或情侣，此处当是义山自指。详见"评析"。会此：到此。《广雅·释诂三》："会，至也。"

8　天阶：天宫之殿阶，此指天宫。《神仙传》："仙人者，或竦身入云，无翅而飞；或驾龙乘云，上造天阶。"杜牧《秋夕》："天阶夜色凉如水，卧看牵牛织女星。"紫芝：灵芝，传为瑞草，食之可飞升成仙。问紫芝，言学道求仙。

水天闲话旧事

月姊曾逢下彩蟾[1]，倾城消息隔重帘[2]。
已闻珮响知腰细，更辨弦声觉指纤。
暮雨自归山峭峭[3]，秋河不动夜厌厌。
王昌且在墙东住，未必金堂得免嫌[4]。

————

此篇一题作《楚宫》，据《才调集》改。此亦玉阳山系列之恋诗。

白居易《宿湖中》云："水天向晚碧沉沉。"温庭筠《瑶瑟怨》："碧天如水夜云轻。"此于目下水天一色时与友人"闲话"。首句"曾逢"二字点明"旧事"，言曾逢伊人如嫦娥自月宫而下。二云彼姝有倾城之貌，然"重帘"阻隔，未得相亲。《月夜重寄宋华阳姊妹》云："偷桃窃药事难兼，十二城中锁彩蟾。应共三英同夜赏，玉楼仍是水晶帘。"此"彩蟾"喻宋华阳，被锁于"十二城中"，亦"月姊"嫦娥也。二诗异处在一言"锁"，一言"下"；一言"水晶帘"阻隔，一言"重帘"相阻。又《无题》云："紫府仙人号宝灯，云浆未饮结成冰。如何雪月交光夜，更在瑶台十二层。"三首所咏当同一女冠，或即华阳宋氏其人。三、四应"曾逢"，言虽未能相亲，而亦近在咫尺："已闻珮响"，"更辨弦声。"思其不得，而拟想其"腰细"、"指纤"，其入非非之境矣，极相思之致，情而不亵。五、六神来之笔。
冯浩曰："神味胜上联。"其"神"在"暮雨自归"，怊怅之情宛
然，"归"而著一"自"，极写其孤独失意；"自归"又在"暮雨"
之时，又极苍茫迷渺之致；"暮雨自归"更染以"山峭峭"，则归
途中惟见山形朦胧高峻，无言以对：使人如见一痴迷者、失意
者于山间踽踽而行。待归来之后，彻夜不眠，起望银河，惟觉
其厌厌夜长，而心中所念则在牛、女渡河，一年一会，神韵何其
悠长！七、八怨之之辞，心有未足，情有未遂，故怨之亦自解
之。王昌自比，而以彼姝比莫愁，言汝"郁金堂"外，墙东即我
所居，虽汝避嫌远我，亦未必不使人生疑猜。

1　月姊：月里嫦娥。彩蟾：见《燕台诗》注2。

2　倾城：形容女子绝色美貌。重帘：层层帘幕。

3　峭峭：高峻貌。厌厌：安静貌，言夜间一片静谧。《诗·秦
风·小戎》："厌厌良人。"毛传："厌厌，安静也。"

4　"王昌"二句：言我只在尔室墙东，尔在金堂不见我，亦未必
能避人嫌猜，言下不如掀重帘而一见。王昌，义山自比。

赠白道者

十二楼前再拜辞¹，灵风正满碧桃枝²。
壶中若是有天地，又向壶中伤别离³。

——   此留赠白道士。一言与白道士于道观前再拜辞别。二叙
拜别时观前景象。碧桃、灵风，点时在春日，又切道境。"灵风
碧桃"，春风吹拂桃枝，著一"灵"字，一"碧"字，则仙道情韵
立见，且渲染伤别之情。三句由白道士而及于壶公悬壶。四
由拜辞相别而及于壶中伤别。既写白道士之伤别，亦抒己之
为辞别而伤感。

——   1 十二楼：《集》中屡见。详《月夜重寄宋华阳姊妹》、《无
题》（紫府仙人）等注。再拜：重复拜，拜了又拜，表示郑重、谨
敬，为古时一种礼仪。《论语·乡党》："问人于他邦，再拜而送
之。"《史记·孟尝君列传》："坐者皆起，再拜。"
2 灵风：仙风，此实指春风。参见《重过圣女祠》注4。
3 "壶中"：此道教传说壶公事，《云笈七签》卷二十八引《云
台治中录》与《后汉书·费长房传》有异。据《后汉书》云：有
一老翁卖药，悬一壶，及市罢，辄跳入壶中。市人莫之见，唯费
长房于楼上睹之。长房异焉，再拜奉酒脯。翁知其意。教长

房术，与俱入壶中，唯见玉堂严丽，旨酒甘肴盈衍其中，共饮毕而出。后长房即隐沧仙路。李白《赠饶阳张司户燧》："蹉跎人间世，寥落壶中天。"

花下醉

寻芳不觉醉流霞[1]，倚树沉眠日已斜。
客散酒醒深夜后，更持红烛赏残花[2]。

———　此可作赏花、爱花读，亦可作艳诗解。"芳"、"花"于古均有喻义。

今以寻花、爱花解之。一句言出游寻花，为花之艳丽所陶醉，"流霞"双关。二言因为花所醉，于日暮苍茫时倚树沉眠。三言沉眠至深夜酒醒，客已散去。四言花兴未减，虽花已残，乃于夜深之时又秉烛赏之。

———　1　流霞：传为仙人之饮料。《论衡·道虚》："口饥欲食，仙人辄饮我以流霞一杯；每饮一杯，数日不饥。"此处借指美酒佳酿。
2　"更持"句：司空图《落花》云："五更惆怅回孤枕，自取残烛照落花。"苏轼《海棠》云："只恐夜深花睡去，高烧银烛照红妆。"二诗本此。（钱钟书《谈艺录补订》引）

日　射

日射纱窗风撼扉，香罗拭手春事违[1]。
回廊四合掩寂寞，碧鹦鹉对红蔷薇[2]。

　　此代一少妇抒空闺寂寞之情，"春事违"乃一篇之主旨。春事，春光，喻指男女欢情；违，乖隔、乖异。

　　一、二极写深闺之寂寞、无聊景况。房外日射风撼，见窗门紧闭；室内香罗拭手，见其无所事事，此皆因"春事违"也。三句自闺室扩延至回廊，言回廊亦四面围合，所掩惟一腔寂寞而已。末句以艳景写凄情，不惟碧鸟对红薇，我亦与碧鸟、红薇寂寞相对也。纪昀曰："佳在竟住，情景可思。"

　　1　香罗：绫罗之美称，此指香罗帨，俗称香罗佩巾。温庭筠《七夕》："神轩红粉陈香罗，凤低蝉薄愁双蛾。"按古代女子出嫁时，由母亲授帨（香罗佩巾），以拭擦不洁。在家时挂于门右，外出时系于腰左。《诗·召南·野有死麕》："无感我帨兮。"毛传："感，动也；帨，佩巾。"《仪礼·士昏礼》："（女子出嫁）母施衿结帨曰：'勉之敬之，夙夜毋违宫事。'"郑玄注："帨，佩巾也。"春事违：言夫妇暌隔，欢爱乖异。春事，春光，此喻男女欢情；违，暌隔、乖异。

2　碧鹦鹉：羽毛青绿色之鹦鹉。《本草纲目》："绿鹦鹉出陇蜀，而滇南、交广，近海诸地尤多。"

偶题二首

其一

小亭闲眠微醉消，山榴海柏枝相交[1]。
水文簟上琥珀枕[2]，旁有堕钗双翠翘[3]。

　　一句小亭闲眠，微醉始消。二句信手拈来，即景比况，在有意无意之间。而"山榴"、"海柏"，境界独辟，喻象贴切美艳，且富有象征之韵致。"山"、"海"相交，亦山水相恋之意。较之蜂蝶、鸾凤、巫山、云雨，则尤见境界之新。三、四潇湘浪上，琥珀枕边，惟见堕钗、翠翘，其细节极具暗示性。纪昀曰："此艳诗之工者。"

1　山榴：亦称山石榴，即杜鹃花，又名映山红。《事物异名录》引《格物总论》："杜鹃花，一名山石榴，又名山踯躅。"刘禹锡《伤愚溪三首》其一："隔帘惟见中庭草，一树山榴依旧开。"海柏：不详。其枝可与杜鹃相交，则非柏树可知。李德裕《草木记》："凡花木名'海'者，皆从海外来，如海棠之类是也。"意海柏亦自海外传入，一种似柏之花木。

2　水文簟（diàn）：织有水波纹之竹席。李益《写情》："水纹珍簟思悠悠，千里佳期一夕休。"琥珀枕：琥珀所制之枕。

3 翠翘：原指翠鸟尾上之长羽，古时借指妇人的一种首饰，其
状似翠鸟尾上之长羽，故名，韦应物《长安道》："丽人绮阁情飘
摇，头上鸳鸯双翠翘。"

代赠二首

楼上黄昏欲望休，玉梯横绝月中钩[1]。
芭蕉不展丁香结[2]，同向春风各自愁。

东南日出照高楼[3]，楼上离人唱石州[4]。
总把春山扫眉黛，不知供得许多愁[5]。

———

此代友人赠所思之作，二首全从对面写来，拟想所思女子日夜思念远人情景。

首章。一、二言所思女子黄昏时于层楼上凭栏远望，欲望还休；惟见天际弦月如钩。"月中钩"，则月缺不圆，寄寓远人不归。三、四俯见园中芭蕉之心紧裹，丁香固结，即景为喻，故拟想二人同时异地，同向春风，各自含愁。此章写晚暝月夜之相思。

次章。此则言白日之相思。一、二拟想所思女子高楼日照，全无意绪，惟于楼中唱《石州》离曲。三、四言眉蹙凝愁，纵画眉黛，难扫愁思。

此二诗前人极称赏，杨万里云首章"四句全好"，纪昀云"二首情致自佳"。

1　玉梯：犹玉楼、玉栏；指梯连层楼，凭栏而望。杜牧《贵游》："门通碧树开金锁，楼对青山倚玉梯。"横绝：横越，超越，言玉梯横接层楼。

2　"芭蕉"句：言芭蕉之心紧裹，丁香固结不放，均比愁心不开，固结难解。张说《戏题草树》："戏问芭蕉叶，何愁心不开。"杜甫《丁香》："丁香体柔弱，乱结枝犹垫。"

3　"东南"句：《陌上桑》："日出东南隅，照我秦氏楼。"

4　《石州》：乐府商调曲。《乐府诗集》卷七十九引《乐苑》曰："《石州》，商调曲也，又有舞《石州》。"《石州》词曰："自从君去远巡边，终日罗帏独自眠。"

5　"总把"二句：言纵使以黛粉扫画眉毛，亦不知能容得多少相思之愁苦。总，用同"纵"，纵使。春山，比女子姣美之眉毛。春日山色黛青，线条和缓，常以喻女子眉棱。《西京杂记》卷二："文君姣好，眉色如望远山。"供，陈设、摆放、容下，言不知容得下几多愁怅也。《说文》："供，设也。"段玉裁注："设者，施陈也。"

为　有

为有云屏无限娇[1]，凤城寒尽怕春宵[2]。
无端嫁得金龟婿[3]，辜负香衾事早朝。

———

此与王昌龄《闺怨》异曲同工。亦"忽见陌头杨柳色，悔教夫婿觅封侯"之意。"陌头杨柳"，春日也；"寒尽春宵"，春夜也。言闺中少妇每至春日、春宵，因夫婿为"觅封侯"而临边，或为佩金龟而政事劳碌，令己伤春孤寂，无以为怀。本拟妇随夫贵，共荣华，反而闺中寂寞难耐，莫如夫唱妇随，共有双栖之为愈。"无端"二字下得妙，盖叹人生每每事与愿违，即令封侯佩龟，又何如哉！得之多，失之亦多！

———

1　云屏：云母石所制之屏风。
2　凤城：指京都长安。杜甫《夜》云："步蟾倚杖看牛斗，银汉遥应接凤城。"仇兆鳌注引赵次公曰："秦穆公女吹箫，凤降其城，因号丹凤城。其后言京城曰凤城。"
3　无端：无奈，表示事与愿违，或无奈何，没办法。金龟婿：指佩带金龟袋的三品官员之夫婿。金龟，金龟袋，唐代高级官员的一种佩饰。

赠歌妓二首

水精如意玉连环[1]，下蔡城危莫破颜[2]。
红绽樱桃含白雪[3]，断肠声里唱阳关[4]。

白日相思可奈何，严城清夜断经过[5]。
只知解道春来瘦，不道春来独自多[6]。

诗有"断肠声里唱阳关"，当是离筵之作。唐人离席，常倩歌女唱曲侑觞。此似歌女知义山其名，而求题诗，义山以赠。

首章一句赋而兼比、兴。言此歌女以如意和玉连环按拍而歌；又言其如水晶、如玉之清纯，绝无瑕疵；又兴其曲调高雅，歌喉圆润，连声婉转，真绝妙开篇。二句称美其艳色，若嫣然一笑，则惑阳城、迷下蔡矣。今下蔡城危，倩莫破颜而笑，何等婉曲！若直言其美，则成呆句死句。故何义门评曰："隽妙！"三、四言其离筵清歌，樱桃小口，洁齿如雪，其所唱《阳关曲》，令人闻之断肠矣。

次章一、二云白日相思，情已无奈；严城清夜，断难相聚，意日夜思之，亦戏赠之辞。三、四言只是道我春思难耐，日消一日，却不知道伤春、怀思之情，惟我独多也。

1　如意：古搔杖名，梵语"阿那律"之意译。脊背痒，手所不到，可以搔抓。以其搔痒可如人意，故称。亦作指划、击节、防身之用。多以玉石、水精、骨角、竹木、铜铁为之；富贵之家亦以金玉为之，如意长一、二尺，或三尺许，前端作手指形。《晋书·王敦传》："以如意打唾壶为节，壶边尽缺。"此处指歌女手执水晶如意以按板应歌。玉连环：连结成串之玉环，环环相套，又称连环套。

2　下蔡城危：下蔡，县名，春秋时州来之邑。《左传·哀公二年》："蔡昭侯自新蔡迁于州来，谓之下蔡。"破颜：露出笑容，笑。宋之问《发端州初入西江》："破颜看鹊喜，拭泪听猿啼。"

3　樱桃白雪：樱桃喻歌女之小口；白雪，喻齿牙之洁白，兼隐含其歌为高雅之《阳春》、《白雪》。孟棨《本事诗·事感》："樱桃樊素口，杨柳小蛮腰。"宋玉《对楚王问》："其为《阳春》、《白雪》，国中属而和者，不过数十人而已。"

4　阳关：指唐代歌诗《阳关三叠》，又称《渭城曲》，本王维《送元二使安西》"西出阳关无故人"；入乐府为送别之曲，故称《阳关三叠》。白居易《晚春欲携酒寻沈四著作》云："最忆《阳关》唱，珍珠一串歌。"刘禹锡《与歌者何勘》："旧人惟有何戡在，更与殷勤唱渭城。"

5　严城：城门戒备森严。何逊《临行公车》："禁门俨犹闭，严城方警夜。"

6　解道：会道，会说。张相《诗词曲语辞汇释》卷一："解道，犹云会说也。"不道：犹云："言只知我瘦，不知我为无伴而相思，以至于瘦也。"

歌　舞

遏云歌响清[1]，回雪舞腰轻[2]。
只要君流盼[3]，君倾国自倾。

此戒君主之色荒也。前朝陈叔宝，本朝李隆基，皆荒于
色，所谓"城外韩擒虎，楼头张丽华"，所谓"渔阳鼙鼓动地来，
惊破霓裳羽衣曲"。歌舞，色之形者也；亡国之君多沉溺其中。
"只要"二字，深警！言"遏云"之声，"回雪"之舞，只要君流
盼，不问其他。句似讽宫中之歌儿舞女，实刺君上之日日"流
盼"、沉溺。故末句揭示题旨："君倾国自倾"也。

1　遏云：使流云停止不行。《列子·汤问》：秦青"抚节悲歌，
声振林木，响遏行云。"
2　回雪：曹植《洛神赋》："飘摇兮若流风之回雪。"许浑《陪
王尚书泛舟莲池》："舞疑回雪态，歌转遏云声。"
3　流盼：目转动貌，犹流眄。白行简《望夫化为石赋》："念远
增怀，凭高流盼。"

流　莺

流莺飘荡复参差，渡陌临流不自持[1]。
巧啭岂能无本意[2]，良辰未必有佳期。
风朝露夜阴晴里，万户千门开闭时[3]。
曾苦伤春不忍听，凤城何处有花枝[4]？

————　　此诗有"风朝露夜"、"万户千门"的背景描写，有"飘荡
巧啭"、"渡陌临流"的飞动姿态，有"不自持"、"曾苦伤春"的
心志抒发，特别是末句对"凤城花枝"的企求，诗之寄托呼之
欲出。读者可以认为是自伤爱情无望，为失恋之情诗，又可自
"莺迁乔木"喻指企望登第。然仔细琢磨，诗又非早年在长安
所作，"曾苦"二字透出此中消息。冯浩即敏锐地指出，三联
"追忆京华莺声，故下接'曾苦'"。因此，若为晚年于多处幕
府"飘荡"后所作，似更切合。联系商隐生平，其"不自持"似
自怨早年入令狐之门，后虽李党执政（良辰），却未能升擢（未
必有佳期）。理想破灭，哀伤不忍卒听，即使飘荡一世，而"春"
又何曾有！姚培谦笺云："此伤己之飘荡无所托，而以流莺自
寓也。"

　　"流莺伤春"为本诗之中心意象。

　　"巧啭岂能无本意，良辰未必有佳期"，哲理、诗情、形象兼

美,唐诗中难得之秀句。

1　自持:自守,自我克制。《史记·儒林列传》:"(兒)宽为人温良,有廉智,自持,而善著书。"元稹《莺莺传》:"特愿以礼自持,无及于乱。"

2　巧啭:莺婉啭鸣叫。《毛诗草木鸟兽虫鱼疏》:"莺以善啭,鸟以悲啼。"

3　万户千门:暗点流莺在京华。《汉书·东方朔传》:"起建章宫,左凤阙,右神明,号千门万户。"

4　凤城:亦作丹凤城,唐时大明宫前有丹凤门,故称。沈佺期《独不见》:"白狼河北音书断,丹凤城南秋夜长。"

和张秀才落花有感

晴暖感馀芳，红苞杂绛房[1]。
落时犹自舞，扫后更闻香。
梦罢收罗荐，仙归敕玉箱[2]。
回肠九回后[3]，犹有剩回肠。

———

　　首联言馀芳感晴暖而飘散，红苞绛房亦因晴暖而竞艳，一香二态，此落前也。三落时，"犹自舞"，飘洒纷然之态，寓虽落而不悔；四扫后，"更闻香"，香气犹存，著一"更"字，言形去神存，花之本色如此，无待人为也。五、六言其梦断仙归，惜其终去不可复返，故七、八有感于花落而回肠九转也。据末联之伤语及"梦罢"、"仙归"，义山于落花似有寄托，非仅惜花之落，实为惜人之殒，是则"落花"当为一女子。

———

1　绛房：深红色之花蕊。苏轼《野人家杂花盛开扣门求观》："缥蒂缃枝出绛房，绿阴青子送春忙。"本此。

2　"梦罢"二句：梦罢、仙归喻指花落。罗荐，罗制之垫，此指代帷幕。红苞绛房，繁花缀枝，而花落则收矣。玉箱，谓乘舆。《晋书·左贵嫔传》："其舆伊何，金根玉箱。"敕玉箱，言花落如仙子之整驾归去。

3　回肠九回：司马迁《报任安书》："是以肠一日而九回。"

一　片

一片琼英价动天[1]，连城十二昔虚传[2]。
良工巧费真为累，楮叶成来不值钱[3]。

———

此"一片琼英"，自喻甚明。

一、二自负语，言己之才华如一片琼玉，有"动天"之价。"动天"有寓意，既言价高，又比己之才华原应致身朝廷，据之要津。然此连城之价，亦徒托虚名而已。三句"良工巧费"，似比入令狐之门，不惟无助"动天"之价，反成一生之累。四句"楮叶成来"，则既成进士，反不值一钱，一生沉沦记室矣。

———

1　琼英：美石之似玉者，亦作瑛。《诗·齐风·著》"尚之以琼英乎而。"陈奂《传疏》："英者，瑛之假借字。《说文》：'瑛，玉光也。'"瑛本为玉光，引申为石之似玉。

2　连城十二：此言一片琼英，价值连城，即可与十五座列城相等。朱鹤龄以为"十二"，当作"十五"，可从。《史记·廉颇蔺相如列传》："赵惠文王时，得楚和氏璧。秦昭王……愿以十五城请易璧。"晋张载《拟四愁诗》之二："佳人遗我云中翮，何以赠之连城璧。"

3　"良工"二句：此言弄巧成拙也。《列子·说符》："宋人有为其君以玉为楮叶者，三年而成。锋杀茎柯，毫芒繁泽，乱之楮叶中而不可别也。此人遂以巧食宋国。子列子闻之曰：'使天地之生物，三年而成一叶，则物之有叶者寡矣。'"《韩非子·喻老》所载略同。楮(chǔ)叶：楮，一种落叶乔木，叶有硬毛，亦称构、榖。《山海经·西山经》："鸟危之山，其阳多磬石，其阴多檀、楮。"

月

过水穿帘触处明[1]，藏人带树远含清[2]。
初生欲缺虚惆怅[3]，未必圆时即有情。

———

此望月而有所感悟，咏月而翻前人既成之案：月圆于人未必有情，人生愁恨与月之圆缺了无关合，亦《流莺》云"良辰未必有佳期"之意。

一言月光过水穿帘，触照之处，一片明艳，写其明。二言月影深可藏人，笼盖树木，远含清光，写其清。三云初生之月（未圆）与欲缺之月（圆后生魄），人徒然惆怅。"虚"字逗下，言月圆之时，于人亦未必有情。

———

1　触处：到处、随处；此言月光所照之处。《南史·循吏传》："歌谣舞蹈，触处成群。"
2　藏人带树：言月影深可藏人，映照树木。藏，使动词，言月影深而可使人藏；带，笼盖，映照。阴铿《渡青草湖》："带天澄迥碧，映日动浮光。"元稹《遭风二十韵》："暝色已笼秋竹树，夕阳犹带旧楼台。""带"与"映"、"带"与"笼"，皆对文互义。
3　虚：空，徒然。

霜　月

初闻征雁已无蝉[1]，百尺楼南水接天[2]。
青女素娥俱耐冷[3]，月中霜里斗婵娟[4]。

一句蝉咽雁飞，暮秋风急。二句登高南眺，霜月如水。水，喻霜华，与皎洁之秋空一色，故云"水接天"。登"百尺楼"，隐含高情远意，言己有忧国忘家、匡国救世之志，然蝉咽雁征，秋高霜冷，不胜寒栗。纪昀云："首二句极写摇落高寒之意，则人不耐冷可知，却不说破，只以青女、素娥对照之，笔意深曲。"纪评是。所谓"对照"，一以青女、素娥之"耐冷"与己之不耐高寒对照；一以己之"忧国忘身"、匡国救世之意与青女、素娥之霜中斗妍争艳相映，寄托遥深。

青女主霜雪，秋日肆虐，以比牛党；月里素娥，似比"李党"。

1　征雁：飞雁，多指秋日南翔之雁。陶渊明《己酉岁九月九日》："哀蝉无留响，征雁鸣云霄。"

2　百尺楼：泛指高楼。诗中用此，常寓高情远意，忧国忘身有救世之意。见《安定城楼》"评析"。

3　青女：传说中主霜雪之女神。《淮南子·天文训》："至秋三月……青女乃出，以降霜雪。"高诱注："青女，天神，青霄玉女，

主霜雪也。"素娥：嫦娥，月色白，故称。谢庄《月赋》："集素娥
于后庭。"李周翰注："月色白，故云素娥。"

4　婵娟：色态妍美。

贾　生

宣室求贤访逐臣[1]，贾生才调更无伦[2]。
可怜夜半虚前席[3]，不问苍生问鬼神。

贾生，即贾谊(前201—前169)，汉文帝时官太中大夫，后为权臣所谗，出为长沙王太傅。生，先生之省称，亦泛指有德行、有才学之人。

首言汉文帝渴求贤才，而征召逐臣贾谊。二句言文帝征询鬼神事后，感叹贾生才调更无与伦比。三、四申足二所以"才调无伦"之处：原来贾生于鬼神之事皆能"俱道所以然之状"，"前席之虚，今古盛典"(《史记》、《汉书》本传)。然文帝所问并非国计民生之事，却问"鬼神之本"，此见文帝之不惟不能用贤，亦庸碌之主，故曰"可怜"。

此托古讽时，感贾谊之才不为所识、不为所用而致慨。言外有圣明如汉文尚且如此，况于平庸昏昧，佞惑佛道，迷于鬼神者哉！此篇寓大议论于铺叙，有案有断，断在案中，诗情史笔兼具。三、四所以令人讽诵感叹者，在"可怜"与"虚"，在"不问"与"问"之一气转旋而又波澜回环。纪昀云："以咏叹出之"，所谓"旗亭风雪中，听双鬟发声，足令人回肠荡气也"(《玉溪生诗说》)，可谓善喻善评。

武宗佞道，信鬼神，诗似刺武宗。

1　宣室：汉未央宫之宣室殿，借代朝廷，此指汉文帝。

2　才调：犹言才情学识，或才气风调。《晋书·王接传论》："王接才调秀出，见赏知音，惜其夭枉，未申骥足。"无伦：无与伦比，无可匹比。

3　可怜：可惜、可叹。虚前席：言徒然前席也。《史记·商君列传》："卫鞅（商鞅）复见孝公，公与语，不自知膝之前于席也。"按古人席地而坐，言谈相投则更欲近之，因而不自觉而移膝向前。

马嵬二首

冀马燕犀动地来[1]，自埋红粉自成灰[2]。
君王若道能倾国[3]，玉辇何由过马嵬[4]？

海外徒闻更九州，他生未卜此生休[5]。
空闻虎旅传宵柝[6]，无复鸡人报晓筹[7]。
此日六军同驻马[8]，当时七夕笑牵牛[9]。
如何四纪为天子[10]，不及卢家有莫愁[11]？

马嵬（wéi）：即马嵬坡，故址在今陕西兴平县西北二十三里；古时称马嵬城，又称驿，亦称坡，或称堡。《元和郡县图志》卷三："马嵬故城，在（兴平）县西北二十三里。马嵬于此筑城以避难，未详何代人也。"按《随园随笔》引《学圃萱苏》云："马嵬，晋人。"

首章。明皇、杨妃事，唐以来多以"女祸误国"刺杨妃而为明皇开脱。义山《马嵬》诗于哀叹感悼之中，指出明皇失国之责任全在自己，所谓"自埋红粉自成灰"也。三、四以反诘收，言下之意，明皇于玉环之"爱情"纯属虚拟，所谓"思倾国"，所谓长生殿"夜半私语"只是蛊誓。

次章向为诗家所称道。起句破空而至，最是妙境。平庸作手会从史事述起,而诗人却从一件奇闻异事切入,如"危峰蠹天,当面崛起"(吴乔《围炉诗话》卷一),寓历史兴亡于感慨突兀之中。明皇思杨妃,史有明文记载;至马嵬而"自埋红粉",返京师则"迁入南内",皆是"此生休矣"。或寄望来世再结同心,而"他生未卜"。中二联只将"虎旅传宵柝"、"鸡人报晓筹","六军同驻马"、"七夕笑牵牛"之细节,两两对举,便概括悲剧之整个过程。宋范温云:"如亲扈明皇,写出当时物色意味也。"(《诗眼》)清沈德潜以为五、六"用逆挽法,诗中得此一联,便化板滞为跳脱"(《说诗晬语》)。末联委婉感讽而又精深警策。言明皇当了四十馀年天子,保不住一个妃子,连普通百姓都不如!"如何四纪为天子,不及卢家有莫愁",是深邃的哲理性思索,而以史家的冷峻之笔出之,表现了李商隐的政治敏锐,又充溢着诗人感时伤逝之情。

1　"冀马"句:言安禄山、史思明于天宝十四载(755)发动叛乱。冀马燕犀:古冀州北所产之马骠悍善战,古燕地所产之犀甲防护坚固。徐陵《为贞阳侯与太尉王僧辩书》:"跃冀马者千群,披燕犀者万队。"虞世南《从军行》其一"冀马楼兰将,燕犀上谷兵。"此处指代安史叛军,时安禄山兼平卢、范阳、河东三镇节度使;叛起,国号燕。

2　自埋红粉:言唐明皇奔蜀至马嵬,军人哗变,被迫缢死杨玉环。红粉，系指妇女妆用之胭脂、铅粉，此指代杨玉环。《古诗十九首·青青河畔草》："娥娥红粉妆，纤纤出素手。"按《旧唐书·杨妃传》："及潼关失守，从幸至马嵬，禁军大将陈玄礼密启太子诛国忠父子。既而四军不散，玄宗遣力士宣问，对曰'贼本尚在'。盖指贵妃也。力士复奏，帝不获已，与妃诀，遂缢死于佛室，时年三十八，瘗于道侧。"

3　倾国：原指美色之迷人，亦借代美女。《汉书·外戚传上》："延年侍上起舞，歌曰：'北方有佳人，绝世而独立。一顾倾人城，再顾倾人国。宁不知倾城与倾国，佳人难再得。'"白居易《长恨歌》："汉皇重色思倾国。"蘅塘退士曰："思倾国，果倾国矣。欲而得之，何恨之有？"

4　玉辇(niǎn)：天子车驾，以玉为饰之车轿。潘岳《籍田赋》："天子乃御玉辇，荫华盖。"杜牧《洛阳长句》其二："连昌绣岭行宫在，玉辇何时父老还？"

5　"海外"二句：言海外更有九州，纯属传闻；夫妇之间来生难卜而此生却已休矣。原注："邹衍云：'九州之外，更有九州。'"相传唐明皇命方士致贵妃之神于蓬莱，约以他生定相会见。见陈鸿《长恨歌传》及白居易《长恨歌》。

6　虎旅：帝王之卫队、警卫，为虎贲氏与旅贲氏之并合省称，二者均掌帝王警卫。此指陈玄礼所率之羽林军。

7　鸡人：周时掌供办鸡牲及报时警夜之官，此处指宫中专司更漏之人。《周礼·春官·鸡人》："鸡人掌供鸡牲,辨其物;大祭祀,夜呼旦以警百官。"南朝梁陆倕《新刻漏铭》:"坐朝晏罢,每旦晨兴,属传漏之音,听鸡人之响。"晓筹:拂晓之更筹,亦指拂晓时刻。王维《和贾舍人早朝大明宫之作》:"绛帻鸡人报晓筹,尚衣方进翠云裘。"

8　六军驻马:指扈从之羽林军驻马不前,进而哗变。六军:天子所统率之军队,此处指唐之禁军六军。《周礼·夏官·序官》:"凡制军,万有二千五百人为军。王六军,大(诸侯)国三军,次国二军,小国一军。"《新唐书·百官志四》:"左右龙武、左右神武、左右神策,号六军。"

9　"当时"句:天宝十载(751)七夕,明皇、杨妃于长生殿密约世世为夫妇,而感羡牛、女之情厚。张相《诗词曲语辞汇释》:"此为羡慕牛女之意。"

10　四纪:一纪十二年,玄宗在位四十五年,此举成数。《尚书·毕命》:"既历三纪。"孔传:"十二年曰纪。"《国语·晋语四》:"蓄力一纪,可以远矣。"韦昭注:"十二年岁星一周,为一纪。"

11　"莫愁"句:意谓当了四十多年皇帝,不及民间百姓夫妇之能相守到老。莫愁,指代普通民女。

龙　池

龙池赐酒敞云屏[1]，羯鼓声高众乐停[2]。
夜半宴归宫漏永，薛王沉醉寿王醒[3]。

　　首言明皇、贵妃于兴庆宫赐酒，撤去云母屏风，以家宴而亲属之间无须屏隔，言外见杨氏等妃嫔皆与焉。按宫中以屏风隔内外，使内之妃嫔与外之诸王亲眷等不得混杂。今云一敞，杨妃自在宴中，为末句"寿王醒"伏线。二句言宴会气氛热烈。《新唐书·礼乐志》云："帝又好羯鼓"，"常称'羯鼓，八音之领袖，诸乐不可方也'"。"羯鼓声高"，言明皇于宴中亲司羯鼓，指挥歌舞，酣畅独擅而众器乐皆停。此以热闹之场面反衬"宫漏永"、"寿王醒"。三、四言宴会进行至夜深，诸王及其眷属均已归第，而独拈出薛王李玠与寿王李瑁，一"醉"一"醒"以为对照映衬。薛王心中无事，酒兴甚浓，酩酊而归，"沉醉"而眠；寿王则一夜辗转，反侧不寐，惟听宫漏声声，似绵续不尽。诗至此一煞，言外之意正在"寿王醒"三字得之：寿王当于"龙池赐酒"之时，目睹曾为自己王妃之杨玉环，正受着父皇如许恩宠；其间或目成，或回避，或故作言笑，或痛苦静默，均极尴尬而难以自解。末句讽刺之意，全在言外。

——

1　龙池：在兴庆宫内。宋程大昌《雍录》卷四："京城东南角有坊名隆庆，中有明皇为诸王时故宅。宅有井，井溢成池。中宗时数有云龙之祥，帝亦数幸以厌当之，后引龙首堰水注池，池面益广，即龙池也。明皇开元二年（714）七月，以宅为宫……改'隆'为'兴'，是为兴庆宫也。"按此言"龙池赐酒"，即于兴庆宫内赐酒。

2　羯（jié）鼓：一种打击乐器，源于印度，经由西域传入中土，盛行开元、天宝间，明皇尤善羯鼓。《通典·乐典》："羯鼓正如漆桶，两头俱击；以出羯中，故称羯鼓。"

3　薛王：睿宗第五子李业封薛王，开元二十二年（734）薨，天宝三载（744）其子李琄嗣王位，见《旧唐书·玄宗纪》。此言薛王，当指李琄。寿王：玄宗第十八子李瑁，先娶杨玉环为王妃。

曲　江

望断平时翠辇过[1]，空闻子夜鬼悲歌[2]。
金舆不返倾城色[3]，玉殿犹分下苑波[4]。
死忆华亭闻唳鹤[5]，老忧王室泣铜驼[6]。
天荒地变心虽折[7]，若比伤春意未多[8]。

诗咏明皇贵妃事。

首联写安史乱后，明皇之车驾不可复见，而曲江池苑唯闻夜半冤鬼悲歌。二联承上，云贵妃缢死后不能再乘鸾舆而返帝京，不如曲江流水江波犹可通御沟而入于玉殿。五、六一“死”一“老”相对，“死”者自是杨妃，“老”则指明皇，言贵妃缢前当亦如陆机萌生悔叹之意，而明皇失国，迁入西内，宦竖李辅国专权，唐室从此不振。末联以“天荒地变”与“伤春”相较，言明皇之“伤春”尤甚于“天荒地变”，即甚于安史变乱及失却权柄。

1　望断：望尽、望煞，言向远处眺望直至不见。《南齐书·苏侃传》：“青关望断，白日西斜。”翠辇：饰以翠羽之辇车，天子车驾。《北史·突厥传》：“鹿塞鸿旗驻，龙庭翠辇回。”

2　“空闻”句：言曲江夜半荒凉凄寂，惟闻杨妃冤魂悲歌。乐府吴声歌曲有《子夜歌》。《宋书·乐志一》：“《子夜歌》者，有女子名子夜,造此声。晋孝武太元中,琅邪王轲之家有鬼歌《子夜》。”《旧唐书·音乐志》:“《子夜歌》声过哀苦。”按此“子夜”双关,亦指夜半子时,半夜。唐吕温《奉和张舍人阁中直夜》:“凉生子夜后,月照禁垣深。”

3　“金舆”句:“倾城色”指贵妃。《汉书·外戚传》:“一顾倾人城,再顾倾人国。”杜甫《哀江头》“血污游魂归不得”,是此“不返”意。金舆:天子之车驾坐轿。《史记·礼书》:“为之金舆错衡以繁其饰。”黄滔《明皇回驾经马嵬赋》:“驱铁马以飞至,触金舆而出游。”

4　下苑:曲江池苑。因曲江流入御沟,故云“玉殿犹分”。

5　“死忆”句:言贵妃被缢前当萌生悔叹入宫之意。《世说新语·尤悔》:“陆平原河桥败,为卢志所谮,被诛,临刑叹曰:‘欲闻华亭鹤唳,可复得乎?’”“死”字回应“金舆不返倾城色”。

6　“老忆”句:意谓明皇失国,迁入南内而忧山河残破,唐祚国衰。《晋书·索靖传》:“靖有先识远量,知天下将乱,指洛阳宫门铜驼,叹曰:‘会见汝在荆棘中耳!’”

7　天荒地变:即天变地变,喻指安史变乱及明皇之幸蜀失国。汉申培《诗说·小正传》:“幽王之时,天变见于上,地变动于下。”

8　伤春:特指明皇对杨妃生死不渝的相思。《新唐书·杨贵妃传》“(玄宗)命工貌妃于别殿,朝夕往,必为鲠欷。”

滞　雨

滞雨长安夜[1]，残灯独客愁。
故乡云水地[2]，归梦不宜秋。

　　此阻雨长安，思乡之作。首句切题，"夜"字起二句"残灯"。二句灯残客独，故乡愁来袭。三、四言故乡云水萦绕，此秋云、秋水，最易牵羁客之落寞与愁思，即使梦归故里，亦不宜秋夜。

　　纪昀评："运思甚曲，而出以自然，故为高调。"

1　滞雨：久落不止之雨，此言为雨所滞阻。滞，淹留。
2　云水地：义山时或居郑州荥阳，在黄河南岸，又有浮戏、嵩高之山，秋水东逝，山间云流，故云"云水地"。

乐游原

向晚意不适[1]，驱车登古原。
夕阳无限好，只是近黄昏。

　　义山身处晚唐衰世，沉沦下僚，又兼年暮，故于向晚之时心怀抑郁，惟登高临远，以消解忧伤。

　　起句连下五个仄声字，将心中的不适和忧患一一弹出，极苍劲古朴之致。而第二句第三字则换仄为平，使与"驱车"二字，连三平声，化抑为扬，似闸水初放，畅流而下。然后接"古"字仄声，又一抑，音节在平走之中略显顿挫。这种连声为仄的"变徵"之音，正是诗人彼时心境不适之外化。然当诗人登上古原，极目西眺，但见霞光夕照，乱山明灭，俯视长安城阙，帝宫参差，烟霭迷茫，美景无限，故三句云"夕阳无限好"。但"从来尤物难流连"，韶华易逝，好景难再，因而当这种审美的愉悦刚一浮现，浓重的伤感便袭上心头，故有"只是近黄昏"之叹。

　　黄昏，既可比己之衰暮，又可喻唐室之衰。纪昀以为此诗"百感茫茫"，管世铭称"消息甚大"，即就其多义性言之。

1　向晚：傍晚。向，犹临也；向晚，临近晚上。

乐游原

万树鸣蝉隔断虹，乐游原上有西风。
羲和自趁虞泉宿[1]，不放斜阳更向东。

一、二登乐游原之所闻，所见，所触，所感。万树鸣蝉，声闻也；天际断虹，目见也；原上西风，所触之也：以极衰飒之象，寓极衰颓之感。诗当作于晚年。

三、四感叹时光难再，却怨羲和自寻虞渊宿去而不放斜阳复东，以痴语出迟暮之叹。

1 羲和：日御，驾御日轮之神。《离骚》："吾令羲和弥节兮，望崦嵫而勿迫。"王逸注："羲和，日御也。"虞泉：即虞渊，避李渊讳改。神话传说日落处曰虞渊。《淮南子·天文训》："日至于虞渊，是谓黄昏。"趁：寻、求、寻求、寻觅。《齐民要术·杂说》："务遣深细，不可趁多。"言不得求多。周贺《赠姚合郎中》："道从会解唯求静，诗造玄微不趁新。"，"求"与"趁"对文互训，亦寻求义。

有　感

中路因循我所长[1]，古来才命两相妨[2]。
劝君莫强安蛇足，一盏芳醪不得尝[3]。

　　此诗主旨乃感叹人生自古有才无命，与命运抗争者，即"强安蛇足"，愤激语也。此当晚年回顾一生之感慨。

　　一、二言人生途中因循固然之道，乃我之本性，言下己原非奔竞趋利之徒；无奈自古以来有才无命者多矣，故亦曾逆"固然"而不堪认"命"。三、四"强安蛇足"，即未因天理。庄生云"因其固然"，"顺其天理"，则恢恢乎游刃有余。（《养生主》）而我"芳醪"未及尝，乃逆此而行而与命运抗争之故。似自责，实则愤激不平之语。

1　中路：半途、半路。宋玉《九辩》："然中路而迷惑兮，自压按而学诵。"此犹言人生之途程。因循：疏怠、闲散。《颜氏家训·勉学》："世人婚冠未学，便称迟暮，因循面墙，亦为愚尔。"王瑛《诗词曲语辞例释》："因循，悠游闲散之意，与习见之'因袭'、'苟且'义不同。"

2　才命：才华与命运。杜甫《别苏徯》："故人有游子，弃置傍天隅。他日怜才命，居然屈壮图。"纳兰性德《金缕曲》"信古来才命真相负"，本此。

3　强安蛇足：犹画蛇添足。《战国策·齐策二》："为蛇足者，终亡其酒。"芳醪：香甜之美酒。晋袁峤之《兰亭》诗其二："激水流芳醪，豁尔累心散。"

有　感

非关宋玉有微辞[1]，却是襄王梦觉迟[2]。
一自高唐赋成后[3]，楚天云雨尽堪疑[4]。

———

　　此诗以宋玉自况，襄王当是泛指。一、二言我诗虽似宋玉，有微辞托讽，盖因"襄王"之沉迷艳梦。"非关"、"却是"言我之微辞乃不得不然。三、四言岂知恋、艳之诗一出，则举凡此类诗作尽被疑为有所托讽。此诗如言：我《无题》诸作，虽有些小托讽，然大多非是；别将"楚天云雨"之诗，尽当托寄之作也。

———

1　微辞：有所托讽而委婉不露之辞。《公羊传·定公元年》："定、哀多微辞。"孔广森《通义》："微辞者，意有所托而辞不显，惟察其微者，乃能知之。"宋玉《登徒子好色赋》："登徒子短宋玉曰：'玉为人体貌闲丽，口多微辞，又性好色，愿王勿与出入后宫。'"
2　却是：正是。戴叔伦《代书寄京洛旧游》："欲寄远书还不敢，却愁惊动故乡人。"杜甫《水宿遣兴》："归路非关北，行舟却向西。"却向，正向；"却"与"非"对文反训。
3　《高唐赋》：宋玉所作，述楚襄王梦与神女欢会事，意在托讽，故上句云"梦觉迟"。

4　"楚天"句：楚天云雨，指男女欢会。此言自宋玉《高唐赋》
述襄王神女巫山云雨以讽谏之后，举凡艳情之作则尽被疑为
有所托寄。